太阳鸟文学年选

2017
中国最佳
散文

1998—2017

20th

主　编｜王　蒙
分卷主编｜王必胜
　　　　　潘凯雄

辽宁人民出版社

© 王必胜　潘凯雄　2017

图书在版编目（CIP）数据

2017中国最佳散文/王必胜，潘凯雄主编.—沈阳：辽宁人民出版社，2018.1
（太阳鸟文学年选/王蒙主编）
ISBN 978-7-205-09148-4

Ⅰ.①2… Ⅱ.①王…②潘… Ⅲ.①散文集—中国—当代 Ⅳ.①I267

中国版本图书馆CIP数据核字（2017）第275682号

出版发行：辽宁人民出版社
　　地　址：沈阳市和平区十一纬路25号　邮编：110003
　　电　话：024-23284321（邮　购）　024-23284324（发行部）
　　传　真：024-23284191（发行部）　024-23284304（办公室）
　　http://www.lnpph.com.cn
印　　刷：阜新市宏达印务有限责任公司
幅面尺寸：170mm×240mm
印　　张：15
字　　数：235千字
出版时间：2018年1月第1版
印刷时间：2018年1月第1次印刷
责任编辑：赵维宁　艾明秋
装帧设计：丁末末
责任校对：高　辉
书　　号：ISBN 978-7-205-09148-4
定　　价：45.00元

太阳鸟文学年选
编辑委员会

主　　编　王　蒙
执行主编　林建法
编　　委　林　非　叶延滨　王得后
　　　　　张东平　孙　郁

分卷主编

散　文　卷　王必胜　潘凯雄
随　笔　卷　潘凯雄　王必胜
杂　文　卷　王　侃
诗　歌　卷　宗仁发
中篇小说卷　林建法　林　源
短篇小说卷　林建法　林　源

怎一个选字了得

王必胜

"年选"做到现在,多少有些皮实了,激情不复当年之勇。一是,这事有了小二十年,纵然是"年年岁岁花相似,岁岁年年人不同",经不住长年累月,无有新鲜感也正常;二是,这类选本举凡也是多家,天南地北,也都在差不多的时间和篇幅推出,其内容虽有区别,却也有不少相同,出新出彩,也非易事;三是,原料上的局促和选料上的踟蹰,这一点,或许坚持了标准和要求,看似浩若烟海的此类文字,如是执意在遴选上的高门槛、严要求,你会觉得,并没有想象的好,没有达到一年最佳的预期。

所以,静下来完成新一年选本的序言时,不由得想到:怎能一个选字了得?

时序到了秋收冬藏,一年光景做最后盘点,看到不少有关文章,说散文成绩,散文的特点,散文的五年,云云,论者滔滔,听者藐藐,也就生发了一点感想,这散文真的是那样的光鲜亮丽、年景丰产、收获多多吗?或者,一如论者们所言,在题材、情怀、文采,作者身份等等方面,是那样如何如何、这般这般吗?

无意于唱些反调,但是,要说散文的天下,如今真不是最好时期,水波不兴,平平淡淡的,温乎乎,何许也是当前整个文学的现状。在这个热闹多元的时代文化下,文学的事件,总是大于文学本身的,文学的期望多是在热闹的大呼隆的行为中,变得雷声大雨点小。急功近利,资本献媚,作者言必版税,编者也紧盯读者钱包,文学的矜持几成稀罕物。自媒体的泛滥,新媒介的强势,影响了传统的阅读和审美，文学功能无疑深受冲击，文学的恒定标准，也必然变化。文学难以找回往昔风采。比如这散文，曾经有过的，大者如文化散文，小的有情感类、都市风的小女人散文，或者政治抒情类的专题散文等等，虽然这些标签定性，免不了胶柱鼓瑟，见仁见智，但却是一个个明显的存在，也激发和引领了一个时期的散文风潮，多年来对散文的影响，或隐或现地存在。另外，从作者的身份角色看，九十年代以降，小说家、学者、美术家各路人马的加盟，无疑开拓了散文文体的疆域，带来了散文创作队伍的壮实。这些基本面貌，一直延续在以后多年文坛。如今，这些多是人们的记忆之事了。

眼下的散文，如果还是从作者队伍的几代同堂，写法上的新锐与老成，内容上的家国记忆、文化情怀，纪实性的增强与思想性的突进等等，评述归纳，我以为，并没有脱开以往散文的评议模式，也没有找出新的闪光点，所以，与其追究当下没有太多新的散文现象的出现，还不如老实地认可当下散文几乎是沿袭旧有的态势，平静地书写，散淡地前行，是一场没有大开大阖的文学之旅。没有新的闪光点，或许是一种常态化的文学行为，也印证了散文作为一个平和而静雅的文学样式，特别是所谓的家国情怀与宏大叙事成为某些人高蹈的精神旗帜之时，安闲与恬淡，静好与真切，亲和力与现场感，是散文的特有的文学风范。这对于当下焦虑浮华的社会文化，对于现代化的焦虑症的治疗，对于隐隐存在的高大上的文学理念，不失为一剂纠偏药方。

从这个意义上说，散文的文学表现，她的面貌，或者说年度贡献，是静好，是闲淡，是沉实，是不显摆不张扬的风景——暗香浮动，竹外桃花。有人说到文学的及物性，散文最是及物的，不凌空蹈虚，不天马行空，切近而笃实。任何夸饰和喧嚣，都成为对她的伤害，而最为恒定的，是书写者的个人情怀，精神旨向，文化的张力，真切的表达与情动于衷的倾诉，使书写成为一种有深意和情致的精神记录。

收入本集中的文字，各呈异彩，有近乎于家国情怀的表达，有个人情感的书写，有感念生活的记忆，有江山形胜的探寻；有怀人，有纪事，有亲情，有友爱；过往人生，当下世情等等，不一而足，他们用及物的文学书写，再现了一个个斑驳的人生场景，留下了一个个斑斓的文本世界。还是应了一句俗话，散文可以风云，可以风月，但无论如何，文化精神，生命情怀，是作品的基石、枢纽，也是文心，缺少了这些，将了无生气，面目可憎。

尽管平实是年度的散文景象，平淡中的常态，或许更显示出其悠长的定力，而那些记录了这个变动生活中的人情世事，书写了世道人心，触动了我们对当下的生活思考的作品，以及我们热爱的作者们，是"最佳"的，至少在我们一年一度的遴选中，可获此殊荣。

"一年好景君须记，最是橙黄橘绿时。"

001	**序** 怎一个选字了得	王必胜
001	沈公榕,眺望大海150年	梁 衡
016	朗读与呐喊	莫 言
023	五十年再读白求恩	张承志
030	桃花情	从维熙
038	《小楼与孩子》续篇	何士光
042	母亲百岁记	冯骥才
045	魂兮归来	陈丹晨
060	母亲的笔记本	杨晓升
063	冬 季	冯秋子
068	父 老	赖赛飞
075	说出了想念	林 虹
084	陶人:远古之神	杜卫东
093	条子沟	贾平凹
098	故乡春天记	阿 来
114	青铜岁月	熊育群
123	铜梁印象	梅 洁
136	泗水流,静静流	刘 琼
143	土离我们还有多远	鲍尔吉·原野
153	腾格里的另一种解读	郭保林
163	瓦当,或涂满蜜和蜡的蜂房	王 彬

169	冬天，在百万人的村庄	纪　尘
180	药师黄文鸿	南　翔
191	藏茶越过千山结缘	丹　增
197	私人食单	乔　叶
206	人民大学的胡辣汤	阎连科
209	茶心如雪	董小酷
212	隐逃的倭瓜	蒋建伟
216	私人理发史	陈峻峰

沈公榕，眺望大海150年

◎梁 衡

世人多知左公柳，而很少有人知道"沈公榕"。

历史竟是这样的浪漫。在祖国的西北大漠和东南沿海，各用两棵树来标志中国近代史的进程。左公柳见证了新疆的收复，沈公榕却见证了中国近代海军的诞生。

一、栽树明志，从一篑之土筑新基

2016与2017年的岁尾年初，"辽宁"舰穿过宫古海峡进入西太平洋。中国航母编队的首次远航，虽然刚跨过第一个年头，而中国海军却已整整走过了150年。150年了，中国海军才迈出家门口走向深蓝。这个时刻我们不应该忘记一个人。

150年前的12月23日，福州马尾船厂破土动工，中国人要建造军舰。近日，马尾船厂正在筹备大庆，有一个熟人知道我在全国到处找有人文价值的古树，就来电话说："马尾有船政大臣沈葆桢手植的一棵古榕树，见证了中国海军史，你不来看一看？而且，船厂马上要乔迁新址。将来这树被丢在那里，还不知会是什么样子。"我连忙于19日赶到马尾。

马尾船厂是1866年12月开工的。当时请法国人日意格任总监督，一切管理遵从法式。我走在旧厂的大院里，像是回到了19世纪的法国。西边是一座法式的红砖办公楼和一个现存的中国最古老的车间——船政轮机厂；南边是当年的"绘事院"，即绘图设计室；东边是一座五层的尖顶法式钟楼。当年拖着长辫子的中国员工，就是在这钟声中上下班的。他们好奇地听金发碧眼、高鼻梁的洋师傅讲蒸汽机原理，学车、铆、电焊。我要找的沈公榕就在钟楼的侧前方。150年了，它已是一棵参天巨木，浓荫覆地，大约有多半个篮球场那么大，郁郁乎如一座绿城。树根处立有一块石头，被绿苔紧紧包裹。我贴近树身，蹲下身子，用一根细树枝一点一点地小心清理，渐渐露出了"沈公榕"三个大字。这榕一出土就分为三股，现已各有牛腰之粗。一枝向左，浓荫遮住了厂区的大路；一枝向后，如一扇大屏风贴在一座四层小楼上；还有一枝往右探向钟楼。可是，正当它伸到一半时却在空中齐齐折断，突兀地停在半空，枝上垂挂的气根随风舞动，像是一个长须老人在与钟楼隔空呼唤。我一时被这个场面惊呆，有一种莫名的惆怅，静静地仰望着这150年前的历史天空。

别看我现在脚下的这一小块土地，它是中国近代最早的舰船基地，中国制造业的发端处，中国飞机制造的发祥地，中国海军的摇篮，中国近代教育的第一个学堂，中西文化大交流的第一个平台。学者研究，这里竟创造了十多个中国第一。现在我们来凭吊它，就只有这几座红砖房子、一座钟楼和一棵古榕了。

鸦片战争后，清帝国被列强敲开了国门，国势日弱。老祖宗传下来的大刀长矛，在洋枪、洋炮面前是那样无奈。镇压太平军起家的湘军名将彭玉麟，看到江面上飞驰的洋人炮艇，被惊得目瞪口呆，大呼："将来亡我者洋人也。"说罢口吐鲜血而死。洋务派深切地感到必须学习西方先进技术，"师夷制夷"。

1866年6月左宗棠上书，请在福建马尾开办船厂，立被批准。但10月西北烽烟突起，左宗棠奉诏出兵，西去平定叛乱，收复新疆。他不放心刚起步的船政大事，遍选接替之人，最后力保时任江西巡抚，正因母丧在福州家中守孝的沈葆桢出任船政大臣。历史有时是这样地匆忙。沈守孝在家，被逼上任，而当大任。当年曾国藩也是守孝在家，太平军起，政府命他就地组建湘军，而成为晚清名臣。天将降大任于是人也，与你没商量。

沈葆桢是林则徐的女婿。从小受过严格的儒家思想教育，忠君报国，一身正气。但他也看到了世界潮流，力主"师夷制夷"，变革图强。在晚清睁眼看世界的先进分子中，他是晚于林则徐、魏源，早于康有为、梁启超的过渡人物。当时政局，一团乱麻。帝国主义势力插手中国，多国角逐；朝野保守与开放的思想激烈冲突。经镇压太平军、捻军而兴起的湘军、淮军等地方实力派，各封疆大吏互相掣肘。在这一团乱麻中要理出个头绪，师夷制夷，造船强军，谈何容易。况且在家乡，关系更复杂。本来，沈葆桢是不想接这个摊子的，但左宗棠三顾茅庐力请出山，并亲自为他配好各种助手，请"红顶商人"胡雪岩帮他筹钱，又一再上书朝廷，催其就职。忠孝不能两全，孝期未满的沈葆桢就走马上任了。

马尾，地处闽江入海口。形同马的尾巴，地低而土软，要建厂就得清理地基，类似现在的"三通一平"。他们先打入5000根木桩，加固岸基，填高近两米的土层，然后遍植榕树以固定厂房、船坞的周边。沈葆桢带头栽下了第一棵榕树，然后挥笔写下一副对联，悬于船政衙门的大柱上：

以一篑为始基，自古天下无难事
致九泽之新法，于今中国有圣人

他要引进新法，以精卫精神，一筐一筐地填海筑基，开创近代中国的造船大业，不信事情办不成。

二、"权自我操"，逆流而上，沈葆桢快刀斩乱麻

沈葆桢坐在船政衙门的大堂上，看着外面熙熙攘攘的工地，堆积如山的物资，特别是门外榕树上那些七长八短、随风舞动的气根，心乱如麻。

"船政"是一个洋务新词。是指海防及与船舰有关的一切事务，包括建厂、造船、办船校、买船，延请外国专家，制定相关政策，办理对外交涉等等。总之，都是过去没有过的新事，所以专设一个"船政衙门"，直属中央。类似我们改革开放初的"改革办""特区办"。

1866年的世界，西方工业革命已经走过了100年。西班牙、荷兰、英国、法国都有了横行世界的蒸汽机舰队。而中国还在海上摇橹划桨或借风行船。思想开放的左宗棠，曾在杭州西湖里仿造了一条小洋船，但行之无力。遂决定引进洋技师、洋工匠开船厂、办船校。

新事物一开始就遇到保守势力的顽强阻挠。还没有造船，就先是一场思想大论战，这很有点像中国改革开放初的"真理大讨论"。许多朝中和地方的大员说，只要"以忠信为甲胄，礼义为干橹"就能战无不胜，"何必师事夷人"。左宗棠痛斥这帮迂腐之臣，他上书说："臣愚以为，欲防海之害而收其利，非整理水师不可。泰西巧，而中国不必安于拙也；泰西有，而中国不能傲以无也。"

"安于拙、傲以无"，左宗棠尖刻地画出了保守的当权者的嘴脸。

当时的福建地方官吴棠愚顽不化，沈葆桢来马尾办船政，他在经费、人力、材料、土地等方面，事事发难，处处拆台，几乎是"逢沈必反"。此人有一个特殊的背景。他早先在苏北运河边任一小知县。某日，一位曾有恩于他的官员扶柩南下，停于河上。吴遣差人送去银子三百两。正巧，有一位在旗少女扶父亲的灵柩北上，也停于河边。阴差阳错，差人将银子误投到旗女的船上。吴明知投错，也不好追回。谁知，这位少女就是后来的慈禧太后。天上掉馅饼，吴后半生有了一个大靠山，不断被提拔，处处受保护。现在他与沈不合，上面虽知船政重要，但总是和稀泥，劝沈与他和衷共济。有时一个重大历史的节点，就"结"在一个人身上，一个人可以绑架历史，影响国运。沈愤怒地上书："船政之事，非诸臣之事，国家之事也"，"非不知和衷共济"，而"大局攸关，安忍、顾虑、瞻徇、负朝廷委任"。表示"唯有毁誉听之人，祸福听之天，竭尽愚诚"。

他是本地人，工厂一开工，亲朋故旧都上门来找饭碗。他平生最恨劣幕奸胥，裙带相缠。为洗刷旧衙陈腐之风，他依法治厂，半军事化管理，甚至不惜开杀戒。一官员买铜不报，他批"阻挠国是，侮慢大臣"，就地立斩。他有一姻亲，触犯厂规，批军法从事，杀！布政使知是沈家亲戚，请求缓办，他坚持立即开堂问审。这时他父亲送来一信。他知必是求情，便说："家父的信是私事，等我办完公事再拆不迟。"喝令立斩。然后拆阅，果然是求情信，但已无用。一些劣绅还借助迷信煽动地痞与不明真相的群众闹事，阻挠开工。他一边做说服工作，一边捕杀两个为首之徒，事态当即平息。

开山用大斧，乱世用重典。向来成大事者必用铁手腕。沈葆桢、左宗棠、李鸿章、曾国藩，这一帮晚清名臣，本都是手无缚鸡之力的读书人，但他们都遇事不乱，刚毅过人，竟也杀人如麻。曾国藩的外号就是"曾剃头"。晚清的回光返照，全赖他们支撑。马尾船厂，这个中国近代工业的序幕，终于经沈葆桢的铁手腕轻轻拉开。

办洋务，最难把握的是与洋人的关系。沈的原则是："优赏洋员，权自我操。"经济上给予高酬重奖，政治上一寸不让。船政是个复杂的联合体，其所属的工厂、学校、设计、绘图、管理等部门，经常保持有洋人技师、领班、教师、工匠、翻译、医生等六七十人。所以，船政衙门，也可以说是中国最早的"外国专家局"。沈给他们高薪。十年下来，雇用洋人共用银93万两，占船厂支出的18%。法国人日意格为总监督，从头到尾参与了船政活动，尽职尽责，起了极大的作用。沈给他月薪1000两，而他自己的月薪才600两。洋技师月薪200至250两，而中国工人的月工资最低4两，最高21两。这样的高薪买技术，沈认为值得。

但是在管理权上，沈葆桢绝不松手。当时清政府与列强定有屈辱的领事公约，通商中凡涉洋人之事由领事馆裁决，所谓"领事裁判权"。福州不是通商口岸，也未设领事馆。但法国驻宁波的领事却老远跑到福州来干涉船政。沈义正词严地说："根据万国外交惯例，领事是为通商而设。船厂非商务机构，与贵领事何干？"左宗棠还逼法外交部正式表态，再不干预中国的船政。

沈与洋人订有严格、细密的合同。最终目标是对方必须教会中国人自主造船。前三年，洋人手把手地教；后两年只在一旁指导，让中国工人自己动手干。直到造出船，又能驾船出海，这样才算履行了合同，可兑现薪酬。对不遵厂规，不听指挥，不尽职守者开除、解聘。1869年，新造的第一艘轮船下水。总监工达士博要求用洋人引港。沈说，在中国的闽江口试航，我们熟悉水道，为什么一定要用洋人？不能开此先例。博以总监工身份相要挟，不答应就不上船，还煽动工人怠工。沈再三相劝，并因之推迟试航日期。博仍不让步，沈当即将其开除。而对尽职尽责的总监督日意格，沈除给予他重奖外，还奏请朝廷赏加提督衔并顶戴花翎，这是洋人在华获得的最高荣誉。正是有了高薪和沈的灵活把握，总体上中外合作是愉快的。

那天采访船政旧址时，我意外地碰到一个正在为日意格筹备的个人回顾展。这是船政纪念活动的一部分。一位法国友人提供了他在华工作时的100多幅照片，还有他在法国工程师协会介绍中国船政的一个法文讲稿。这是一批极珍贵的船政资料。日意格是这样来评价他的两个中国合作者的。关于左宗棠，他说："因循守旧的北京政府，仅知道满足于在别人呈递的奏折上批文签字。左宗棠不得不为此计划独自担负全责。此项创举若是失败，他在中国官僚机构中所能达到的最为辉煌的职业生涯将毁于一旦。左宗棠决心无论如何要孤注一掷了，他不再听任其他官员对他将要进行的大业指手画脚，他的眼中只有一件事，就是迅速地将中国推上发展道路。他知道要迈出这至关重要的第一步需要有人勇挑重担。我真希望手边拥有这份左宗棠呈送皇帝的理由充分、勇气十足的奏折，你们若是读了这份奏折，一定会惊叹于他的观点。你们将会看到这些通常被我们认为滑稽可笑的人，品德是多么高尚，见识是多么深远。"他评价沈葆桢："中国政府特派一名钦差大臣来到此地担任总理船政大臣。这位官员名字叫沈葆桢，是一位出类拔萃、精明强干、意志坚定、善于指挥的将才。"

到1874年福州船政共完成15艘轮船，包括11艘军舰。左宗棠的计划，在沈葆桢手上已全部实现。近代中国的造船工业跻入了世界十强，技术水平与西方国家已相当接近。最大的"扬武"号已相当于国际上的二等巡洋舰。

三、洋为中用，落地生根，开放接纳促变革

沈葆桢栽榕时，也许没有想到他的洋务事业如这榕树一样，枝垂气根，根又生树，蔚然成林。

榕树生长于热带、亚热带，树形特别庞大。它有一个特殊功能，就是可以从枝上垂下细如毛发的丝绦，密密麻麻如帘如幕。当这细丝飘在空中时有如一团乱麻，随风来去，看不出有什么用途。但是，它有点像古希腊神话里的安泰。只要柔软的须尖一接触到地面，就见土生根，再难撼动，根又成树，树又吐根。就这样连绵不断地延展开去，一树成林。国内最大的榕树家族有梁启超的家乡，广东兴会县的"小鸟天堂"，一树成林占地6亩。我见过海南岛昌江县的一棵榕树成林，占地竟达九亩。福建是盛产榕树的地方，福州就简称榕城。马尾建厂之时，沈葆桢带头植榕，一时闽江口内外郁郁葱葱，蔚为壮观。每当沈葆桢坐在船政衙门大堂上办公，看着窗外日渐繁茂，已覆盖了山脚海滩的榕树林时，特别是那些气根落地又生出的第二代、第三代榕树时，心里就有了一些宽慰。

办厂之初，最缺的是人才。中国从汉到清独尊儒学，以文章选人立国。好的一面是礼义廉耻，修炼人的品德；琴棋书画，修养人的心性。不好的一面是重文，轻工、轻商，更不研究自然之理。在唯心和自我陶醉中生活，个人自我感觉顶天立地，国家自封为天朝，闭关锁国。1866年左宗棠上书办船厂，其时

上溯179年，即1687年，牛顿已经发现万有引力，而中国却还没有物理学这个词；上溯100年，1765年瓦特已发明了改良型蒸汽机，而中国的主要动力还是人力、畜力。在中国的教育体系里只有文科，没有工科。知识体系里只有经、史、子、集，没有自然科学知识。明代刘伯温有一句名言，"半部论语治天下"，论语里只有礼义廉耻，而没有物理化学。"安于拙，傲以无"，盲人骑瞎马，在用人类的一半知识来治国。这怎么能立于世界民族之林呢？

在这种教育和选官体制中，左宗棠屡试不第，他就愤而不再应试，在家里自学农桑、水利、地理等有用之学。沈葆桢倒是按科举制度中了进士，点了翰林，走入仕途。但是他一与西方人打交道，发现自己简直就是一个文盲。他痛感一个国家的落后是文化落后、人才落后。现在要造船，牵一发而动全身、动全国、动了老祖宗。首先动到了中国的教育体系。千百年来科举制培养的秀才、举人、进士，一个也用不上。他们决定边办船厂，边办学校。从西方引进造船业像栽下了一棵大榕树，但这树如果只有树干，而没有"气根"，永远只是一棵树，不能繁衍，不能成林。左宗棠上书说，花上几百万两银子，只造出十几条船，这不是目的。最终是要培养出自己的人才，能造船，会开船。他请办一座"求是堂艺局"，他要让洋人给他下崽。一听这个学校的名字就很有意思。既不是传统的"书院"，也不是后来叫的"学堂""大学"。而取名"局"，在"局"中求自然之"是"（规律），学习具体的技艺。"艺"是从传统的六艺而来，中国还没有"技术"这个词。它生动地反映了中国教育机构的进化过程。就像一条进化中的美人鱼，已有人头，却还留着鱼身。

沈葆桢决心要在洋务这棵大榕树上多生下一点气根，接入中国的土壤，完成由洋到土的转化。船厂一开办，他就同时办了两所学堂：前学堂与后学堂。前学堂用法文授课，教造船，培养技工；后学堂用英文授课，教驾船，培养海员。沈亲自出题，招考最优秀的学生。学校实行最严格的"宽进严出"制度。每两个月考试一次，依考分划为三等。一等赏银十元。如三次一等，另赏衣料；如三次三等则除名。开办之初共收生300余人，只有一多半的人读到了毕业。现在看当时的办学章程，实为在中国近代教育史上打下的第一根界桩。兹录如下：

《求是堂艺局章程》

第一条　各子弟到局学习后，每逢端午、中秋给假三日，度岁时于封印日回家，开印日到局。凡遇外国礼拜日，亦下给假。每日晨起、夜眠，听教习、洋员训课，不准在外嬉游，致荒学业；不准侮慢教师，欺凌同学。

第二条　各子弟到局后，饮食及患病医药之费，均由局中给发。患病较重者，监督验其病果沉重，送回本家调理，病痊后即行销假。

第三条　各子弟饮食既由艺局供给，仍每名月给银四两，俾赡其家，以昭体恤。

第四条　开艺局之日起，每三个月考试一次，由教习洋员分别等第。其学有进境考列一等者，赏洋银十元，二等者无赏无罚，三等者记惰一次，两次连考三等者戒责，三次连考三等者斥出。其三次连考一等者，于照章奖赏外，另赏衣料，以示鼓舞。

第五条　子弟入局肄习，总以五年为限。于入局时，取具其父兄及本人甘结，限内不得告请长假，不得改习别业，以取专精。

第六条　艺局内宜拣派明干正绅，常川住局，稽察师徒勤惰，亦便剽学艺事，以扩见闻。其委绅等应由总理船政大臣遴选给委。

第七条　各子弟学成后，准以水师员弁擢用。唯学习监工、船主等事，非资性颖敏人不能。其有由文职、文生入局者，亦未便概保武职，应准照军功人员例议奖。

第八条　各子弟之学成监造者，学成船主者，即令作监工、作船主，每月薪水照外国监工、船主薪银数发给，仍特加优擢，以奖异能。

沈葆桢是为了造船才同时培养人才的，无意中他成了中国工科教育和职业教育第一人。中国的第一所工业专科学校，也是中国的第一所职业教育学校诞生了，这是一个伟大的创举、一座历史的里程碑。

过去儒家教育强调义理一面，遇强敌入侵幻想"忠信为甲胄"，这种唯心论有如义和团"刀枪不入"的魔咒。结果无论疆土还是肉体都被洋炮炸得粉碎。可见唯心论是因为不明自然科学。沈开办船政学堂之初，中国的孩子还没有一点科学基础。他只能选品德好、性聪明的少年重新打造。他先以儒家观点考其品学,为首期考生出的题目是"大孝终生慕父母",考得第一名的是后来的大思想家严复。但学生一入学,就再不要这块敲门砖,金蝉脱壳,甩掉"之乎者也",立即钻进科技书堆中。沈自己也恶补科学。学堂开的课有代数、几何、物理、微积分、机械,还有船体和蒸汽机制造两门实习课。他又选15至18岁,力大、聪明的孩子办了一个"艺徒班",这是中国最早的技工学校。他又发现,只跟着师傅照葫芦画瓢学造船还不行,还要能自己画图设计,于是又开设了"绘事院",这又是中国最早的工业设计院。总之,沈葆桢借船政,牵一发而动全身,牵出了近代教育,催生了近代先进思想和科学技术人才,牵动了历史。这也是他始料不及的。

中国的文化人大致有五个阶段。一是古代传统文化人物,读经书,过科举,守儒教;二是近代文化人物,虽出身科举,但开始吸收西学,从张之洞到梁启超;三是现代文化人物,上过私塾,但已废科举,后又上了西式新学堂,如鲁迅、胡适;四是有旧学底子,后又接受马克思主义,如陈独秀、毛泽东;五是当代文化人,在新中国成长起来,先接受马克思主义教育,改革开放后又再次学习西方文化。在这个文化传承的链条中,船政学校正当古代文化到近代文化的过渡,是第一类文化人向第二类文化人的桥梁,是一次文化大变革。它培养的人才,填补了从旧式经学到新式实用科技的空缺。而且他们在接触西方科技的同时,又必然接触西方的思想文化。于是这批人又成了东西方文化的桥梁。他们中间出了翻译《天演论》的严复,翻译《茶花女》的林纾,修了中国第一条铁路的詹天佑。而船校几乎培养了中国海军的全部骨干。

1871年,30余名船校学生,驾船进行了第一次航海训练。南至新加坡,北至辽东湾,这是中国近代海军的第一次远航。而在20多年后的甲午海战中,中方参战的12艘舰的舰长(管带)14人,有10人是马尾船校第一期的同班同学。其中4人阵亡,3人战败后愤而自杀。美籍历史学家唐德刚在《晚清七十年》一书中说,这是"一校一级之生而对一国"之大战。辛亥革命后,大总统孙中山即到马尾视察,他说:"到马江船政局,乃知从前缔造之艰,经营之善,成船之多,足为海军之根基。"民国时期的海军军官,绝大多数都是马尾船校出身。新中国成立前夕,张爱萍受命初创海军,他一个一个上门拜访的海军宿将,还是马尾旧人。1949年8月28日,毛泽东接见国民党海军起义将领时说:"1866年马尾船政学堂开办起来，中国算是有了近代海军、现代海军。"民国海军部长萨镇冰活了95岁，见证了三个时代的海军事业。

在马尾闽江口，沈葆桢亲手栽下的这棵巨榕，绵延海疆八千里，荫庇华夏百余年。要论其大，远超兴会和海南的大榕。沈公榕的生命力极强。我们在老厂区采访时，随便在办公楼的走廊上、窗户下，都能看到墙缝里钻出的榕树苗。而院子里，更是大榕蔽日。福州身为榕城以榕树为骄傲，现从马江口到罗星塔顶，建成了一座大型榕树公园。满山的榕树攀山附石，层层叠叠，绿云压城。气根从天而降，密如天幕，有的竟穿透石块，石上生根，直如弦，挺如柱。它们都是沈公榕的后代。而路旁、草地上的树下，因地取势，遍立了严复、詹天佑、林纾、邓世昌等几十个船政人物的雕像，他们都是沈葆桢的学生。都或坐或立，仰望大海，还在关心着中国的海疆，中国的命运。

四、最遗憾，未能狠揍日人一棒，历史遂成糜烂之局100年

正当沈葆桢全力以赴造船强军，冀为病弱的大清帝国快快生肌长肉、补气壮骨之时，列强也加快了对中国的挑衅蚕食。

与马尾一水之隔的台湾，历经荷兰人侵占，郑成功收复，后又回归祖国。岛上只有薄弱的清兵守备，管理松散。日本早就对台湾垂涎三尺。日本是一个岛国，其传统文化中的海盗基因、扩张本性难改。无时不在寻机挑衅，总想咬邻居一口。

1871年冬，时属中国藩国的琉球派69人往广东中山府纳贡。返途遇风暴漂至台湾。淹死3人。余66人误入当地高山族的一支"牡丹社"住地。时高山族还未开化，有杀人取头之习，多者愈受尊敬，推为酋长。又有54人被追杀。余12人被知县保护，送至省城福州。休养一段时间后，送回琉球。此事与日本毫无干系。1873年日派员到华交换通商条约，借机质询两年前的杀人之事。中方答："台、琉二岛皆属我土。杀人之事，裁决在我，与贵国何干？"但日人已铁心要侵台，继续在做文章。1874年3月，日照会清政府："前年冬，我国人漂流其地，被杀戮者数十名，我政府将出师问罪。"这种强找借口，占你一地，甚至灭你一国，向来是帝国主义的本性，就像一条狼对一只羊说："你的邻居吃了我

窝边的一棵草,所以我要吃掉你。"即使没有借口,它也可以随便制造一个。1937年的卢沟桥事件,就是日军假说他在训练中走失一个士兵,要强入宛平城寻人。接着就开枪开炮,占北京,占华北。

1874年4月,日本判断清政府不敢抵抗,正式宣布组织远征军侵台。5月17日,日军3500人在台湾南部登陆。清政府反应迟钝,到5月底才连忙下旨"沈葆桢著授为钦差,办理台湾等处海防兼理各国事务大臣"。沈接任后提出,一边办外交,以理屈敌;一边"储利器"积极战备。要求速购两艘铁甲舰,并召回马尾船厂经年所造的,已在天津、山东、浙江、广东等沿海服役的各舰备用。又建议速铺厦门到台湾的海底电缆,以通军情。他摆出决战之势,以震慑日本之野心。随后沈于6月19日到达台湾,坐镇指挥。而这时日军已控制了台南的地盘。所到之处一如后来侵华时的"三光政策",到处奸淫烧杀。日人之本性原本如此,国策以侵略为本,治军以兽性为纲,育人用武士道精神。我高山族同胞一面以原始刀矛奋起抵抗,一面请求沈葆桢保护,愿协同官军一致抗日。

沈一面备战,一面抚民、修路、练兵。"结民心,通番情,审地利","全台屹著长城"。他始终以软硬两手对敌。先派人谈判,以理屈兵。他在照会中说:"琉球虽弱,亦俨然一国,尽可自鸣不平","即贵国专意恤怜,亦可照会总理衙门商办",为何要出兵?再说,当时只"牡丹社"一社杀人,而今天日军报复,却在整个台湾南部杀人略土,波及无辜。严正声明"无论中国版图,尺寸不敢与人",并指出你军后勤补给已出现困难,粮运已为我控制,就不想想后路?"本大臣心有所危,何敢不开诚布公,以效愚者之一得",我真替你捏一把汗呀。这义正词严、软中带硬的照会,使敌一时不敢妄动。

他深知日本人是在讹诈,一再吁请朝廷切不可退让。他说:

> 倭奴虽有悔心,然窥我军械之不精,营头之不厚,贪鸷之心,积久难消。退后不甘,因求贴费,贴费不允,必求通商。此皆不可开之端,且有不可胜穷之弊。非益严儆备,断难望转圜。

他积极调兵,又请日意格雇来洋匠在台湾安平修筑了巨大炮台,基隆、澎湖等地也加筑炮台。马尾船厂这几年建造的"扬武""飞云""万年清"等十多艘兵舰全部调来台海。又请日意格出面租借外轮，从大陆运来当时中国最精锐的陆军——淮军。清军渐成绝对优势。而这时日军后勤补给困难，师老兵疲，士兵思乡厌战。到七月疾病开始流行，每天运来之兵不抵送回之病号。侵台高峰时士兵、民夫4600人，病死者达560人。随着时间的推移，对日方愈加不利。沈又托日意格物色到一艘丹麦铁甲船，并交了定金，清军更如虎添翼。

当时中日的军力对比，日并不比我强多少。日本是1867年开始明治维新的，到1877年内战结束，前后十年才正式完成。它也曾经历了闭关锁国，被西方欺侮，订立不平等条约等和中国一样的过程。而这十年也正是中国觉醒，大办洋务自强的十年。历史巧合，1867年日本颁布维新令，这年中国马尾船厂开工、洋学堂开学。中日两国同时睁开眼向西方学习，在图强路上赛跑。但是，双方文化背景不同，一个是谦谦君子，学习是为了自卫；一个是海盗本性，学习是为了扩张。而明治维新除了发展工业外，在体制上还埋下了天皇制和军国主义的种子。李鸿章评价日人"其外貌恭谨，性情狙诈深险，变幻百端，与西洋迥异"，"日人情同无赖，武勇自矜，深知中国虚实，乃敢下此险著"。日本看准了中国官场的腐败、偷安、避战，如狼伺羊，不咬一口，总觉吃亏。

这时候沈葆桢的头脑最清醒。他认为，最好的办法是当其未成气候之时，猛击一棒，打断脊梁，灭其野心，一除后患。他的计划是，在台湾一举歼灭侵台日军，然后我舰队在琉球登陆，挥师长崎港，聚歼鹿儿岛舰队，迫敌订城下之盟。一战慑敌，使之数十年之内再不敢妄动。自古凡有战事，总会有投降派跳了出来，这时"各路劝勿开仗之信，纷至沓来"。沈一边应付日本人的侵略，一边还得应付国内投降派的掣肘。枪杆子、笔杆子，他一手提枪对日备战，一手握笔与投降派论战。他说"倭备日顿，倭情渐怯"，"倭营貌为整暇，实有不可终日之势"，"虽勉强支持，决不能持久也"，"若欲速了而迁就之，恐愈迁就，愈葛藤矣"，"臣等汲汲于备战，非为台湾一战计，实为海疆全局计。愿国家勿惜目前之巨费，以杜后患于未形"。否则"急欲销兵，转成滋蔓"。正当沈葆桢秣马厉兵，要直捣黄龙之时，北京传来议和消息。清政府赔银50万两，换取日本撤兵。侵略者未得到惩罚，志得意满，体面收兵。

从1866年沈葆桢接手办船政，到1874年10月，日本侵台罢兵。八年间，沈从无到有，打造了一支中国海军，在当时的世界上已进入十强之列。正因为有了这支海军,才镇住了日本的侵台野心。但正当他要挥起这把利剑,刹敌魔爪时,清政府议和了。1875年7月他遗憾地从台湾返回。

8年洋务,8年蓄势。功亏一篑,一朝放弃。臣子恨,恨难平。

沈葆桢郁郁不乐,回到了他的马尾船政衙门,猛抬头看到了柱子上手书的对联:

　　以一篑为始基,自古天下无难事
　　致九泽之新法,于今中国有圣人

新法已学到手,圣人却寸步难行。没有技术不行,只靠技术,政治不强也不行。日本是一个搬不走的坏邻居,中国失去了一次震慑恶邻的机会。而从此,日本渐渐坐大,野心更加膨胀,日后给中华民族造成的麻烦,如沈所言"愈迁就,愈葛藤","急欲销兵,转成滋蔓",一直葛藤不断,滋蔓了一百年。先是20年后,1894年的甲午海战,中国大败。日本不忘在台败于沈的旧恨,立逼清政府割让台湾。1931年日又发动九一八事变,侵占了大半个中国,我艰苦抗战14年,牺牲军民3000多万。至今日还在东海寻衅、南湾挑事,一如当年。这国际关系就和人与人一样,你一回示软,人家欺侮你100年。

五、壮士断腕,华丽转身求再生

现在我们再回到文章的开头,当年马尾厂区的那棵老榕树,横空断枝,留下了一个秃兀的树身。这断下的一枝哪里去了?

老榕断枝,是马尾厂史上的一件奇事、大事。

到了本世纪初,马尾船厂早已不是150年前跟着洋人学造船,而已是订单遍五洲,洋人上门来买大船了。船厂已扩大成集团公司,老厂区再装不下这个大摊子。近年来,他们在海边选址,建起了更大的船坞、码头和办公楼,只等150年庆典一过就搬新家。搬厂房、搬船坞、搬设备,这些都好说。就连那个法式的老钟楼,也都已按原样在新厂区复建了一座。但是,那棵巨大的沈公榕怎么办?它连着马尾人的心,难割舍,却移不走。

还有一年了，搬家工作开始倒计时。正当大家苦无良策，一筹莫展之时，七月的一个晚上雷声大作，风狂雨骤。一道闪电划破夜空，轰隆一声，有如陨石落地，震得厂区都轻轻一动。第二天起来一看，沈公榕之一枝齐齐地断裂于地，青枝绿叶，团团气根，整整盖满了半个院子。而树梢在地上伸展开去，直抚着老钟楼的墙根。雨停了，榕树的叶片被洗得洁净油绿，在橘红色的晨辉中愈发光彩照人。平时如一团乱麻的气根，也被雨水漂洗得干干净净，梳理得齐齐整整，就像船甲板上一盘备用的新缆绳。正是上班时分，人愈聚愈多，大家围过来看着断枝，都不说话，像是在肃穆地行着注目礼。谁都知道沈公榕是马尾厂的魂。当此船厂更新换代之际，老榕有灵，高呼出门。壮士断腕，要华丽转身！

这意外的事件倒给厂领导带来了灵感，虽说榕树靠气根繁殖，我们能不能试一试整枝栽培呢？他们请来园林专家，把这枝合抱粗的断榕小心清理，扶上卡车，护送到新区，一年后居然成活。为我们纪念沈葆桢留下了一件活着的念想之物。

沈葆桢是一位很低调的人物，他的历史贡献与他的知名度很不相称。他从左宗棠手中接办船政，晚年又与李鸿章分管南北洋海军，为朝廷重臣。他一生不忘强军固海，1879年在生命垂危之时，仍口授奏折，要朝廷加强海军，警惕日本，报此旧恨。"倭人夷我属国，虎视眈眈，凡有血气者，咸思灭此朝食"，"臣每饭不忘者，在购买铁甲船一事……倭人万不可轻视……倘船械未备，兵势一交，必成不可收拾之势。"可惜天不假命，他只活了60岁。灭倭而后朝食的壮志未能实现。

沈葆桢是林则徐的外甥兼女婿，很得林的家风。"苟利国家生死以，岂因祸福避趋之"，他只求报国，不求闻达，一生清贫。甚至在世时身为高官，常要借债度日。临终也没有给孩子留下一间房、一亩地，反而留下一份这样的遗嘱："身后，如行状、年谱、墓志铭、神道碑之类，切勿举办。"有点鲁迅说的只求速朽。他本人的著作也不多。只是随着时间的推移，中国海军和造船事业的发展，及国际形势似曾相识似的循环归来，人们才又想起这位开拓者、预言者，近年才有了些对他的研究。

2016年12月20日，在150年庆典的前三日，我来到马尾船厂新区。沿海边的几个大型船坞里停着十几层楼高的在建大船。岸上滑动的巨型龙门吊,就像一道移动的彩虹。李厂长手指海边,讲解说,那一艘是在建的地质采矿船,可直接从1500米的深海下采矿、粉碎、装船。那一艘是科考船的生活船,本身就是一座七层楼的活动大旅店。我们头戴红色安全帽,在机器的轰鸣声中要大声喊话。人行走在这如山的大船旁和悬在半空的龙门吊下,就像几个正在蠕动的小甲虫。

新区已建成了一座12层高的办公大楼。楼前广场上刻意保留了有当年船政记忆的三件标志物:沈葆桢雕像、沈公榕和法式钟楼。沈的雕像,背靠大楼,面向大门,雄伟高大。感谢马尾人,恐怕这是中国大地上唯一的沈葆桢雕像了。他顶戴花翎,身披长袍,手执一卷文书,许是新船的设计图或者是将要上奏的船政方案。海风拂动他的长袍,他挺身眺望着碧浪滔滔的大海。他看见了什么?看见了150年来海面上的滚滚不停的巨浪,看到了头上的天空诡谲多变的风云。他还在翘首瞭望,他放不下这颗赤子心。雕像高1.866米,寓意1866年,船政也即是近代中国海军的开创年份。底座高4.7米,寓意他在47岁那年接此重任,启动了中国近代海军史的历史车轮。而在他的右后方,就是那棵新栽的"壮士断腕榕",主干有一抱之粗,上面的细枝已吐出翠绿的叶片和团团的气根。整个树形,昂首向东,指向古钟楼,如一匹伏枥的老马,随时准备飞腾上阵。

有趣的是沈葆桢雕像的面部和沈公榕的树梢都还蒙着一块薄薄的红色纱巾,在微风中如一团火苗。厂长说,要等到三天后,大庆正日子的那天早晨,才会在锣鼓和鞭炮声中揭去这块红盖头。为的是要给沈公一个惊喜,让他看看150年后,今天中国的新船政。

(原载《北京文学》2017年第6期)

朗读与呐喊

◎莫　言

一

今年二月初,在故乡的大街上,我与推着车子卖豆腐的小学同学"矮脚虎"方快相遇。其实他的腿并不短,但不知为啥得了这样一个外号。他满头白发,脸膛通红,说起话来有嗡嗡的回音。他自小身体健壮,力气超出同龄孩子许多。班里的男生,几乎都挨过他的揍。我也挨过他的揍,原因好像是他向我借五分钱而我没钱借给他。当我哭着去向班主任告状时,那位很奇葩的老师说:活该!他怎么不来打我呢?

方快提着我的乳名,骂我阔富了忘了老同学。我说"矮脚虎"啊,我都六十多岁了,你就别叫乳名了吧?他说,你想让我叫你什么?叫你莫言?呸!

我递烟给他。他伸出沾着豆腐渣的大手接过烟,看看牌子,放在鼻孔下嗅嗅,然后夹在耳朵上,说:工作时间,不能吸烟。

与方快分别后,我想起了好多与他有关的事。他自己给自己拔牙的事,他与人打赌吃了四十个红辣椒赢了一包香烟的事,他在草甸子里追赶野兔子的事,他扛着一台重达三百多斤的柴油机在操场上转了两圈的事,还有这件我马上要写的与朗读有关的事。

二

方快是十分调皮捣蛋的学生,但他家是我们村里最贫的贫农,他父亲是贫农主任,在那个年代里,这样的学生老师是不能管也不敢管的,于是就有了他打我而班主任老师却说我活该的事儿。平心而论,方快是很聪明的,他六十多岁了还靠卖豆腐为生只能说他没碰上展露才华的机会。他在大街上当着很多晚辈的面喊我的乳名就说明了他对我的不服气。我获奖后有一位记者去采访他，他提着我的乳名说："他呀，根本不行！朗诵课文，他不是我的对手；背诵课文，他不是我的对手；写字儿，他也不是我的对手；摔跤？我捆着胳膊也是他倒地……"

我们那时上语文新课，总是先由老师朗读一遍——我们的语文老师是我们学校唯一用普通话讲课的老师。他是中等师范学校毕业，在当时的小学老师里算是高学历，那时他的年龄也不过二十出头。我们那地方的人对说普通话的人有两种态度：如果你是外乡人，或是县里的干部，你讲普通话，大家都很钦佩。如果你是本地人，出去上了几天学或是当了几年兵，回来就说普通话，那就会成为被嘲讽的对象。我当兵回乡探亲时，母亲听到我的口音里有些外来的腔调，便语重心长地提醒我不要撇腔拿调让邻亲百家笑话。我曾写过一篇题名《普通话》的小说，感兴趣的读者可以找到读一下。在这样的社会风气影响下，我们对用普通话讲课的语文老师也是从心里鄙视的。只要他一用普通话朗读课文，读到那些与我们家乡话明显发音不同的字眼时，我便感到脊梁沟里阵阵冒凉气，身上的寒毛根根竖起来。在强大的习惯势力压迫下，我们的老师还能坚持用普通话讲课，现在回想起来，他也是个了不起的人物。——老师用普通话朗读一遍之后，便让我们跟着他读——我们当然不用普通话——先是一句一句地读，然后是一段一段地读，最后是让我们齐声朗读。我们齐声朗读时，老师提着教鞭在教室里转悠，辨别着我们发出的声音里，是否有对课文的故意歪曲，如有，他就会用教鞭抽打。方快是挨教鞭抽打最多的——其实也不是真打，打到略有痛感而已——但最后一次，方快夺过教鞭在屈起的膝盖上折成两截，扔在老师面前。我至今犹能记起老师的尴尬表情。老师家出身也不太好，对方快这样的赤贫子弟心怀忌惮，尽管他的尊严受到极大的挑战，但他没敢像对待我们这些学生一样——我们只要惹火了他，他就揪着我们的脖领子，把我们拖出去修理一顿——他只是蜡黄着脸说：好！方快，看我明天怎么收拾你！——明天到了，老师似乎忘了这件事儿。他给我们上了新课，领读之后，他就让我们齐声诵读，但是他不再提着教鞭巡视了。他坐在讲台后的椅子上，埋头看一本厚厚的书，那支用胶布缠起来的教鞭静静地躺在讲台上。方快虽然不是班干部，但因为他力气大，跑得快，敢跟老师作对，在同学们中很有威望。他折断了老师的教鞭，我们把他像英雄一样崇拜着，但他却好像很不高兴似的，谁提这事就跟谁急。

有一天中午，他带着我们去田野里捉了几十只青蛙，用瓦罐提到教室里，放在脚下。那天下午要上新课，课文题目是《青蛙》。老师带领我们朗读：

"每到黄昏，池塘边上有一只老青蛙先发出单音的独唱，然后用颤音发出一声短鸣，接着满塘的蛙便跟着唱起来。呱！呱！呱！……"

我们从来没像这次朗读这样兴致勃勃，这样卖力，这样愉快，这样充满期待。我们一边朗读一边偷眼看着方快，他的脸膛红扑扑的，脸上洋溢着喜气。他从来都是朗读的捣乱者，但这次成了领读者。他的嗓音洪亮，富有韵味，而且，他使用的竟是普通话，连老师也用讶异的目光看着他。这时候，我看到他用脚推倒了瓦罐，几十只青蛙争先恐后地跳出来。伴随着女生们的尖叫和男生们的怪笑，那些青蛙在教室里蹦跳着。我们看到老师变色的脸，我们听到教室里只有方快一个人还在朗读：

"……青蛙还受到科学家的另眼看待，因为许多科学试验都少不了它们……青蛙，真是一种可爱的动物……"

我们原以为老师会跟方快决一死战，但没想到在方快响亮的朗读声中，老师蜡黄的脸渐渐变得红润起来。我们老师是一个有酒涡的男人，他的脸上出现酒涡我们便知道他笑了。

方快停止了朗读，似乎有些不好意思地对老师傻笑着。老师响亮地拍着巴掌，连声说："好好好！太好了！"

此后不久，方快便当了我们班的学习委员，之后又当了班长，他成了好学生，成了老师的骄傲，成了后进变先进的典型，他参加全县小学生朗读比赛获得了第三名，一时声名赫赫，在他的面前，似乎铺开了一条撒满花瓣的道路，如果不是后来，在"文化大革命"初起的时候，他的父亲被查出"历史问题"，那他很可能会成为我们高密东北乡一个杰出人物。当然，现在也不能说他不杰出，他家的豆腐，质量很好，供不应求。

我应该是方快引发的朗读热潮中涌现出来的又一个典型。我们朗读，我们背诵，我们把语文课本一字不漏地从头背到尾，我们班的同学们一大半都达到了这水平，与此同时，朗读也使我们的写作水平大大提高，因为，我们在朗读中获得了语感。

小学五年级，我与方快都辍了学。方快力气大，加入到成年人的行列里去干活儿，挣整劳力工分；我无奈，只好去放牛，挣半劳力的工分。与大人们在一起干活儿，那是相当热闹的，干活的时间不如休息的时间长，休息时讲故事摔跤，打情骂俏。方快有摔跤天才，好多成年人都是他的手下败将。有一年在胶莱河水利工地上，方快打擂台，连摔十八位高手，一时"矮脚虎"名声大振，但那时我已经到棉花加工厂工作去了，没能亲见盛况。放牛确实不要耗费太多体力，但寂寞难熬。当牛在草地上吃草时，我便大声地背诵学过的课文，包括那篇《青蛙》，这是一件好像很励志的事儿，但实际上全因寂寞无聊所致。

> 要及早学得聪明些，
> 在命运的伟大天平上指针总是动摇不定，
> 你不得不上升或下降，
> 或者胜利做主人，
> 或者失败做奴隶。
> 不是受罪就是凯旋，
> 不做铁砧，
> 就做铁锤
> ——德国诗人歌德《宴歌集 科夫塔之歌》摘句
>
> 莫言 书

在村里混到十八岁，托叔叔的面子我到离家八里的棉花加工厂当临时工，这是个令农村年轻人向往的好事儿。棉花加工厂晚上开"批林批孔"的会，厂里的团支部书记安排几个人发言，其中有我。稿子都是从报纸上整篇儿抄下来的，所谓发言，也就是念稿，谁的声音大，谁念得流利，谁念得音节铿锵，大家就给谁鼓掌。我是赢得掌声较多的，这得益于在学校时的朗读训练。在我赢得赞誉时，我想，如果"矮脚虎"在这里，出彩的一定是他。

后来当了兵，在新兵连训练时，我能慷慨激昂地念报纸的才能被指导员发现，于是他就让我在团部欢迎新兵大会上发言。调到军校后，领导错以为我文化水平很高,便让我当政治教员给新学员讲课。讲哲学,政治经济学,使用的都是大学教材,我哪里懂这些?但箭在弦上,不得不发,硬着头皮也要冲上去。方快做豆腐是现做现卖,我讲课是现学现讲,现在回想起来,真是感谢领导的信任,也感慨自己的无知无畏。

那年寒假,我背了一大堆书回家探亲。为了使开学后的课讲得从容些,我在邻居家滴水成冰的空房子里备课,讲稿写好了,就一遍遍地读,先是小声读,读着读着就起了高声。当时我以为我讲的是标准的普通话,后来才知道我讲的是"高普"(高密普通话)。直到现在我还是一口"高普",没有稿子闲谈时,还稍微"普通"一点,一念稿子就找不着调,为什么这样呢?我也不知道。

话说当年我在邻居家的空屋子里大声朗读,半个村子里的人都能听到。那其实已经不是朗读,而是标准的呐喊,甚至是吼叫了。我的朗读吸引了很多孩子躲在窗外听,大人路过时也会透过破窗往里望几眼。我当时特别崇拜我们单位宣传科那位讲课时手势繁多的干事。我学着他的样子,面对着墙上那面模糊不清的镜子,用我以为的普通话,用我以为的演说家的动作,挥舞着手臂,呐喊着,全不顾墙外有耳,全不顾村里人的说三道四,全不顾家里人的难堪。当时,除了崇拜我们单位宣传科的干事,我还特别崇拜共产国际的领导人季米特洛夫。辍学后无书可读,我就读大哥和二哥用过的中学课本。在大哥那本用粗糙的黑纸印刷的高中语文课本上,我读到了季米特洛夫在莱比锡法庭上的最后辩词,一下子就被那雄辩的语言和强大的逻辑力量捉住了。每逢恶劣天气不能出工,我就躲到东厢房里,先是默念,然后朗读,最后是手舞足蹈地呐喊。那时我们家东厢房里还养着一头牛,每当我呐喊时,母亲就会进来劝我:别吆呼了,你把牛都吓得不吃草了。

部队领导让我讲政治课,我就把季米特洛夫当成了榜样。讲第一课时,我颇为勉强地把季米特洛夫在辩词中引用过的歌德的诗句在课堂上朗读了一遍:

"要及早学得聪明些,在命运的伟大天平上,指针很少不动。你不得不上升或下降……"

在那难忘的第一节课上,除了引用季米特洛夫引用过的歌德的诗,我还引用了《诗经》里的"昔我往矣,杨柳依依。今我来思,雨雪霏霏",这跟我那课要讲的内容基本上是八竿子也划拉不着的。何其卖弄,何其肤浅,至今思之,犹觉耳热。

方快曾到我备课的空屋里去看过我。他那时跟人合伙开油坊，还没做豆腐。他说，你的嗓门真够大的。我说，比你差远了。他一点也不谦虚，说：如果要说朗读，你还真不如我！我说：我不如你的地方多了去了。他问：你这些天老在呐喊"不做铁砧，便做铁锤"，是什么意思？连我儿子都跟着你学会了。我说：那是季米特洛夫《在莱比锡的最后辩词》中引用过的德国大文豪歌德的诗句。他说：纯粹瞎咧咧！我不做铁锤，也不做铁砧，我做铁钳子、铁钩子行不行？

尽管我的呐喊式朗读被老同学讽刺嘲弄，但这一个多月的训练，在开学后的课堂上，作用明显，反响强烈。我不得不非常不谦虚地说那时我的记忆力很好，备好的课几乎可以背诵；我不得不非常不谦虚地说那时我的嗓门很大，喊叫两小时，没一丝一毫嘶哑。——当时我颇为得意，两堂课吼完，回到保密室——我兼任保密员——点上一支烟，竟有那么几分季米特洛夫的错觉了。——三十多年后，我到江南去，与十几位当年听过我讲课的学员聚会，问起他们对我讲课的印象，他们笑而不答，一位性格豪爽的女学员说：我们当年给您起了一个外号叫"野狼嗥"——我听了这外号，心中一怔，马上就知道他们当年受了我多少折磨。是的，我们那军校离狼牙山不远，荒凉偏僻，深夜里，的确能听到孤狼的令人恐怖的嗥叫声。

三

去年秋天，我应邀去绍兴参加一个活动，见到了仰慕已久的叶嘉莹先生，并听她吟诵了唐诗宋词。叶先生说从来没有人教过她吟唱，从小她就这样唱读，她感觉就应该这样读，这样唱。我对叶先生说，小时候我念书，念着念着就拖长了腔调，唱起来了。这时候老师、家长都会来阻止：不许唱书！他们认为这是很不好的习惯，是只动嘴巴不动脑子的懒惰行为。他们希望我字正腔圆地朗读，最好是默读。我的父亲还以我们村那位上过三年私塾，能把《三字经》《百家姓》等启蒙读物背得滚瓜烂熟但却不认识字的人为反面教材告诉我唱书之害。听了叶先生的话，我想，散文是要朗读的；而古典诗词，是应该吟唱的，而且是每个人都用自己的腔调，想怎么唱就怎么唱。我们那些话剧演员和电视节目主持人用标准普通话读出的诗词，确实很好听，但其实都不是古典诗词应该发出的声音。

听叶先生吟诵，我发现她从没有打磕巴的时候，好像这许多的诗词，都不是她用脑子而是用腮帮子记住的。我观察过好多位能机枪扫射般背诵经典的人，发现他们都是用腮帮子记忆的。问过他们，都承认自己是在唱读中完成了背诵，之所以能几十年不忘小时背过的东西，腮帮子——其实是整个发音器官，都发挥了记忆的功能。

告别叶先生回京后，我曾把门窗堵严了吟唱过几首唐诗宋词，感觉到吟唱的自由空间确实大大超过朗诵，而且还可以用拖长的音节或声音的高低起落来赢得回忆的空间——如果忘了词，你尽可以将一个字拖腔甩调，甚至将一句词用不同的调子反复吟唱，直到想起下句为止——但我知道，叶先生的自由吟唱会赢得满堂彩，而如果我敢登台放腔，迎接我的——当然不会是猎枪。

（原载《文汇报》2017年5月5日）

五十年再读白求恩

◎张承志

一瞥的照片

不久前到一个朋友家去玩,见到一张罕见的白求恩照片。

我大吃一惊。一句话立即浮上心头:"去年春上在延安……"

它就拍摄于延安。一方空间,居然赫然印着白求恩和毛泽东在一起的画面。似乎在观剧,他们各自注视,神情专注……八十年前的拍摄条件,八十年的时光浸渍,使这幅百年一霎的照片模糊漫漶——但毕竟唯有它,攫住了那个世纪的瞬间,让两种伟人一刻同席。

很久之后我才知道:二十世纪的三十年代之末,是历史迸溅火花的瞬间。同样,不管世论的鼓动如何,天下已任的国际斗士和救亡解放的革命战士,是历史的骄子。

他们在看哪一出戏?那一天他们谈了什么?

从全世界捍卫正义的象征——西班牙内战前线转战到太行山的战士白求恩,给毛主席讲述了那一代拒绝资本主义的豢养、心怀天下满腔热情的世界革命家的心迹与规模了吗?

同样,曾经心醉亚细亚的解放也曾仰慕《新青年》的启蒙、后来几经浴血穷山野营终于在陕北获得了思想余裕的毛泽东,又对白求恩怎样表述自己呢?

那一刻实在太珍贵。毛泽东和白求恩……由于舍不得的感觉,我对着朋友的电脑,拍下了这帧模糊的照片。后来才知道多余:网上早就贴满了白求恩与毛泽东的这幅照片,还有相关的题词、回忆、讨论。据说,照片前不久被白求恩女友的后代捐献给了中国,但遭到了冷遇。我想这几乎是必然的,对于冷漠无知的群类,冷漠遗忘就是本性。

远在少年时代,我们就背诵过他们。但是从未想象他们会并肩一起。时至今日，由于一瞥了他们的同席共座，我心中只觉不可思议。

终于今天懂了：白求恩——他内含意味的无限。今天我才遐想：他与毛泽东的相遇，一定会碰击出启发的火花。

"三十年代人"

那以后很长一段日子，我心里一直想着这个思路。

大约到了《当世界年轻的时候——参加西班牙内战的中国人》一书的作者倪慧如在北京召开发布会的时候，思路才被疏通。

我开始明白，要理解"文革"中全国背诵的白求恩，不能不知道他在"不远万里，来到中国"之前先行投身的——西班牙抗击法西斯前线。

1936年法西斯叛军向西班牙共和国进攻，激怒了全世界进步斗士。他们纷纷带着笔拿起枪，无视流血与厄运，抛弃上流的安逸，掀起了可歌可泣的国际主义行动。参战西班牙——这是一个世界当代史的大事件。

斗士之中名人如云，写了《丧钟为谁而鸣》的海明威只是其中一个。不少著作都把世界左翼和进步的源头，追溯到那个时期，把那一代义不惜身的国际主义勇士，称为"三九年人"。按照白求恩的履历，或许称为"三八年人"更好？但似乎约定俗成……本文相机择语，有时写为"三八年人"，而对一代人则用"三十年代人"表述。

在历史激烈碰撞的那个时点，"保卫共和国""保卫马德里"曾是响彻全球的世纪强音。记得曾读过黄仁宇以马德里保卫战质疑上海"一·二八"抗战时中国人的冷漠。就在几天前，我在汉口的展览中还看到，1938年流行的《保卫大武汉》曾这样唱："我们要坚决地保卫着它，像西班牙人民保卫马德里。"

看来，抗日战争时的中国人是熟知西班牙内战的。

在我们旅行西班牙的日子里，当年内战给人的创伤，那个时代留下的记忆，每每令人心中吃惊。网上流传的西班牙电影，《饲养乌鸦》《伤心小号曲》《鬼童院》《无政府主义者的妻子》《卡罗尔的旅行》……那么多电影人都在为共和派辩护，尤其以儿童的视角锐利地揭露法西斯。著名的知识分子，那么多都与西班牙内战纠葛弥深，诗人聂鲁达、摄影家罗伯特·卡帕、电影大师伊文思、作家海明威、画家毕加索，还有中国战士：从纽约投身的陈文饶、从瑞士参战的谢唯进。他们的行为，准确些说是世界上一种追思缅怀对他们不舍的追寻，使我们一次次感到"三八、三九，三十年代人"的真实存在。

也许，这一衔接正义的链条、这一献身他者的立场、这一热情如火的血缘，乃是世界史的另一根主线。必须指出的只是：看似隔断，其实相连，没有三八年人，就没有六八年人。

反对压迫剥削、争取天下公正的国际主义，乃是颠扑不破的真理。放眼望去，满目不见终日的惨剧，一个接一个的国家被摧毁被投入血泊，民众的信仰被三番五次故意侮辱、血肉模糊的儿童无助地死去——我想说，只要摘下你致盲的眼镜，只要张开你封闭的心眼，只要回到正常你就能看到：惨剧，绝望，唯因天下正义的退潮，唯因国际主义的失败。

世界正义的子女们前仆后继。他们潮来涌去，并不在意舆论和评价。前天他们为西班牙流血，不曾在意西班牙是否回报。昨天他们为中国抗日战争而牺牲，也不在乎中国人是否知道。今天他们又百折不挠地奔赴巴勒斯坦救援——无论聋瞽的世界说什么。

他们已经诞生，他们不会退出历史。

伴　侣

这帧照片的重现，依仗了白求恩的女友。

她也是一位国际主义战士。据说白求恩来中国就是听从了她的建议。白求恩渴望与她在中国相依为伴，但她最终还是因病离开了战场和爱人。

一个女性的"三十年代人"。

在太行山的弹雨浓烟中，白求恩把他与毛泽东的合影，还有一封信，八路军缴获的日本刀等物，赠给了热爱的女友。随后不久，拒绝延安选择火线的白求恩在涞源摩天岭战斗中负伤，抢救无效，牺牲于唐县黄石口。在加拿大并没有多少人知道白求恩，听说去白求恩故居纪念馆的参观者，几乎都是中国人。

但怀着青春记忆前往瞻仰的中国观众并不知道——其实在这个国度，还住着一位白求恩的女友。在那片地广人稀的土地上，她一言不发，始终不渝，直到白发衰老,守护着白求恩的信物,直到孤独辞世。

她甚至没有对唯一的儿子剖露。

她的沉默、她的轨迹、她的私密,她与之为伴的这帧白求恩、毛泽东合影——无声无形,却远胜声色形彩,如一尊呼之欲出的、已逝革命时代的塑像。白求恩生无悔矣,因为有过如此女友。毛泽东不可或缺,正是他们的证人。

她的形象诱我遐思不已。

对这样的女性很难描述。或许,只有宗教的描述才更贴切?她是"天堂里纯洁的伴侣"。

交　流

白求恩不仅是从西班牙抗击法西斯的前线,还是从"内部的围攻"中转战中国的。

我猜,"共产原教旨主义"一定和宗教原教旨主义一样,让人不仅厌恶而且烦恼。他怀着沉重的心事,抵达了战火涂炭萧条贫瘠的太行山。

他并非只从西班牙带来一腔豪情。他渴望向中国战友诉说,渴望一吐胸中块垒,使委屈与决意,找到倾听和解释的人。他无疑心中满溢着关于革命和国际主义的思索,既然见到了传奇的毛泽东,他当然给他写了"许多信"。

可惜万分的是,战士一心奔赴前线,白求恩很少到延安——于是两位伟人失去了深入交流的机会。这一损失的内涵,我们无法估计。毛泽东显然也心有所动,所以提及了细节:

"后来他给我来过许多信。可是因为忙,仅回过他一封信,还不知他收到没有。"《纪念白求恩》中毛主席所提及的一句,"我和白求恩同志只见过一面",成了那次交流的唯一记录。

照片上他们看的戏,是哪一出?

在难得至极而且唯有一次的见面之中,来自西班牙前线的白求恩和住在陕北窑洞里的毛泽东,两人究竟谈了些什么?

无从得知。但总有些细节,留了下来。

据说白求恩因为"党"要把他留在后方而勃然大怒。据说他在1938年春的延安宣布："我不是为享受来的。咖啡牛肉以及钢丝床我早就有，为了理想我抛弃它们。需要照顾的，是伤员而不是我！"

传说他怒不可遏，把一张椅子从窑洞里摔了出去。他甚至加了这样一句："我可以为我的鲁莽道歉，但你们更要为拄着拐杖的伤员道歉！"

——有了这样戏剧性的插曲，白求恩和毛泽东的一日谈就肯定更酣畅。革命与战争的现实，又引出了革命中的体制、前线与后方、生活与斗争、革命者与普通人的一个个问题。

他俩究竟是怎样谈的呢？

更要紧的是，在西安事变后获得了喘息、身处延安杨家岭的窑洞，毛泽东曾经怎样接待从世界第一火线撤下的这位战士？他的巨大知识体系中，西班牙内战与来自五十多个国家的国际纵队，又究竟占据着怎样一隅位置？在当时或以后，他怎样看待这个世界、他打算为他的党设计一张——怎样的国际面孔？

此事成长恨，追寻再不能。

我只是猜想，那次谈话，可能深刻无比。那次谈话中毛泽东的思路，也许奠定了一个国家的未来道路。

白求恩不一定愿意畅谈西班牙。无论对他们献身的共和国，或是对他自己。谣言纠缠着他，他是被迫离开西班牙的。受伤以后初衷更加浮起，他要在危险的火线，证明自己的尊严。

"去年春上到延安，后来去五台山工作"，白求恩快马加鞭，并不反顾。五台太行的狼烟，照烁着他的决意。

知　音

但毛泽东显然有罕见的感性。

一个异国的战士，甚至拒绝延安微渺的安宁，执意奔赴太行山肃杀的荒野。他胡语白肤，有话难说。他突然出现，而且来自西班牙的火线，里面究竟藏着怎样的内容？

毛泽东的短文也许是急就之作。但只要细读，能读出毛泽东在努力体悟。他用文字，企图捕捉一个瞬忽的形象。

青春的夙愿、欧亚的苦战、自我的终极，都倾注在简陋的手术床上。没有异性的陪伴，也没有知己的倾听——他是谁？他是怎样的一个人？如果西班牙云集着这样的人，那么应当怎样归纳这种人？

毛泽东以他的灵感，与白求恩若即若离。他并未与白求恩告别，自从那个倏忽的朋友消失，他似乎也在等候。

战士的结局是必然的：白求恩在太行前线，在无数次战斗也就是无数次野战手术中的一次倒下，就在这个三九年底逝世（11月12日）。

毛泽东立即命笔，为亡友写作了《纪念白求恩》。

或许毛泽东对白求恩先前投身的西班牙内战，以及他不经喘息又投奔中国的行为与思想，尚未了解充分？否则那篇名文会写得更加出色？不敢浪言。在他牺牲了近八十年、在我背诵了五十年之后的此刻重读此篇，在立意用语之间我叹服毛泽东的感性。虽未深交，胜似深交，毛泽东如中国古典的知音，一笔勾勒了白求恩的本质。

《纪念白求恩》这样概括："一个外国人，毫无利己的动机，把中国人民的解放事业当作他自己的事业，这是什么精神？这是国际主义的精神，这是共产主义的精神。"

文章接着写道："我们要和一切资本主义国家的无产阶级联合起来，要和日本的、英国的、美国的、德国的、意大利的以及一切资本主义国家的无产阶级联合起来，才能打倒帝国主义，解放我们的民族和人民，解放世界的民族和人民。这就是我们的国际主义，这就是我们用以反对狭隘民族主义和狭隘爱国主义的国际主义。"

——如此的表述，不消说，它距离今日追俗唯利的国人太远了。但它启发着对今天世界的判断。

是的，今日病入膏肓，明日迷茫一片，可能的判断是什么？毛泽东的参悟，是一种国际的联合。不是屈膝恭顺于"国际秩序"，不是狭隘的地域联手，更不是狭隘的宗教结盟。只需置换一些用语（比如无产阶级的概念），它就可能指导今天。

不管舆论的眼药使人们怎么视而不见，一支年轻热情的队伍，一股汇聚奔突的激流，正在不远的地方分聚合流，向着新的人在受难、渴望正义的地方投身。在五十年甚至八十年之后，人们明白了"国际主义"的必要和急切。特别在被帝国主义拖入战争炼狱的伊斯兰地区，尖声嚎叫不饶不歇接二连三点燃的历史孽火，烧焦了所有原教旨主义的伪信叫嚣。虚妄自大的思路，正轰隆崩垮溃散……

与一切"资本主义国家的、日本的、英国的、美国的、德国的、意大利的"，与一切不同宗教、不同信仰的同志携手，以国际主义联合打倒帝国主义并解放民族与人民——或许，这就是毛泽东的世界观，他的遗训。

同时，若在"人"的高度上读解，这篇文字更是对人质地升华的呼唤。

一个人能力有大小，一个人宗教隶属有不同，一个人所处历史有巨变，"但只要有这点精神，就是一个高尚的人，一个纯粹的人，一个有道德的人，一个脱离了低级趣味的人，一个有益于人民的人"。

无疑，在如上的思想上今天的中国正剧烈地分裂。相比起其他国家对西班牙内战的激动（比如日本，参见作家五木宽之的散文集《我心中的西班牙：西班牙战争与三十年代》，晶文社，1972年），我能想象愚蠢的嘲笑。只不过，思想悲剧常预示着更大的悲剧；当人们不单因受限的视野而无知，还由于缺乏教养而狂妄，当人们恣意把人类的理想喷粪践踏——思想就可以缄默，静观历史的裁夺。车轮将无情地碾来，毁坏最后的共有，无论乡愁虚荣。

话题还是回到小范围。说到底，这只是一篇具备热情的人之间的交流；是一篇"三十年代人"与它的继承者"六十年代人"之间的交流。

五十年后重读，准确地说，在写完了描述穆斯林朝觐的长文《英特那雄纳尔一定要实现》之后重读，我只觉字字新鲜。

回忆起我随着社会背诵"老三篇"时，岁数还不到二十岁。如今我怀念无论是在加拿大、西班牙，还是太行山的白求恩，也怀念每一个信仰社会主义、无政府主义、基督、佛陀、安拉的国际主义者。有时，我也怀念自己囫囵吞枣的少年时代。是的，没有那样一个时代的奠基，我或许会对烈士轻慢。

是的，读懂一篇价值之作，理解一个高尚的人，就是需要五十年甚至八十年。

（原载《天涯》2017年第2期）

桃花情
——人文拾荒

◎从维熙

不久前,"北京人艺"演出了话剧《我爱桃花》。笔者观赏了演员尹铸胜和梅婷"让多少爱可以重来"的情感戏剧之后,当即激起我对当年一场桃花梦呓的怀想。不过,它不属于儿女喃呢的情爱范畴,而是知识分子的一曲梦中彩虹;在那旋而即逝的桃花梦中,深藏着中国的历史的经纬,成为中国知识分子的生命绝唱。故而笔者行文,将当年驿路桃花之情梦,呈现给今天的读者……

上

记得,前几年香港凤凰卫视采访我时,曾问我这样一个问题:"在你二十年马拉松长跑的悲怆记忆中,有没有留下一点点美好的记忆?"我说:"有。在北京南郊的团河农场,那儿曾经有个几百亩的桃花园。那里不仅是我个人——也曾是受难知识分子的'桃花源'。令我难以忘却的是,在那片桃花园旁的小河沟旁,还有幸与潘汉年有一面之缘。"

今天回眸起这段日子来,近似于一篇冰雪驿路上的历史童话。1962年3月,周恩来召开了"为右倾分子平反"的广州会议,会上不仅宣布为写下《洞箫横吹》的剧作家岳野平反,在进餐时,陈毅还特意为岳野敬酒。虽然这只是一条短而又短的新闻,但就是在这股送暖的东风中,我们这些与"地、富、反、坏"杂居于一条大炕上的"老右",在1963年便从东、西、南、北、中的各个劳改场矿,一块儿被送到了这片桃花驿站来了,让受难知识分子看见了一线生命的曙光。

当时,我在这儿当上桃园班的生产组长,从春天桃花吐艳到秋时结出满树的蜜桃,桃子的品种从"五月鲜"到"晚黄金",还有各种偌大的蟠桃(俗称

"寿桃"），因而我在桃花丛中劳动的时候，比在铁矿开矿和在炎阳烈日下插秧，要轻松得多了。因而，我常常情不自禁地暗暗吟诵起郭沫若在《棠棣之花》中的桃花诗章：

  春桃一片花如海
  千朵万朵迎风开
  花从树上纷纷落
  人从花中双双来

  心中吟诵这个诗章，并非有什么白马王子的孟浪情怀，完全出自于对愁楚心绪的释放——因为在这片桃花园和旁边的千亩葡萄园中，不仅有"老右"群体，还有假释到这儿来蒙冤的老革命潘汉年——他常在桃花园一条小河对岸垂钓。最初我以为这个钓鱼的老头儿，是赋了闲的农场领导，在桃花丛中享受晚年；但是在场部剧班搞美工的右派画家赵华川对我耳语说："他就是当年在白区搞谍报的潘汉年。"最初，我不相信这是真的，因为他的名气太大了。后来在一次回京探亲时，我曾向我的前岳丈张宗麟询问——他在上海地下党时，曾与潘汉年有过多次的工作接触，他根据我述说的形象，确信就是潘汉年。因为他知道潘汉年已获得假释，但具体地点不详，这与赵华川对我谈起的情况十分吻合。昔日，读中国史料中记载，潘汉年谍报工作几乎覆盖了旧中国的方方面面，从青、红帮会一直搞到汉奸头子汪精卫身边。这么一位开国功勋，步入大牢已经让人费解；此时此刻，我能与之隔河相望，简直近乎于一个时代寓言。

  心中越是疑惑，越想得到对钓鱼老人的准确定位。有一天，一个机遇来了：管理桃园的中队指导员董维森，来桃园检查工作。我身为生产组长，在值班室向他汇报完桃树的施肥情况之后，斗胆询问他："董指导员，我……我……想问一个不该问的问题……河沟对岸那钓鱼的老者，是不是潘……"记得，当我的"潘"字出口之后，董先是望望窗外的河沟，然后那双闪亮的眼睛，立刻盯在我的脸上。很显然，这是一个超越阶级界线的问题，尽管他在劳改干部中，属于关爱知识分子的类型，但他毕竟与我们隔着一条时代的阶级界河，我有失身份的询问，不是给人家出难题吗？

我有点后悔我的鲁莽,但并没有失去希望。因为在此之前,我和他在一次特殊的接触中,对他有一种全新的理解:一天收工后,他把我叫到队部办公室并打开他办公桌上的一个纸盒子。我正在不理解其意之际,他从里边拿出来一支蓝色花纹的钢笔。我顿时愣住了,因为这支蓝色的派克笔,与我1950年代行文时用的派克笔一模一样;1960年我被收监后,上缴给了收容所一位姓严的队长。三年多过去,我每天面朝黄土背朝天地劳动,早就把它忘却了——因为它和我这个劳改犯再没有任何关系。

"看看这是不是你过去写文章那支笔?"董维森一边问我,一边把那支派克笔推到我的面前。

我拿起来看了看,立刻百感丛生。我在"反右"之前出版的三本书(短篇集《七月雨》《曙光升起的早晨》和长篇《南河春晓》),正是用它写成的。由于写字时食指不断用力之故,钢笔上面的罗纹已然有所磨损,因而我点头称是之余,便坦言这支钢笔对我来说,已经是可有可无了。几年过去之后,它怎么也和我一样,"流浪"到桃花驿站来了?

董维森对我木然的表情,有点愠怒。他的声音突然拔高了八度:"是你感到怪异吧?让你感到怪异的事还多着呢!我告诉你,除了你的笔转到桃园来了之外,去你家查抄的书稿,也一块转到咱们桃园中队来了——我翻了翻,其中有你写北京青年去开垦北大荒的手稿(即1980年代出版的长篇《北国草》),还有……"他端起茶杯喝了口水,显然是在控制他对我的急躁情绪。放下水杯后他的情绪和缓了许多:"从维熙呀,你的脑子进了水了,还是得了痴呆症,你怎么不想想,你和你的笔以及文稿,为什么和你一块儿来到咱们团河农场,难道这一切都是偶然的吗?"

真是应了古代传留下来"响鼓不沉捶——一点就'嗵'"的这句民谚了,我顿时明白了董指导员这些话中的意思:知识分子的命运正在发生变化,不然的话连人带物,都不可能到首都之畔的这个桃花驿站里来。我向董维森表示了谢意,接过那支派克笔后,鼓着勇气询问了他一句:"那些书稿……也是退还给我的?"

董抿嘴笑了笑:"你醒过闷儿来了?"

我答:"我没想到,真的没有想到。"

他告诉我，查抄的我的书稿和往来信件，整整一大纸箱，临时存在场部档案室。我星期天休息回家时，可以取出来拿回去。我要离开队部办公室时，他又低声地告诉我，让我回家安慰一下老母亲，形势如果没有大的变故，希望团河农场的桃园是你们最后一个劳改驿站了。

我的心狂跳如同捶鼓。正是基于这样的时代背景和董维森对我倾吐出来的心底之声，我才有勇气向董维森询及钓鱼老人的事；否则，我就是有天大的胆子，也不敢向他提出这个问题。

他反问我道："你听谁说的？"

"过去我看过他在报纸上的照片，隔河看去有点像他。"我没有把赵华川的名字说出来。

"噢！你的记忆力还不错么！"董含糊其词回答我说，"那你就凭记忆去判断吧！"

当年，这种似是而非的回答，就算是很难得了。之后，我对那位垂钓的老者，本能地增加了亲切感。试想，一位开国功勋，一个地工奇才，也要承受这时代的苦难，实在比我们还要痛苦得多。因而，我对他隔河招手或偶尔相视一笑时，自然而然地多了些对革命长者的敬意——因为他在1955年"肃反"时就身陷囹圄，落难的日子比我们还早上两年。前有辙，后有车，此时我和他能在桃花林中相见，真是应了那首古诗："同是天涯沦落人，相逢何必曾相识。"基于内心的敬仰的冲动，我有过一次十分出格的行动：那是夏日采摘大桃的日子，组里成员都去装筐运桃去了，只有我一个人在值班房，负责过秤，等待汽车来拉走桃筐。就在这一瞬间，我看见那位钓鱼老者正在树下发呆。这时我突发奇想，让那比我心灵还要苦涩的前辈，也尝尝生活的甘甜。我从桃筐里遴选了两个熟透了的蟠桃，先是想给他扔过去，但怕损伤了蜜桃的形状，想来想去，忽然计上心头，我从值班室找出来一个塑料盒子，再把两个蟠桃放进盒子——我想如同放河灯那般，让两个寿桃漂浮到小河对岸。

干此事时，我心跳如同擂鼓，但这儿只有我一个人，因而是只有天知、地知、我知的事儿。但当我正要把果盒放进水里的时候，这位惊世的老地工，似乎看穿了我的用心，先是连连对我晃动他头上的草帽，然后便夹起钓鱼竿匆匆离开了河沟对岸。

我失望至极，觉得老人有点令人费解：微笑可以，招手可以，为什么动真格时老人反而选择了逃避？事后剧班的画家赵华川，是这么为我解疑的：他认为老人对目前的形势，不像我们这么乐观。他举了一个事例说给我听："我工作的剧班，在他囚居的小院旁边。有一次他在院内树下看书时，我好奇扫了一眼。你猜他看的是什么书？果戈理的《死魂灵》。我仔细看看，他没有阅读文字，而是翻看小说中的一幅幅插图。这是不是他内心世界的自白？"

"什么自白？"我不太理解赵华川话中的含意。

"就是灵魂已经死亡的意思呗！"他说。

我说他的微笑和招手，似乎对生活没有失去希望。赵华川不以为然，他认为那只是老人的表象，内心世界比我们要悲观。谁能准确地号准这位老革命的心脉呢？

我虽然觉得赵华川的话不无道理，但内心深处仍然沉迷于希望之中。这不仅因为我的派克笔和查抄书稿，归还到我的手里，更有一个逃号事件，让同类们感觉五更寒天可能即将过去：一个名叫张志华的右派，逃离津北的茶淀劳改农场后，在广州和新疆"自由"了两年多，被抓捕后既没有判刑，也没有受轮番批斗，只写了篇书面检查，就被送到桃花驿站来了。这是震撼"老右"们的一个解冻的信号，因而在桃子事件中，潘汉年对我的影响，很快被解冻的热浪化解为零。

特别让我永生无法忘却的，是骑着一辆自行车，回家探望老母和幼子的日子：我的自行车的车把上，挂着一袋刚刚采摘下来的鲜桃（多少钱一斤，由于年代久远我已记不清了），车后座上捆绑着一个纸箱，里边装的是退还我的书稿和信件，这是我劳改生涯中最为快乐的时刻。从地处大兴的团河农场桃园到我家，约有二十多公里的路程，我骑的自行车又是一辆破车，加上夏日炎阳似火，大汗淋漓的我却忘记了疲惫。何故？只因为生命中的一丝曙光，覆盖了我的精神伤痛。

到了家里，老母亲惊异的泪水夺眶而出。我年幼的儿子，虽然还不太理解人世间的沧桑，但全家团圆之乐也让他兴奋得又跳又蹦——特别是我又带回来蜜桃和被查抄走的书稿，让这个苦难之巢中，突然有了欢乐的音符。记得，老母亲曾泪眼汪汪地问我："是不是快有盼头了？"我一边为母亲擦着眼泪，一边安慰她说："快熬到头了，连队长都这么说。"

谁也没有料到，这就是知识分子美梦的顶峰。进入1965年之后，第一件让人费解的事，在桃花林中发生了。一天，我正在桃园为桃树剪枝，赵华川神色不安地走到树下，匆匆地对我耳语说："有个不好的消息，潘汉年不见了。听说他不再假释，又被收押到监狱去了。至于究竟是什么时候走的，没有人知道。他结束假释重回监牢，是不是历史要'杀回马枪'的不祥信号？"听到这个信息后，我手里那把修剪桃树的剪刀，从手里脱落下来，扎在了我的脚背上。好在当时正是初冬，我脚上穿的是棉鞋，没有伤及皮肉。对于赵华川提出的问题，我回答不出一个字来。

桃园钓客的突然重新收监，当真是中国历史的风标。不久，"文化大革命"就开始了，在那山摇地动的日子里，来自东、西、南、北、中的劳改右派，重新踏上漫漫的风雪征程，重新回到津北的茶淀农场。记得在临行的前两天，董维森特意把我叫到队长办公室，对我袒露他的心声："天有阴有晴，月有圆有亏，你们知识分子改造的路还很长，你要有足够的精神准备。"我感谢了他语重心长的叮咛。在离开他办公室之际，他又叫住了我，破例地放我一天假，让我回家一趟：第一看看老母亲和儿子；第二让我把发还给我的手稿，让老母亲收藏好。我听得出来，他的弦外之音是在提示我，我们这些专政对象的家宅，在"文革"中还有可能被查抄……记得，我走出他办公室的瞬间，心跳如同擂鼓；眼泪也随着心跳，默默地滴了下来。因而，这成为我离开桃花林时，不能漏下的最后一笔——因为他是我二十年流放生涯中，众多专政人员中难觅的好公安。

下

当历史进入新时期的1979年，我才从一个劳改之因，由鬼还原成人，回到北京。多年的苦水，已然淹没了我对桃花残梦的记忆；但是在1983年的一天，河北家乡电视台采访我的主题，就是重回旧地觅故。如同一声惊雷，我想到了团河农场那片富有历史斑痕的桃花林。经电视台和北京劳改局联系，说农场欢迎我去访故，于是在当年的春夏之交，我便踏上了寻梦的行程。

重新走进那片桃花林的时候，桃花已然快要凋谢，但留在枝叶间的桃花，依然唤醒我逝去多年的梦幻。董维森已然调走，到北京西城公安分局搞刑侦去了。来自天南地北的昔日难友，也都返回自己原来的城市——令我内心极度忧伤的是，那位曾与我有过苦难情缘并隔河相望的潘汉年，没有返回自己的星座，他已然离开了人间去了天国。我回归京城之后，曾迫不及待地寻找这位前辈的下落，历史资料告诉我如是的史实：在"文革"中，他的假释作废，这位当年的桃园钓客，与他的妻子董慧一块儿被送往秦城监狱。"文革"后期的1975年，他和妻子又被发配到湖南茶陵农场劳改；1977年春天肝病爆发，这位为挽救民族危亡，而走上谍报工作的元老，于当年的4月14日，含冤病死在湖南一所普通医院，时年七十一岁。更为令人感叹唏嘘的是，他住院时的名字和死后出现在湖南墓碑上的名字，都不是用潘汉年的实名，而是用当年从事谍报工作时的化名肖淑安。是出于他个人的怀旧？还是当时不许泄露潘汉年的消息？笔者不知，披露历史资料的人，也不知其内情——直到他死后第五年的1982年，潘汉年得平反之后，沉冤了二十七年之久的他，才复用了潘汉年的真名。

历史何以如此无情？历史何以又深藏着前辈人的伤痛？因而当我回访团河农场时面对他曾经垂钓的小河和那片桃花林，突然想起历史剧《桃花扇》中的几句悲情诗句：

> 去年今日此门中
> 人面桃花相映红
> 人面不知何处去
> 桃花依旧笑春风

陪同我觅故桃花林的是新任的劳改农场的场长，还有曾经管理过我们的高元松队长和技术员云照洋。这块土地真比得上一面历史的镜子，不仅知识分子受难群体，在这儿留下了足迹——我们离开这儿之后，又有一批批另类人群，在这儿接受过审查。比如，林彪飞机坠毁在蒙古的温都尔汗之后，林彪之子林立果选中的美女张宁，一度曾被囚禁在这儿接受审查；与我一度为邻的文坛硬汉萧军告诉我，他和北京作协许多作家，"文革"中后期也曾被关在这儿接受"文革"洗礼。因而，当我穿行在桃花林时，我忽然感到那一片片坠落地面的桃花，红色中都沾有历史的斑斑血痕；这不是孟浪的臆想，而是桃花林演绎出来的历史真实。

出于心中百感交织，加上农场干部们劝酒——那天我在农场午餐时，喝酒便失控了。据电视台的记者事后告诉我，我曾在餐桌上，说起两只天鹅的轶事：当年东北兴凯湖劳改农场，曾经给团河农场送来捕获的两只白天鹅。当年人们还不知珍爱鸟类，农场干部怕它飞走，便剪断了它飞天的翅膀。我每每看见它俩步履蹒跚行走的时候，便立刻联想到这是知识分子的化身。但是让我想象不到的是，这两只善良的天使，在环境的熏陶下，也能渐渐地失去天使的善良，而变成人间的恶神——这两只天鹅，只要看见衣衫褴褛的劳改人员，便拍打着被剪断的羽翅，朝劳改人员追赶过来。人性能变，鸟性也能变，这是我在桃花林这个劳改驿站，最为独特的感悟。酒后吐真言——在餐桌上，当着劳改农场领导干部的面，我竟然忘我地说开了天鹅异化的童话，当真是到了忘我境界。

可是人是有情物，酒也是有情物。两情合二为一，便有了我回访桃花林的上述表演。自从进入历史新时期，到今天的2017年，我有三次醉酒的经历：第一次，是我1982年出访澳大利亚归来，刚刚踏上国门广州的时候；第三次大醉，是我在1988年，在宝岛台北《联合报》的招待会上；酒醉劳改驿站桃花林，是其间的第二次。那天我在桃花园酒醉后，在电视台送我归来的汽车上，便开始呕吐，就像在桃花林倾吐心声那样，把午餐时的食物吐个精光。

待我从酒醉中清醒过来，我并没有对醉酒自悔。为什么？那是我内心世界的真情道白，而真诚是做人的根本。但是我也有所失落，因为没能看见在苦难的历史岁月中，关爱知识分子的董维森。知恩当报，我开始寻觅他的踪影；但令人感叹的是，当我找到北京西城公安分局的时候，董维森已经在不久前离开人世了。我悲叹时间无情之余，亲自赶赴他的家里，去探视他的妻子。我除去给她带去些补品，让她好好活下去之外，还送去一束红白相间的桃花，还有一本我初版的《走向混沌》，因为在书页的字里行间，也曾留有董维森的名字。

时光荏苒，岁月如梭——当鸡年2017年春日即将到来时刻，生于1933年鸡年春天、已然八十四岁老翁的我，见时令又快到桃花吐蕊的春时，写此《桃花情》的忆旧拾荒文章，以不愧对昨天的历史与今天的人生。

（原载《上海文学》2017年第5期）

《小楼与孩子》续篇

◎何士光

一

《小楼与孩子》这篇文章,是当年鲁令子老师去世以后,我写下来悼念老师的。最近文联的同志要出版一本书,用来纪念那些曾经在文联工作过的老同志,打算把它编入这本集子,因此来索要这篇稿子。我从陈年的文稿中把它翻检出来,才看见这之间,已经有十五个年头过去了。

夫子曾经说过:"逝者如斯",是指年光在像水一样流淌。后来东坡居士又添了一句,叫"而未曾往",则是说江河始终奔流着,所以又不曾流淌。事情正是这样,我读着这篇稿子的时候,也正像当年一样,泪水便又从心里流出来了。文章并不长,我就把原文列在这里。

二

《小楼与孩子》原文:

贵州省文联现在有了一座大楼,但在原来,这里却是一座青砖的小楼。要是追寻起来,小楼的年月还很久远。我是在小楼近旁的街道里长大的,从小就知道这座小楼。小楼前面的泥地上有柏树和杉树,还有砖砌的甬道,两旁有许多水仙,花朵很白,细长的叶片却很苦涩。下午放学以后,我常常和同伴们在泥地上玩玻璃球。

有一天我进到了楼里,是小伙伴领我进去的,因为这座小楼的废纸篓里能找到许多信封,上面会有残留的邮票。那时候我很纳闷,是什么人住在这里面呢?他们为什么要写这样多的信呢?我没有想到这座小楼会是我今生今世的一种遭遇。但后来我就知道了，这楼房里有一个房间，叫作家协会。我就是在这间摆着几只漆皮靠椅的房间里，最早见到鲁令子老师的。

许多年来，当我想起鲁令子老师的时候，总觉得他就像朱自清先生《背影》里的父亲，或者丰子恺先生图画里的父亲。他的脸是圆圆的，胖胖的，笑呵呵的，和和气气的。而且不妨说他的身材也是圆圆的，胖胖的，笑呵呵的，和和气气的。夏天里穿一件圆圆的、胖胖的衫子，冬天里穿一件圆圆的、胖胖的棉衣，同样也都是笑呵呵的，和和气气的。事情也正是这样，如果就日常的情形来看，那时候我们也好像是一些孩子，鲁令子老师则仿佛一位父亲，而不必称他为秘书长。

鲁令子老师接纳的年轻人不止我一个。比如在我之前，就还有叶辛，在我之后，还有顾汶光和李宽定，而且也还应该有李发模和石定。那时候在这座城市里，我们都还没有落脚之地。有的还在乡下，有的还在山里。到城里来了，就径直到这座楼里来，果真就像到了家里似的。而鲁令子老师就总在为我们操劳着什么。

一天我见到他的时候，他说打算给我开一个讨论会了，就把一本印好的集子交给了我。这一篇篇地搜集起来的，用蜡纸一张张地刻印出来的，不就是我涂抹下来的一些文字？乍看之下，还叫人诧异。

这就是我印出来的第一本集子了。

一天我又见到他的时候，他就把一个信封交在我的手里。那是我第一次去北京领奖。他交给我的是火车票，还有回来的旅费。然后他嘱咐我路上要小心在意。

这就是我第一次乘卧铺车远行了。

到了下一次，我第二次去北京领奖的时候，他除了依旧把一个装有火车票的信封交给我之外，还多说了这样一句话：去的时候还坐火车，回来的时候，就坐一次飞机。

这当然也就是我第一次坐飞机了。

诗人顾贞观在他的《金缕曲》里这样写道："季子平安否，便归来，生平万事，哪堪回首？"要一一写出老师当初对我们的照料，又怎么能够？只消往那些岁月里投上一瞥，便能清晰地看见他拎着一只很旧了的黑颜色的提包，在匆匆地赶路。他就以那样的年纪，风尘仆仆地奔波着，为我们办完了那些繁难的手续，终于把我们都弄到了这座城市里来，让我们有了一个栖身之地。

或许我们总以为日子是天长地久的，但天长地久的日子又哪里会有呢？时光在流逝，人世在变迁，人心在飞转，一刻也不曾停息。这以后，小楼就拆掉了，这里自然是说，作家协会就不再设置在这座楼里了。后来老师也退休了，新的楼房里就不再有他的踪迹。而我们呢，有道是三春去后诸芳尽，也就沉浮在各自的日子里。除了年节里我会去看望他以外，许许多多的时候，倒仿佛把老师忘怀了似的。那么到了一九九九年十二月一日，又一个白天到来的时候，就接到了老师谢世的消息。

古人云，三十而立，四十而不惑，五十而知天命。我原以为我已过了知天命之年，一颗心是再不会悲痛的了，但老师去世的消息却像刀子一样，一下子便割开了这颗迟钝的心。不知悲从何处来，不知痛从何处来，它们却一下子就来了，涌动在人的心里，让人禁不住涕零。

这诚然是为老师哭泣，也许还为自己哭泣，为一种岁月，一种人生和一种情怀哭泣。鲁令子老师走了以后，我们还能到哪儿去寻找那样的风和阳光呢？

三

鲁令子老师去世以后，我主持了老师的遗体告别会，并代表文联和作协致辞，和大家一起回顾了老师的生平。晚上回到家里，心绪也没有平息，就写下了这些文字。现在我就非常庆幸，当初我曾经写下过这些文字。年光过去了，就无法追挽了。要是当初我不曾与老师告别，也不曾写下这些文字，如今我会是怎么样的失悔呢？

我和鲁令子老师相处的日子，是上个世纪七十年代末期，到八十年代初期的那一段日子。我们告别了鲁令子老师，也就告别了那样的岁月、人生和情怀。那样的岁月，在人世的代谢之中，是一种大地重光的、像春天一样的岁月；那样的人生，是一种对生活还保有着信任，相信诚实的劳动和收获的人生；那样的情怀，是一种古风犹存的、善良而真挚的情怀。诗人不是说，云随雁字长，人情似故乡？离开了人情，这人间的美好的生活就建立不起来。

记得罗曼·罗兰说：如果你的使命是要做一个人，那你就得做一个人。如同人们平常所说，就是做一个好人，鲁令子老师也就是一个好人。好人未必是一个成功的人士，但好人的成功并不一定要在业绩里，好人的成功就是好人本身，这是更难能的。

好人在现世的沉浮里，并不一定会有好报；但好人在生命的流转里，就一定是有好报的。鲁令子老师走了，他去了哪里呢？佛陀比喻说，大树是依照它倾斜的方向倒下的。善良的心灵就像天堂，邪恶的心境便像地狱了。那么鲁令子老师的去处，一定是吉祥的。

（原载《山花》2017年第6期）

母亲百岁记

◎冯骥才

留在昔时中国人记忆里的，总有一个挂在脖子上小小而好看的长命锁。那是长辈请人用纯银打制的，锁下边坠着一些精巧的小铃，锁上边刻着四个字：长命百岁。这四个字是世世代代以来对一个新生儿最美好的祝福，一种极致的吉祥话语，一种遥不可及的人间想往，然而从来没想到它能在我亲人的身上实现。天竟赐我这样的洪福！

天下有多少人能活到三位数？谁能叫自己的生命装进去整整一个世纪的岁久年长？我骄傲地说——我的母亲！

过去，我不曾有过母亲百岁的奢望。但是在母亲过九十岁生日的时候，我萌生出这种浪漫的痴望。太美好的想法总是伴随着隐隐的担虑。我和家人们嘴里全不说，却都分外用心照料她，心照不宣地为她的百岁目标使劲了。我的兄弟姐妹多，大家各尽其心，又都彼此合力，第三代的孙男娣女也加入进来。特别是母亲患病时，那是我们必须一起迎接的挑战。每逢此时我们就像一支训练有素的球队，凭着默契的配合和倾力倾情，赢下一场场"赛事"。母亲经多磨难，父亲离去后，更加多愁善感；多年来为母亲消解心结已是我们每个人都擅长的事。我无法知道这些年为了母亲的快乐与健康，我们手足之间反反复复通了多少电话。

然而近年来，每当母亲生日我们笑呵呵聚在一起时，也都是满头花发。小弟已七十，大姐都八十了。可是在母亲面前，我们永远是孩子。人只有到了岁数大了，才会知道做孩子的感觉多珍贵多温馨。谁能像我这样，七十五岁了还是儿子；还有身在一棵大树下的感觉，有故乡故土和家的感觉；还能闻到只有母亲身上才有的深挚的气息。

人生很奇特。你小时候，母亲照料你保护你，每当有外人敲门，母亲便会起身去开门，决不会叫你去。可是等到你成长起来，母亲老了，再有外人敲门时，去开门的一定是你；该轮到你来呵护母亲了，人间的角色自然而然地发生转变，这就是美好的人伦与人伦的美好。母亲从九十一、九十二、九十三……一步步向前走。一种奇异的感觉出现了，我似乎觉得母亲愈来愈像我的女儿，我要把她放在手心里，我要保护她，叫她实现自古以来人间最瑰丽的梦想——长命百岁！

母亲住在弟弟的家。我每周二、五下班之后一定要去看她，雷打不动。母亲知我忙，怕我担心她的身体，这一天她都会提前洗脸搽油，拢拢头发，提起精神来，给我看。母亲兴趣多多，喜欢我带来的天南地北的消息，我笑她"心怀天下"。她还是个微信老手，天天将亲友们发给她的美丽的图片和有趣的视频转发他人。有时我在外地开会时，会忽然收到她微信："儿子，你累吗？"可是，我在与她一边聊天时，还是要多方"刺探"她身体存在哪些小问题和小不适，我要尽快为她消除。我明白，保障她的身体健康是我首要的事。就这样，那个浪漫又遥远的百岁的目标渐渐进入眼帘了。

到了去年，母亲九十九周岁。她身体很好，身体也有力量，想象力依然活跃，我开始设想来年如何为她庆寿时，她忽说："我明年不过生日了，后年我过一百零一岁。"我先是不解，后来才明白，"百岁"这个日子确实太辉煌，她把它看成一道高高的门槛了，就像跳高运动员面对的横杆。我知道，这是她本能地对生命的一种畏惧，又是一种渴望。于是我与兄弟姐妹们说好，不再对她说百岁生日，不给她压力，等到了百岁那天来到自然就要庆贺了。可是我自己的心里也生出了一种担心——怕她在生日前生病。

然而，担心变成了现实，就在她生日前的两个月突然丹毒袭体，来势极猛，发冷发烧，小腿红肿得发亮，这便赶紧送进医院，打针输液，病情刚刚好转，旋又复发，再次入院，直到生日前三日才出院，虽然病魔赶走，然而一连五十天输液吃药，伤了胃口，变得体弱神衰，无法庆贺寿辰。于是兄弟姐妹大家商定，百岁这天，轮流去向她祝贺生日，说说话，稍坐即离，不叫她劳累。午餐时，只由我和爱人、弟弟，陪她吃寿面。我们相约依照传统，待到母亲身体康复后，一家老小再为她好好补寿。

尽管在这百年难逢的日子里，这样做尴尬又难堪，不能尽大喜之兴，不能让这人间盛事如花般盛开，但是今天——

母亲已经站在这里——站在生命长途上一个用金子搭成的驿站上了。一百年漫长又崎岖的路已然记载在她生命的行程里。她真了不起,一步跨进了自己的新世纪。此时此刻我却仍然觉得像是在一种神奇和发光的梦里。

故而,我们没有华庭盛筵,没有四世同堂,只有一张小桌,几个适合母亲口味的家常小菜,一碗用木耳、面筋、鸡蛋和少许嫩肉烧成的拌卤,一点点红酒,无限温馨地为母亲举杯祝贺。母亲今天没有梳妆,不能拍照留念,我只能把眼前如此珍贵的画面记在心里。母亲还是有些衰弱,只吃了七八根面条,一点绿色的菠菜,饮小半口酒。但能与母亲长久相伴下去就是儿辈莫大的幸福了。我相信世间很多人内心深处都有这句话。

此刻,我愿意把此情此景告诉给我所有的朋友与熟人,这才是一件可以和朋友们共享的人间的幸福。

(原载《中老年时报》2017年9月28日)

魂兮归来

◎陈丹晨

一

我站在旗津岛的海水浴场，看汪洋大海，宽阔无边的波涛汹涌，一排又一排地奔袭冲撞而来，也像是一座座山峦峰巅奔涌到你面前，崩塌溅落成美丽的水珠四射。极目远眺还是那样恣肆沸腾的海水，没有尽头，没有边际线，真的是白茫茫水天一色。这就是闻名天下的台湾海峡。多么壮丽雄奇的大海！看另一边，高雄港湾里的波浪也在涌动，只是似乎变得温和些了。看那海水是任何大江大湖不能比拟的，它雄壮气势令人惊骇，它碧蓝得深不可测，它美丽魅惑使你晕眩。旗津岛像一把长长的利剑，又像一条长长的门闩，横卧在港湾前，守卫迎送来来往往的船只。

从旗津岛看港湾沿岸码头停泊的轮船，一排排列队整齐，高举的起重机杆似乎显得遥远渺小，可见港湾海面是多么开阔水深，又有多少巨轮可以自由轻松驶入驶出。这不，说话间，正看见一艘庞然大物快速驶来。漆黑的船身、大红的轮底，像是旁若无人长驱直入，又像是急着回家赶路那样轻快。

"你爷爷原来就是在这样的轮船上服务。他的大半辈子就是在轮船上度过的。"我对儿子菽说。

菽和我来到宝岛是为了迎取我父亲的遗骨。五十六年前，他因病在台湾去世。尽管那时两岸对峙，音信难通，但父亲只要有机会总是想尽办法委托香港的友人辗转传递家书给翘首鹄望的家中。这些信息虽说是间隔很久，偶尔才有的，但对母亲和六个子女来说都是那么珍贵稀罕。无论如何没有想到五十三岁壮年的他竟孤身一人匆匆客死异乡。从此断了消息，他在台湾十一二年的生前身后完全成了一片空白，我们都茫然不知。

二十年前我应"贤志文教基金会"邀请访问过台湾，也曾托请朋友帮忙寻找他的遗骨线索，没有结果。长久以来，我已失去信心，但总是悬存心底，到了如今耄耋之年，仍还不能放下。今年春天与老同学菊在电话里闲聊时偶然谈起此事。没想到她却热心地说："没问题，我可以托在台湾的亲戚帮忙寻找。"我以为说过也就算了。没有想到她竟认真当回事，随后就托请她的亲戚代办；更没有想到秀如嫂与我非亲非故、素昧平生，却为了菊的托付专程从新北市远程奔走几百里路，到高雄市造访了新兴区户政事务所查询。

这是一个政府机关，按照规定不能随意透露个人信息资料，但是他们还是告知确曾有其人，并且事后热心帮助通知了父亲在台湾有关的联系人，请他们自己决定愿否与我们联系。这时出现了一位父亲在台湾的养女陈露芬，父亲去世时她仅有五岁，如今她已是六十岁的老人了；她的身份证上一直填写着我父亲的名字，以我父亲的女儿身份活在这世上。当她得知大陆的大哥来探询父亲的消息后，当然格外的激动，就主动与秀如嫂取得了联系，告知父亲的遗骨寄存在基隆市十方大觉寺内。秀如嫂为了核实此事，就给大觉寺打了电话，按我提供的父亲名字和卒年，居然在通话时就得到了确认。但是，秀如嫂仍然还是不大放心，他们夫妇约了住在苗栗县的露芬夫妇到基隆市大觉寺会面，事先让我从微信中把父亲的照片传了给她。她们到达寺庙后，去了墓室，寻找到了父亲的遗骨，同时陈列的还有装在镜框里的照片和牌位，灵盒上刻写着"显考陈公顺华府君之灵骨"。所有的都核对无误。秀如嫂还献了鲜花，捐了香火钱，代我祭拜了父亲。

秀如嫂原在一家电子工厂做工，现已退休。她把寻访的经过告诉了我的同学菊，菊又转告了我。我的心里复杂极了，几十年来父亲的身后音信杳无，一旦有了下落，那种莫名的激动真的是无法说清楚的。我对秀如嫂的认真、热心、做事利落干净明快、善良侠义，更是说不出来的感激、钦佩和敬重。我平时最不喜欢叨扰别人，这次竟然给一位陌生人添了大麻烦，使他们费了时间、精力、金钱，在几个城市里奔来跑去，与有关方面交涉恳谈，真是难为他们了！我实在惭愧不安。我把这样的心情对菊说了，菊说："没有事的。秀如嫂是基督徒，他们喜欢帮助人，常以做善事为乐。"她还转达秀如嫂的话："千万别说麻烦。能帮陈老先生回到家乡，对我是件快乐的事。我也为陈丹晨感到高兴。"

于是，我们父子俩做了一些准备，十月底启程到了台湾，第一站就是高雄。

我们访问了当地新兴区户政事务所。这是一个区"行政中心"下属的单位。在这个大楼里，区政府机关大多都在这里。没有门卫，也没有传达室，按照大堂墙上挂的铭牌标示各机关所在楼层。我们径自上了二楼，就是他们的办公地。有一位工作人员迎前问找谁，听说是找他们的主任，而且已经约好了，里面另一位就接过来说："是的，请进里面来。"

方主任大概有五十岁左右年纪，两鬓有点灰白，戴着眼镜，说话轻声细语，非常斯文，坐在他的办公桌前接待我们，我们坐在他旁边的沙发上。坐在我们对面陪着叙谈的还有一位姓陈的女科长，也有五十左右年纪，说话也很温和。在这之前，我曾和他们有过书信来往。如今面谈，他们仍然坚持要按政府规定办，即：为了保护个人信息资料，大陆人员查询必须通过台湾的"海基会"，或者由户籍资料里载有的本人亲属申请，才能得到允许。我们当然尊重这样的规定，理解作为政府机关必须严格按章办事，但也希望能够灵活处理。在谈话过程中，方主任和陈科长始终没有查问过我的身份、职业以及任何证件，他们就与平日接待其他老百姓一样信任我们，听着我们的诉说很同情，就和我们一起想办法，在遵守规定的情况下，怎么解决、满足我们的要求。说着说着，他们介绍说：户籍资料管理已经在全台湾联网，提示可以让陈露芬以养女身份在任何一个地区的户政所查询。

谈话结束后，方主任送我们到电梯门口，笑着作揖施礼道别，我们还礼辞谢。回到住所依照这个提示，就打电话请露芬帮我们去查询。果然第二天在她所住的苗栗县三义乡户政事务所就查到并且打印给了我们。在父亲的户籍资料里，有我们以前知道的祖父母和我母亲的名字，有我们以前从来不知道的养女露芬的名字，还有父亲在高雄先后两个住址以及他在高雄分公司里担任的职务等等。我们真是喜出望外，好像父亲到台湾后十几年的情形渐渐地有了一点轮廓了。

我的父亲出生在浙东太白山麓天童村。那是风景秀丽，被称为"东南佛国"的著名佛家圣地天童禅寺所在地。他三岁丧母，七岁时抚养他的祖母也辞世了。于是，正在上海创业奋斗的我的祖父接他到上海新家。他在祖父已经续弦的太太，也就是我的后祖母养育下读书长大。我的祖父是位传奇式的人物，本是像祖辈一样的山民；至今我也不知道一个深山岙里的人来到上海寻找新的机遇，经过几年的打拼，怎么会进入到当时最大的洋行之一"怡和洋行"负责管理一艘行驶在长江的现代化大轮船。父亲长大后也跟着在船上学习工作。

祖父去世后，父亲接替了他的职位。抗战时期，父亲拒绝到日本人经营的轮船上工作，靠打零工勉强维持一家人的清贫生活。抗战胜利，他以资深船员资格进招商局轮船公司，在一艘海轮上仍任旧职。1949年随船去了台湾。他是一个不问政治只知埋头业务的人，对抗战时失业以致家道中落有切肤之痛，不敢轻易放弃这个饭碗。临离去时，他对我母亲说："打仗不会很久的，最多半年一年就会太平的。"还说："听南京来的人说，解放后市面上物价很稳定，生活都很安定。"所以嘱咐说"不用担心"。这一年他和母亲都只有四十二三岁。

那几天我正因患肺结核咯血住在桃源路四明医院里，父亲还专门来探视安慰我，看着躺在病床上的儿子默默地没有更多的话。虽然父亲长年出门我们都习惯了，但这次心里有点茫茫然、空落落的。无论如何没有想到这是最后一面，从此天南海北再也没有相见之日。我们兄弟姐妹六人，最大的姐姐二十岁，最小的妹妹才七岁。可以想象在那样的战乱环境，父亲离开这一大家子时内心会是怎样的惶惑和煎熬。

现在我们就是想寻访他离去后十几年的踪迹。依照父亲户籍资料的指引，我们到父亲曾经居住过的两个住址踏访寻找。那地方就在高雄港区东侧边缘，离海边码头很近，大概是上班、进出方便，成了那些船员、港区员工聚居的地方。但是半个多世纪过去了，不仅房屋建筑、街道里巷都完全改观，连地名都改换了新的。我们先后向路旁几位年纪大的老人探问，他们才告诉了原来旧地名的确切方位和今日相对应的新地名。于是，我们只能在渐渐暗淡下来的黄昏中，望着这些陌生的居家房屋发怔。这时似乎隐约看见一个熟悉的模糊的身影在我们眼前闪现徘徊。那样的幻觉，那样的想象，更使我伤感和惆怅。

在小巷外，这里已经变成非常热闹繁华的街市。恰好遇见庙会跳神的队伍，穿着戏服，有的脸上涂抹了油彩，有的戴着面具，欢乐地敲锣打鼓，边跳边唱。还有一辆改装的大汽车，全身缀满了电珠放射着耀眼的电光，正缓缓地行驶在车流中。街上一时声光大作，照耀如同白昼。

我们坐在街角的一家挂着"老董牛肉面"招牌的餐馆吃饭。我一点没有在意招牌上还写着"舌尖上的中国唯一推荐"的大话和饭菜滋味，父亲的旧址仍在我的脑海里转悠。老板走近来招呼，我又问："你知道田西里在哪里？"老板不假思索、十分肯定回答说："这里一片地方就是旧名田西里啊！"我竟忽然联想，父亲是不是也在这里吃过饭。菽劝慰说："你就别问了！已经弄清楚了，就是这里嘛！"

第二天，我们到港区海边走访，在旗津岛海水浴场观看宽阔无边的大海，很自然想起父亲的航海生活。从他离去以后断断续续寄来不多的家书里，得知他所在的海轮不可能再像以前那样在大陆沿海航行。他总是远航国外，到过美国，到过南美委内瑞拉……日日夜夜驶行在无边无际的太平洋上，常常连续许多天看不见陆地，看不见人影，就这样孤独地默默地航行在波涛汹涌之间，与海水做伴。四周浩淼海水，或是白茫茫海雾云遮，迎着风暴海浪，或是晴朗日子，难得的温柔，一片醉人的蔚蓝色；到了晚上，周围都沉浸在浓黑的夜色里，只有轮船闪烁着微弱的光亮。这时，好像整个世界只有这一个方舟了。远洋轮船的船员们本来就是长年过着这样的日子，如今被海洋隔绝了的家和亲人不知何年何月才能得见，这就更增添了感情上的折磨，多了一层无法解脱的思念和牵挂。

想到父亲十多年里经历着这样的孤寂生活，该是多么艰难，却又只能隐忍而无处诉说；看着面前奔跃翻滚的波浪，我又想起当他远航归来时，就像面前的巨轮驶入港湾，看见岸上万家灯火，喧腾的人间，有家眷的船员们很快就能见到数月不见的亲人，在码头拥抱妻儿，回家吃上喷香的热饭。但是，父亲和他一样无家可归的船员们，似乎与在海洋里寂寞航行没有什么两样。推开陆地上的所谓家门，仍然是一片空洞的冰冷和死寂。

长久以来埋在心底对父亲的思念和哀伤，这时像海涛一样骤然涌上心头。我的心在发痛。我想起罗逖的《冰岛渔夫》里描写十几艘渔船出发时码头上的场面，妇女们絮絮叨叨的叮嘱声，哀哀的哭声里夹杂着不懂事孩子嬉戏的笑声，是送行，又有如诀别，满含着眼泪的女人却是美丽而动人的。青年渔夫中有喜欢海上生活和捕鱼作业的，显得高贵而漂亮，正从容拥别亲人。过了一些日子，当他们归来的船只少了两艘，失去爱人的妻子绝望的期待和悲哀在作家的笔下被写得如此深沉和哀伤。我还想起雨果在《黑沉沉的海洋》里吟唱的哀歌:"每天在沙滩等啊,等啊,直等到死亡,/要返回的人始终没等到……沉没在黑夜里的水手在何处留滞/波浪啊!你们知道多少凄惨的故事!……这就是为何每到黑夜你们的声响,/在向海边涌来时竟是绝望的哀号!"

父亲离去后最初的岁月里,家中失去了生活来源。父亲服务的公司组织留沪家属生产自救,大姊就去做缝纫女工。大妹初中辍学后找了一份电话接线员工作。弟弟小学毕业才十四岁就到一个小铁工厂当学徒,从给老板娘的婴儿端尿盆做起。那老板是熟人,作为师傅还比较照顾他。我刚高中毕业,根本没有去想上什么大学,进了税务局在柜台开消费税(娱乐税、筵席税、车辆税)的税单。靠几个兄弟姊妹一齐努力,才使一家人免于冻饿,唯一的希望就是父亲早日归来。日复一日,年复一年,时间长了,母亲有时会呆呆地自言自语,有时会忍不住问我们:"不是老在说解放台湾,解放台湾,到底什么时候才能解放啊?你爹爹什么时候才能回来啊?"她永远在等待,就这样生活在无望的期待中,直到她九十一岁那年,在等待了近半个世纪以后病逝,不仅没有再见到父亲,连父亲骨灰的下落都不知道,可谓饮恨归去。

二

在这几天走访中,我们才得知父亲最后的日子是在台北度过的。他得了肝硬化绝症,被送到医疗条件比较好的台北市中正路1000号台湾疗养医院治疗。

父亲后期二三年里,曾与一位女子同居,还领养了一个三四岁小女孩,即陈露芬。那女子也是从大陆过去流落在台湾,与父亲生活在一起后好像没有什么太深的感情。据露芬说,她老是在外白天黑夜打牌取乐,挥霍钱财;既不照顾父亲,也不抚养孩子。所以父亲并不快乐,只能对着幼小的露芬,常常喃喃自语:想家,想回大陆,想念大陆的亲人,想将来回大陆时带着露芬一起回去。他想得好苦,他郁闷得要发疯,无处倾诉,无人可以对话,无亲近的人可予他解忧。

于是,他就喝酒浇愁。久而久之,喝酒喝得越来越多,越来越凶,连小露芬都感到可怕。战乱损害了他的心,酒精毒害了他的身体,他终于病倒了……这次我们访问了他服务的公司,早已在数十年前重组成一个新的海运集团，承蒙人力资源部邓小姐热心帮助，在尘封了近六十年的档案里查找到了父亲的"死亡诊断书"：医生签署的"致死之直接原因"是"肝炎"；"引起上述之因素或病症"，"主要因为酗酒者所患之肝硬化""出血，溢血"。我以前曾在一家医院急救室里目睹过这种病人出血喷涌时的可怕现象，也就印证了露芬所说的情况确是真实的。

听到、看到、想到父亲是在这样痛苦的思乡想家的绝望情况下酗酒成疾而不治，在那一年底的最后一夜凌晨，没有一个亲人在身旁，孤寂一人凄凉地离开这个世界……这是人间多么悲惨不幸的一幕，但又是悄无声息地不为人所知。在那多事之秋、战乱对峙的年代，不过是轻如鸿毛而已。

父亲病重时送进台北的医院，逝世后所有善后事宜，都是由好心的海员工会和共过患难的同事们帮着安排料理。我以前看到过灵堂的照片，布置得很隆重庄严，挂着许多横幅和挽联，吊唁的人也不少。照片是事后辗转寄来的，在"文革"时被我母亲烧掉了，如今想来痛悔莫及。至于那位女子，早在父亲病重时就已卷了细软财物偷偷地溜走了。剩下五岁的露芬，因为是经过合法的领养手续，父亲的户籍资料里都是载明的，所以公司里按月发给露芬抚恤金，直到她十六岁为止。露芬说，这笔抚恤金还比较丰厚；父亲逝后那女子又回来了，与露芬共同享用，当然生活在一起，也就起了抚养她的作用。

露芬说："爸爸在世时，是我一生中最快乐享福的日子。爸爸一走，从此我就吃苦了，再也没有了好日子。"

露芬对秀如嫂说过，对我又说，父亲是如何疼爱她：小小年纪，父亲把她打扮得像个公主，烫了发，穿着漂亮的衣衫和裙子；还给她打了金锁片挂在脖子上，小手指戴着好几个金戒指。这从露芬至今保存着的儿时照片得到证明。每当她说起这些往事时，她总是不厌其烦地来回复述，似乎沉浸在甜美的回忆里。我理解她：因为对她是多么重要，是她一生中仅有而短暂的幸福时光，她怎么能不牵萦在心呢！我也能理解父亲是把日夜思念六个亲生孩子的爱很自然地移情倾注到了露芬身上。那是混合着多么苦涩和复杂的感情啊！

失去了疼爱她的养父后，陈露芬开始与这个没有"养母"名分的女子共同生活，其间读书到国中（相当于大陆的初中）没有毕业就辍学了。那女子仍然还是一味打牌取乐，对她动辄打骂、虐待。十七岁时，那女子把她卖给了一个离岛上年纪大许多的果园主，得了八万元钱。陈露芬与那果园主生了四个孩子，但并没有得到善待，也是不断受到打骂虐待，吃够了苦头。直到三十岁时，她在现在的丈夫帮助下逃了出来。从此生活安定了，与丈夫感情也很好。但因丈夫做生意、打工都不顺，生活比较艰难。看到她满头白发、委顿不振，与和她几乎同岁的秀如嫂相比，好像两人相差十来岁似的。秀如嫂也是一位打工干活的工人，但却干净利落、显得年轻有生气多了。估计陈露芬是因为身世悲惨、长期吃苦受难之故。幸亏现在的丈夫照顾她很周到细致。

想到她一方面因为得到父亲的荫庇才有了一份抚恤金保证她的生活成长，所以一直感怀在心，就连她身份证上的"父亲栏"填写的也是我父亲的名字。但是，她却从未到父亲灵骨前祭扫过。当她知道我们在查访父亲时，她又主动热心告诉了父亲遗骨的下落，使我们有了这次台湾之行。所以，看到露芬夫妇，我心里是一种说不清楚的滋味，同情、怜惜、感激、庆幸……

知道了父亲最后的日子是在台北度过的，我们也就在这块土地上踏访寻找他的足迹。我们住在西门町的一个商旅酒店里。在北京时就用手机在网上预订了房间，也在网上用人民币预付了全部住宿费。凡将要去到的三个城市，台北、高雄、基隆，都是这样事先已经办妥了。我们每到达一处，刚进门，柜台里的先生或小姐就会笑容满面地起立相迎，亲切安排招待，让我们轻松入住。想到二十年前我第一次到台湾，还是从香港转道而入的，心里多少有点惴惴不安。如今使我惊讶遐想不已的是：被大海间隔的两地，曾经被战争阴云笼罩得密不透风，几乎像阴阳两个世界那样严峻可怕而生死不相往来。父亲当年是多么盼望但也无法想象会像现在这样只需三个小时就轻轻松松飞过海峡了，令人叹息的是如今我们见到的只有亲人的遗骨了。

我们是坐高铁往返在高雄和台北之间，大概有三百多公里，需一个半小时。那天我刚登上列车，在过道上拖着拉杆箱只顾看行李架上的标示寻找我的座位，忽然意识到我的行李挡了许多旅客的路时，赶紧向身后静静站着等候的女客致歉说："不好意思！"随后把行李挪开让出一条路来。那是一位大约四五十岁的妇女，衣着素朴平常，拉着沉重的行李车。我怎么也没有想到她竟同时对我鞠了一躬，很抱歉的样子，说："不好意思！"我想明明是我挡了他们的路，她有什么可抱歉，还行了大礼！稍后才慢慢地懂得，想是她觉得给我添了麻烦，这倒使我不安了很久。

类似的事在那几天遇到了好几次。我有一个习惯，每到一个陌生地方就喜欢收集当地的地图。台北、高雄市内的便利店很多，往往走不多路就可遇见一家7-11。问一位年轻店员："请问有台北地图吗？"那小姑娘竟一脸抱歉，展着羞涩的笑容迟迟疑疑像是说不出口似的："不好意思，我们没有……"这也罢了。另一次，也是一家便利店，是一位年轻的男店员，回答我"没有"之后，他又不放心，问正在收银的女孩子"我们店有没有地图？"得知确实没有，他又非常抱歉地陪着我们走出店门，指着斜对面的一家超市，说："请到对面看看，他们那边可能会有。不好意思。"好像没有满足顾客的需要，是他们的过失似的。又有一次，我去一家银行兑换钱钞。那些柜员每次见到顾客来就会起立迎上。那位男柜员说："你这个钱，请到台湾银行，他们可以兑换。"我问："台湾银行在哪里？"他听了，说："请等一下。"开始我不明白叫我等是什么意思，忽然看见他从柜台里绕着走出来，陪着我到门口指点说："往前走到路口，过马路，往右转弯再走一条马路，就能看见台湾银行了！"我当然再三感谢，谢谢他的指引。因为我还是第一次遇到这样的服务。

遇到这样的事，我总是会自然地联想起父亲曾经在这块土地上生活过十一二年，和这样一些和善热心的人相处交往。甚至我走路都在这样想个不停。过马路时，看见绿灯可以不慌不忙安心穿越。因为路口总有竖着的警示牌"行人优先"。大小汽车在人行横道的好几米远静静地停在那里，不会逼停在你的脚边让你心惊。更不必担心从左右会有三股车流拐弯冲驶过来，让你躲闪避让不知所措。无论高铁、地铁、公交等等，都设有"博爱座"，除了老幼病残孕外，从不见年轻人占着座，宁可空着。最有意思的是，在火车站里看见残疾人开着电动轮椅到处随意走动，上下有升降机运送；进入车厢，那里有专门设置的空间和胶带供他们轮椅停放和拴住，完全无需旁人帮忙推扶。只是有一次，我们看见一位残障人睡着了，到站没有及时下车。连车长都过来招呼唤醒帮着推车到站台，因此晚了几分钟班车才启动驶离。

我想，当年父亲病危，身边没有一个亲人，全靠海员工会和同事从高雄远程跋涉护送到台北的医院。这医院据说还是宋美龄创办的，不知确否，但那是一个比较好的医院是肯定的。辞世后，善后的各种麻烦杂事也是这些朋友帮着料理的，直到送他的遗骨存放到基隆市十方大觉寺。这一切让我感铭在心。父亲地下有知，才可能过了五十六年后重见自己的子孙来接他回家。那些善良热心的人们，好像就是我遇到的秀如嫂、酒店服务员、店员、柜员、计程车司机和不知名的旅客……

在台湾十天时间里，我们出行坐过高铁、捷运、火车，最多还是坐了近二十次的计程车，因为人地生疏贪方便之故。计程车司机的服务都很周到，上下车总是主动热诚帮着提放行李，到站下车道别。最使我意外的是很多司机已是五十左右上了年纪的。有一次还是一位满头白发的老先生，他说已是六十岁了，为了生计还得辛苦干活工作。年轻人好像也不轻松。有一次早餐时，看见一位服务员长得很文气清秀，像是打工的女学生，在那里忙乎收拾碗碟送餐。酒店餐厅是不供应午晚餐的。中午我们在街上吃完了饭，回来路过餐厅，看见她还在进进出出忙着。我不免好奇问她："你还没有休息？"她轻声说："快了，过一会儿就可以下班了！"看来那里的人们为了生活还是很辛苦敬业，早早晚晚兢兢业业，不敢懈怠。我又想起父亲一样也是很辛勤的，一年到头远航漂泊海外，生前担任着一定职务，据说薪酬较高，连陈露芬都知道"爸爸有很多钱"。但是，且不说没有留下一文钱、一件物什，连片纸只字都无。我问露芬："有没有保存下来的照片、字迹之类的东西？哪怕只有一张半点？"露芬回答说："一点也没有了。"看来父亲身后真的是像白茫茫大地一片真干净。

因为此行是为了迎回遗骨，所以没有时间也没有心思作任何游览观光、看望友人的活动。我们住在西门町，倒也顺便领略了一点繁华热闹的景象。早在几十年前，看台湾小说常把热闹的场景置放在西门町上演，白先勇的《永远的尹雪艳》和《金大班的最后一夜》等许多名篇都写到那些女人们逛街、吃京沪小吃、看戏、跳舞、做头发……都喜欢到西门町来享受一番。我们住的武昌街二段不到二三百步路就有电影院三家，据说周围更多达二三十家。就在我们的窗下不远处，可以看见热心的年轻观众排很长的队买票，为了观看汤姆·克鲁斯的新片。大小商场、店铺、餐馆、饮品、服饰、娱乐场所林立，密布在方圆一二公里的地域之间。那里的街道也很窄，大多是步行街。车辆限时通行，但都设置红绿灯；没有什么摩天大厦、玻璃幕墙之类新建筑，倒是往往局促在一个小门脸里开着名牌店铺。酒店大堂也不过三五十平方米的场地而已。好像所有的空间都被尽量节省充分利用到极致。我们到那里的第一个夜晚，出酒店觅食，想吃一顿稍微舒坦的晚饭，找到一家从很窄的楼梯上去，店堂面积仅仅四五十平方米，摆了七八张桌子，服务员、大司务显然都是一家子。做的饭菜都还可口。后来遇到的很多餐馆都是这样的。晚饭后趁回酒店之便，漫步观望，几乎是人潮如织、摩肩接踵。灯光耀眼，照得天空都是五彩缤纷。虽说这里是台北最具有标志性的新潮时尚之街，衣香鬓影，但是许多打扮入时的年轻女子却照样站在饮食店门外、街的中间，端着小盆子吃零食。路口正好有一群学生合唱团在演唱。那边又有几位男生在打架子鼓，颇得观众掌声。那番热闹繁华的气氛确实能使人感动兴奋。

我发现自己在这中间似乎很有点不相称，成了罕见独有的另类了。我感叹地对菽说："你有没有发现，像我这样年纪的老人在这个场合是找不到第二个了。"菽扫视了一下现场，笑着说："不仅像你那样的没有，就是像我这样五十过了的人都没有的。"满街人来人往，熙熙攘攘，男男女女，成双成对，都是年轻人，那么欢乐，那么轻快愉悦，那么无忧无虑，充满了青春活力，放怀享受幸福的和平安定的生活。他们怎么会知道父辈们曾经的遭遇，怎么能理解战乱对于人们的伤害之巨是无法言说的。战争是头怪兽，每次遭受最大伤害的无例外总是平民百姓，承受着巨大的灾难和痛苦，毁灭的是无法弥偿还的生命和破碎的家庭。如今岂止年轻人，即使上了一些年纪的人也未必懂得。我想起《东京梦华录》描写北宋时京师的繁华极一时之盛，作者孟元老也长叹说"垂髫之童，但习鼓舞，班白之老，不识干戈"。我在这时好像也看到了这样的景象，有这样的感受。想到我们的家庭遭遇在那个时代大变动中实在是太多太普遍太不算什么大事。但是，从个人来说，创伤之巨只有自知了。我总希望现代文明世界里不要再发生曾经有过的悲剧了。

每天上午，我们出门时看到的景象会与昨夜完全不一样。尽管经过成千上万人的活动，街上依然整洁，却已静寂无声，行人稀少，很多商店到了中午还迟迟没有开门，与夜晚时的风光无限、色彩斑斓完全是两回事了：像是剧场的后台，曾经的灯光耀眼、美不胜收的景物成了七零八落的板块道具，又像是卸了妆的演员不再艳丽、全无颜色了，更像是宿醉后的酒徒一副倦态疲惫的样子。瞬间的变化使我想到父亲的命运遭际和人世的无常。

三

从台北到基隆坐台铁列车只需四十分钟,票价只售台币四十多元,约折人民币不到十元。可能是为了照顾和方便周围卫星城到台北的学生和上班族,每隔几分钟就有一趟班车。

基隆是最北边的一个港口城市,是高雄以外第二大港,早先比高雄还要繁盛,所以海运公司总部一直设在那里。但港口作用比较以前显得衰落了,城市建筑的色调也比较陈旧灰暗。我们到了基隆市后,当天下午就赶到父亲原来工作的公司总部去作一次访问。那公司设在这个城市南边七堵区火车站附近,周围好像都是低矮的民房,像个乡镇似的,唯有这个现代化乳白色高楼矗立其间。人力资源部邓小姐接待我们。她约有五十岁左右,资历很深,说话像是与熟人聊天似的,非常温和亲切。她再三解释,因为年代久远,公司多次重组变化较大,连公司的名字都改了,所以半个多世纪以前的档案资料已不齐全。有关父亲的部分能够提供给我们的也很有限。她对我们家庭遭遇很是同情,还说及她的父辈也曾是公司里的老员工,所以她能理解我们的心情。她澄清了我们原来的误会:帮着料理父亲善后的事情是由海员工会承担的,而不是公司方面。她也备述父亲这辈船员,经历战乱时期的航运生活,尤其艰辛险恶,不少人遭遇到妻离子散的悲剧。最终她还是好不容易从档案里找到五十六年前医院签署的父亲"死亡诊断书",对我们十分重要和宝贵。

邓小姐送我们到大楼门口,施礼鞠躬,我们深表感谢,还礼作别。

回到市区,从车站慢步走来,正是海滨广场,人烟稠密、车水马龙,是当地最繁华之地。那广场的地板竟是由上好的像柚木一样的大口径深红色木条组成的,可以经受海水长期的浸泡,很神奇。我们找了一个座椅憩息,看见不远处乃是基隆文化中心,他们正组织各个学校的中小学生乐队在广场轮番演出。观众自由随意或听或去。我看着孩子们穿着校服表演乐器认真而又天真的样子,觉得十分可爱。无意中抬头看见座椅旁竖着一块铜碑,上面刻写着一段碑文,大意是说:这里因为是交通要道,人车往来频繁,为了安全需要建立一座天桥,当时是由民间团体集资建立起来的。许多年后,政府有了经费,拆除了旧桥，建起了一座规模更大质量更优的新桥。但是，为了表彰前人的公益恩德，建此碑以资纪念。我想，政府建这样的碑并不很费事，但肯记得百姓的一饭之恩且又广而告之却很难得。

次日一早，我们就去十方大觉寺，这是此行最重要关键的任务所在。那个寺庙建在基隆市区西侧一座小山上，地名叫"石皮濑"。坐着计程车上山时，看到路两旁的房屋都比较陈旧，与市区的色调倒是很相符。到了山顶，看到大觉寺的山门相当巍峨，好像刚刚重新修缮过，门楼的柱子和牌匾都是油漆一新。站在山门外，可以俯瞰基隆全市：错落密集的建筑，偶有高楼耸立其间；嶙峋起伏、绿树浓郁的丘陵山地；远眺另一边则是蓝天之下闪着光点的大海，尽收眼底。寺庙后面是苍翠深密的山林，真是一个景色优美的地方。进入寺庙后，看到第一殿弥勒佛和背后的韦驮菩萨，顶天立地的四大金刚都也焕然一新。大雄宝殿的如来佛和左右两排的十八罗汉都重塑了金身，闪闪发光。殿宇都极整洁，一尘不染。这么大的寺庙好像只有五六位僧人。没有遇见来进香拜佛的信徒香客，没有一般常有的香火烟雾缭绕。但是，整个寺庙得以这样大规模整修，可见必有信众支持捐助。我们只是上下山时路过一瞥间，发现这座小山里就有三四座寺庙，数大觉寺规模最大最雄伟。台湾民众信佛的众多，我们从机场到台北，从台北到高雄，沿途看到大小寺庙和佛堂很多，鎏金红漆崭新，飞檐巍峨的建筑不时从眼前掠过。据说，台湾有谚语："三步一小庙，五步一大寺。"看来此言不虚。

十方大觉寺如幻法师接待我们。因为几个月前秀如嫂已来探访过，我们前一天又打过电话约定。所以到了寺庙知客室，一说来意，如幻法师就很熟悉且又带着微笑温和地说："一直没有人来祭扫过！"他指的是对我父亲，话里多少有点责备的意思，但完全是好心善意，我们也是应该受指责的。

他让另几位僧人领我们去到墓室寻找父亲的灵骨盒。那墓室在寺庙的东侧，有一座很大的七级浮屠，杏黄色的塔身，金黄色的塔顶，墓室就在塔的底座。到了门外脱鞋进入塔内。中间是个佛堂，供奉着地藏王菩萨，金身辉煌，亮着长明灯。僧人让我们点了香先向菩萨礼拜。这时，我想到父亲的骨灰寄存在这个寺庙已经长达五十六年，其间没有人来祭拜扫墓，更没有人给寺庙有过任何捐助；十方大觉寺师父们慈悲为怀，为这个无主的灵魂护佑了整整半个多世纪；每年庙里做法事，都会把包括父亲在内所有人的牌位供奉在大殿，诵经祈愿他们早日脱离苦海，超度亡魂。再想到我和父亲一别六十八年，今日才来祭拜，见到的是他的骨灰盒，心中一阵难以形容的激动情绪涌了上来，是惭愧、是酸痛、是感激、是欣慰……我虽不信神，那时却很自然地伏地跪拜，是跪拜菩萨，也是跪拜十方大觉寺，更是跪拜父亲。后来菽把我扶了起来。

围绕地藏王菩萨佛堂后面是圆圈形的墓室，中间是墓道，两侧都是高及天花板的墓柜，外有玻璃门封闭上了锁。柜子里每一方格置放一个遗骨盒或瓶子，还有镶着镜框的照片和牌位，有的还有挽联，全部编了号，所以循着编号很容易就找到。僧人用钥匙打开玻璃门。那时，如幻法师已经嘱咐另一位僧人去剪了一大块杏黄色的布料，送来供我们做包袱用。旁边有位四五十岁的居士也跑来主动帮着包了起来。我那时好像心跳得厉害，看着壁龛上一张张照片都是那么精神奕奕，每个人都有一段属于自己的故事，父亲与他们做伴数十年，现在要向他们告别。这事好像来得突兀，一时间有点不敢相信，宛若一个梦似的。

十方大觉寺，是一个颇有影响的寺庙。他们还办念佛进修班，已办了四年。在知客室外有一张招生布告，称：是为"发心长期修学者"提供一所"一门深入，长期熏修"的好环境，"食宿由本寺供养，并发予单金"。不过，对象是"在家报名者，必须出家。若不出家，则生活费自己负责"。那位热心帮忙的居士就率直地告诉我们：他的生活小康，但虔诚信佛，一心志诚想修持善行，正向大觉寺请求到此地出家为僧，还未被同意。因此先常来打坐修持，帮着做点事。后来在院子里，我还遇到一位大约四十多岁的僧人，穿的僧袍已很旧，脸容带着苦相，有点落拓的样子。他是台中市某个寺庙的，现在想转到大觉寺来，已经来了两次，恳求都未得到支持，很不高兴，不免有点怨言。见了我这个陌生人却毫无忌讳地直言。我心里很是同情，就安慰他说："你慢慢地，过些日子再来说说，也许就可以了。"他说："我不来了！不信还能饿死！"看着他悻悻地离去的背影，我嗒然无语。忽然想到他们与我素不相识，一见面就把自己的心事无保留地对我说，实在太率直了。刚才我还问过如幻法师："如果现在要想存放遗骨到你们这里，有什么条件吗？"他有点怪异似的看了我一眼淡然说："没有什么条件，什么时候都可以呀！"从如幻法师想到公司的邓小姐、高雄的方主任……他们谁也没有问我索要验看证明材料，却如此真诚地回答我的一些要求，或讲述他们的情况。我竟哑然失笑，笑他们和我在海滨广场看到的孩子们差不多天真似的。

承蒙十方大觉寺僧人们热心仁慈，几乎无需办什么手续，就这样我们捧着父亲的遗骨可以顺利回去了。那几位僧人还帮着打电话订计程车。不到二三分钟，车就疾驶而来，停在知客室门口。我很奇怪那车从山下怎么那么快就应约来到。那时不容我细想，僧人们已帮忙提着东西放到后备厢里，双手合十，一直目送我们的车驶离远去。

在台湾十天，除了在基隆有一天是阴晦细雨，此外都是阳光灿烂，蓝天晴朗。十月底的气候仍然温和宜人，感到神清气爽。现在要告别了，我怀着感恩的心情，感激所有帮助过我们、热情接待过我们的人们。另外，对这个父亲生活过、遗骨暂厝过的地方，升起一种依恋追寻的情绪。我忽然想起七十年前，作家巴金曾经到台湾旅行访友一个月，临别时对这个刚刚光复才两年的台湾，恋恋地赞叹说："台湾，美丽的土地，我们的！"如今，我似乎也有了这样的感受，也要这样地赞叹！

"父亲，我们回家了！"我在心中无声地念叨。随着国航班机升空，窗外璀璨的灯光渐渐泯失。来台时是上午看到了海峡波涛，这会儿晚间变成一片漆黑。我们开始踏上回归的路，陪送离家久远的父亲魂归故里！

（原载《上海文学》2017年第4期）

母亲的笔记本

◎杨晓升

俗话说：人过四十不学艺。母亲已是耄耋之年，可至今仍孜孜不倦，记日记，抄文摘，写半白不白半古不古的诗（确切地说更像顺口溜或打油诗）。即便近些年父亲因身体欠佳，每天需要她协助我家阿姨忙前忙后地照顾，为父亲端水送食，遵医嘱一天多次地安排父亲吃药服药，甚或陪父亲谈天说地，为父亲讲新闻，哄父亲一起唱潮曲或回忆旧时往事以打发每天的漫长时间……反正每天家务事大大小小接踵而来没完没了。何况高龄的母亲自己的生活琐事还需要自理，有时候母亲忙得团团转，甚至累得坐下来休息时不住喘气，可她依然不忘三天两头的挤时间，从抽屉里掏出笔记本，端起笔沙沙沙地记录着什么。乐此不疲，几乎从不间断。

母亲目前共有四册不同类型、仍未写完的笔记本（以前还有多少册她自己也记不清了，因为她近年是到京城来居住的，以前的都放在广东老家了）：一本是家庭生活记录，上面三天两头地记录着我们这个大家庭生活中发生的点点滴滴，大到我家共同关心的国内外新闻或旧闻，小到我们全家老小生日过节、迎来送往、喜事愁事，或儿孙们的工作或学习业绩，更小的还有一日三餐、购物购衣和其他的家庭收支，当然更多的还是生活随感、喜怒哀乐酸甜苦辣尽在她的记录之中。母亲的三儿一女四孙，每个人的性格如何，优缺点如何，家庭表现怎样，谁工作更加出色和谁对他们二老更加孝顺，全都能在母亲这本"家庭生活实录"和"家庭生活大全"中找到自己的镜像。可以说，我们全家每个家庭成员的基本情况尽在母亲的观察和记录之中，所以我们姐弟几个甚或孙子孙女，谁都在意自己在母亲心目中的形象，谁都希望有好的工作业绩和好的家庭表现。

母亲的第二本笔记本，是唐诗宋词等经典名篇和古往今来、古今中外警句名言摘抄。可贵的是，母亲不是为摘抄而抄，也不是仅仅为了练字，更不是抄了之后将其束之高阁。母亲抄那些唐诗宋词或警句名篇，是为了闲暇时反复研读、欣赏，甚至是为了默记背诵。都八九十岁的人了，可母亲至今能背诵岳飞的《满江红》，苏轼的《水调歌头》，关汉卿的《窦娥冤》、周敦颐的《爱莲说》等。她甚至能背诵更长的名篇，如白居易的《长恨歌》《琵琶行》，诸葛亮的《前出师表》，李密的《陈情表》，林觉民的《与妻书》等等。至于《毛主席诗词》，母亲能背诵的就更多，可以说是脱口而出，倒背如流。母亲的这本笔记本的第一页上工工整整写着这样的文字：退休老人，闲暇无聊。学点诗词，练笔练脑。

母亲的第三本笔记本，则是用顺口溜和打油诗写的生活随感，如2009年母亲生日时写的《生日颂》，之一："天高气爽艳阳天，杨门一派呈吉祥。盆花盛开兆头好，瑞气洋溢焕芬芳。九月十二娘生日，合家大小喜开颜，儿孙为娘添福寿，美满家庭多温馨。"之二："大儿远道来祝贺，二儿买来大蛋糕。三儿出差来贺电，儿媳添买新衣裳。女婿孝敬长寿面，女儿亲手煮甜蛋。欢聚一堂庆生日，儿孙齐祝奶奶好。人生有此天伦乐，二老齐全福气厚。"之三："国家盛世民发展，儿女成家又立业。各展才能为家国，奉献社会创诗篇。孙辈一代有出色，奋发攻关列前茅。下代前景更美好，堪慰桑榆上辈人。但愿满门平安福，孝顺美德代代传。"近年父亲年迈生病，母亲终日围着照顾父亲，难以出门活动游玩，有时候不免心生怨气，可这怨气都是昙花一现，她很快会自我调整。母亲在2014年10月20日写的《真情相待心才安》中这样描述她的心境："风雨同舟五十年，相濡以沫两相依。病痛之中多安慰，悉心关照细护理。再苦再累仍挺住，压力多大责不辞。老伴老伴永为伴，真情相待心才安。"

母亲的第四册笔记本，是专用于收集、记录生活尤其是健康保健常识的，比如生活中的小技巧，诸如淘米水的妙用、米饭怎么做更好吃等，还有水果怎么保鲜，每天什么时候吃水果更科学，换季衣物应该如何清洁保存等，当然更多的还是健康保健知识。我因工作原因，这些年报刊界的朋友每年免费为我家赠订了好几份报刊，像《文摘报》《报刊文摘》《作家文摘》《北京晚报》《北京法制报》《北京青年报》《家庭》《知音》等等，每当我从报箱将报刊带回家里，母亲又愁又喜。愁的是本来就琐事繁多终日忙碌的她又增添了时间的压力，喜的这些报刊中又有很多的新闻和知识引诱着她。而我发现，无论她多么忙碌和心烦，没多久那些新来的报刊就被母亲的剪刀裁剪得千疮百痍，而她那本专门收集知识的笔记本则又新添了大小不一的各色剪报、同时新添了母亲娟秀有力的一行行字样。不难想象，母亲收集剪报时就如辛勤的蜜蜂快乐地扇着翅膀，穿行于报刊的百花园中，贪婪地采集着知识的花粉、吮吸着知识的琼浆蜜汁……

以前我只知道母亲喜爱收集知识、抄抄写写记录什么，不知道她究竟写了什么、写了多少。因为应文友之约要写这篇短文，征得母亲同意要翻看母亲的笔记本，不料她一下子搬出了厚厚几册，而且如此分门别类。母亲当了数十年的乡村教师，辛苦操劳了一辈子，晚年本可以彻底放松享受天伦之乐，没想到她仍如此孜孜不倦、如此勤奋好学。我心疼母亲的身体，劝她悠着点，也好奇地问她这么大年纪为何还要如此辛苦地记录、抄写、收集知识，母亲笑着说："不为什么，就是喜欢。"此时此刻，母亲笑得是那么舒坦、那么甜蜜，那笑像秋天的寿菊一样灿然开放、芬芳四溢。我明白了，母亲忙碌之余仍乐此不疲地记录、抄写着什么，肯定是乐在其中、也从中得到了欢乐、充实与满足。

而后，我又从母亲的记录本中发现她2008年抄写的一首《台湾歌谣》："人生七十正开始，八十满满是。九十算来不稀奇，一百笑眯眯。六十还是青少年，五十小孩儿。四十睡在摇篮里，唉唷唷，三十才出世。"

（原载《人民日报·海外版》2017年5月14日）

冬　季

◎冯秋子

二〇〇八年十月八日傍晚，我从内蒙古回到北京。

人回来了，心还留在那儿。

内蒙古已经上冻，回去那天夜里，车停在院子里，水箱就冻住了。早晨地上结了冰。气温继续下降。

离开内蒙古的前一天，先下雨后下雪，然后是冰。

我父亲呼吸困难，拖到不能再拖，他才同意转院。一大早护送他去呼和浩特住院，从背部先后抽出五斤多积水。我利用"十一"长假，赶回来看望病重的父亲，看望不顾病痛一直照顾父亲的母亲。现在随父亲转战到了呼市。医生说父亲的一个关键手术不用做了、不能做了。父亲问我们几个儿女：结果是什么，跟我说一下。大哥说出医生讲的全部话里的一小部分。父亲问：还有什么？又说出一小部分。没有啦？大哥说没啦。父亲说：没啦，出院。父亲、哥哥和我，听到父亲的命令，一股气驾着车开回我们旗。

晚上，向父亲报告晚间时事播报的新闻，美国"倒萨"事态，西方各国、各方面的反应，南美洲政变，亚运会，国际象棋大赛人与机器对垒等等。父亲临睡时问我：还有什么要和他讲。我说了三点。关于饮食问题，父亲一直比较讲究。咱们继续，再接再厉，食物控制好了，糖尿病的指标还是能控制住，好迹象还是能表现出来，这是咱们能做的，不要放弃努力。关于跟母亲说话，要有耐心，母亲耳朵背，听不见、听不清的时候，不要着急，不要大声喊叫，看把母亲吓着。现在，医生把治疗、恢复的主动权交到咱们手上了，我看，咱们天生的强健体魄，健康的内脏功能和循环系统，到了发挥作用的时候了。是不是，爸爸。我讲了一个小故事，在抗美援朝战争时期，志愿军伤病员，别管受伤程度深还是浅，总是恢复得又快又好；那些被俘的美军伤兵，即使比负伤的志愿军战士伤情轻得多，他们都是使用当时能有的相同的药，伙食也相同，但是恢复的效果截然不同。美军伤兵不少人，原本只有一处小伤口，医药处置很及时，但也竟会出现伤口感染、溃烂，因为他紧张、恐惧呀，无法消除焦虑，没有安全感，生活不习惯，语言有障碍，总之，猛虎落入猎人之手，身陷敌方，那种惶恐和不安没有一时不搅扰他、挫伤他，他们的情绪处在悲观、绝望之中。反过来，志愿军伤病员负伤严重，竟愈合得出奇地好。为什么呢？因为处在心宽的地方，是自己的同志主持下的战地医院，使用的是从祖国调运来的设备、药材，听和说的是自己的语言，一句话，他是在自己的地方。那种感觉完全不同，情绪平稳，心理正常，思维活跃，精神状态积极，主观能动性调动和发挥出来了，这些积极因素，帮助身体分泌出良性的元素，客观上起到帮助治疗和恢复的作用。

这一类简单明了的道理，跟父亲说，在以前是不可以想象的。在他面前，什么都不用摆，他就是一个讲道理的大王，他讲的道理，过去曾经覆盖了小到一个家族，一个单位，一所学校，一家工厂，一个村庄，大到一个区、一个人民公社、一个旗的大会现场，人们听他讲话，没有一个人离开会场。我们跟他在一起，永远差着距离。但是现在不同，当我就要离开家、离开父亲和母亲时，他会对我说：你还有什么话要跟我讲。哈哈，我真应该骄傲，父亲和我，和我们兄妹们之间，有了这种形式的交流。父亲把我们当作成人看待。说实话，我们还是有一个接受过程、习惯过程的。

我们和父亲有一种厚实的情感，但谁也不直接表达它，触碰它，好像在这个家里，都没习惯表达情感，但情感没有一天感觉不到。唉！心里又幸福，又有掠过骨质的酸楚滋味。我能怎么做呢，瞬间遮掩起莫名的滋味那一类东西，嘿嘿嘿地笑出声来。好，两个问题——或者三个问题，我对父亲讲。你知道，这些个问题，也是经过了挑选说出来的，又得有，又得是轻重的分寸恰当，还得轻松一些，有点玩笑式的。总之，绕过感情，不触碰到感情的丝线，如果不小心挨着了，赶紧跳出，离开那块地带。

他笑呵呵地说，好，谢谢你。我想，可以采纳，照办。你放心，好好工作，照顾好自己。你那边的事情，我都放心。好的，走吧。他哈哈地笑着，让你轻松地走掉了。

离开他们，我的眼泪怎么流，是我的事情。

我是觉得父亲老了。对儿女有了一些不舍。

想当初，我去北京上大学，第一个寒假快到了，写信给父亲，顺便告诉他，学生处帮助订了回内蒙古的车票。他写来一信，说了这样的意思：离开家才半年不必着急回来。建议留在学校多读几本书，或者跟同学结伴到别处看看。出了门，对门外的世界应该多作了解。总想回家，没有出息。要有准备，多锻炼自己。

那时候，不像现在，我还是很怕他的。回到家，我等着他和我谈，担心挨说。他好像忘记了在信里表达的意思，多次和我谈论学校，学习，生活，和同学们的相处，老师的教学情况等等。谈完话以后，一如既往地，他对我放下心来。这之后，他一概放开，从不干涉我的学习、生活，包括后来我的恋爱。他只是注意了解对方是一个怎么样的人，他认为把握了对方的"人"以后，就不再说什么，由他们两个人自己去相处吧。他对我母亲讲。要我母亲不用过多问询这件事。孩子愿意讲的时候，自然会对你讲，不需要讲，就说明她能自己去处理。

他很喜欢那个从我口中听来的青年。若干年以后，当他听到我母亲说：XY（他的小名）脾气挺大的。母亲是看他对我说话时候表现有点急躁，对父亲有感而发。当母亲的，不愿意看到女婿对女儿耍脾气是自然的。当时家里只有我父母和我三个人。父亲接起母亲的话，说：男人没脾气还像个男人了？父亲竟替他说话。那个话题没再继续。父亲喜欢他。再者，父亲不觉得那么一个细节，跟他的"人"相比，有什么重要。一般情况下，他认可的人和事情，在心里给出的宽敞、能有的包涵，比一般人宽大而且长远。父亲病危、去世前，我回内蒙古照料父亲。他因为正在和我冷战，对婚姻有了不同的想法，为了好不容易确立的意志不被动摇，就没来看望我父亲，没打电话致以问候，没和我父亲道别。父亲没有一句抱怨，尽管他那时还是他的女婿。父亲临终前对我说了这样的话：沟通不够，好好谈一谈，相互多理解对方……在那之前几天的一个下午，父亲竟然做了一个梦，梦见他打电话了，跟他说，要开车回来看他，问询父亲的病情怎么样啦。父亲说，我让他跟你妈妈讲，我听不清。母亲告诉我，是你爸爸做梦梦见的。那时，父亲时常处于昏迷状态。我母亲说，你爸爸想XY了。

高声说话，父亲能够听见。我尽量说得轻松一点，不让他感觉到异常。我自己嗓子疼，也不让他感觉到这些。这个家，谁也不说摇动感情的话。

整个上午，草地里全是白色，草上是霜。开垦的土地，也全是白，和慢慢露出来的发黄的绿色，在视野里慢吞吞地转化。午后，太阳清照一片戈壁草地，一会儿一块浮云挡住太阳，那一大片地方一下就变得黑暗无比，阴冷没有商量。

傍晚，西边的太阳映照出赤烈的红色，天渐黑，红色柔和下来。太阳红红的，非常亲，非常近，也非常快地消失。多次见识，但是还会有悲伤掠过。人孤立无援，永远地生活在空洞的、凌冽无言的深处。

黑夜，许多狗在叫。父亲的盲表也不失闲，凌晨时呻报出公鸡叫鸣。

母亲照顾不动父亲，我上次回家时，我们一起把父亲和她一块搬到我哥哥的院子去住。哥哥全家照顾我父母亲。

我父母住进了我哥哥家的新房。后墙，通火炉的烟道，天冷以前住进一窝麻雀，大鸟小鸟早晚叫唤。这些鸟们有了两个通道，一个朝向一米以外的天空，一个朝向我父母的新家。于是，一家人不知道该怎么生火炉，怎么解决走烟问题，怎么重开烟道，开在哪里。我哥哥想出一个不是办法的办法，生灶火，烧热做饭的大铁锅，炙烤房子，为父母取暖。

我踩板凳上去看鸟，小鸟全部挤卧在草木垫里看我。它们的屎尿拉到墙洞边缘。我看见了母亲放进去的那块叠衲了好几层的布。其实她知道鸟不会使用她的布，把她的布当作褥子或者床单，只会在上面拉一些屎撒一些尿，她还是往里乱放东西。她怕鸟受冻，想不出给鸟取暖的更好办法，跟我哥哥一样，被鸟难住了。

母亲担心小鸟掉下来，让人移走了放在墙根底下的水桶，她在地上铺了一块大棉垫。

母亲搬离自己的院子，院里住的几窝麻雀就搬迁走了。

她养的牧羊犬半个多月不吃东西，只喝一点点水。我哥哥院子里有一只比我母亲院里的牧羊犬更壮、更大的牧羊犬，他们想把我母亲院里的牧羊犬接过去。我哥哥去了一次，孩子们又去了一次，均无功而返。母亲院里的牧羊犬，死活抠着院子的地，身体向后坐下，不愿意跟他们走。我哥哥回来讲，院里没人了，它想守院子。母亲回去给它续水、喂食，它吃了两小口食物。自此，牧羊犬再没有进食，备下的食粮和饮用水，没再动过。一星期后，牧羊犬倒下了。

我们一起去埋葬那条淘气的狗。它的历史结束了。它只活了一岁半。它把我母亲的用具撕毁，比如扫院子的大扫把，还有压在纸箱子底下的羊皮裹腿……把黄太平果树的皮扯下来，把柴草房里的耗子一只一只捉拿出来，整整齐齐摆放到果树下。夜晚，母亲常忘记锁院门就去睡，它一直在母亲的门外叫，实在叫不出效果，就起身趴在家门旁的玻璃窗户上，对着屋子叫。直到母亲起来，出去锁上大门，它才回到自己的柴草窝棚躺下。

这个冬天，不那么好过。

（原载《红岩》2017年第4期）

父 老

◎赖赛飞

父亲的椎骨,昨日无风自断。他的躯体还在移动,但他的骨骼,岁月每根都在悄悄蛀空当中。

看起来,就像一座空置已久的老房子,看上去还是座房子,内部构件正在积蓄着成为废墟的能量。

在这里,无人居住的房子称为屋壳,听上去又像遗蜕,鲜活的灵魂已然抽身离去。

我家留在祖基的常住人口目前凋零成父亲一人,其实长久以来总共也就两个。但既然骤减了百分之五十人口,就如江山只余半壁,残山剩水里难免往外直冒荒凉气息。加上父亲晚上并不在里面留宿,老屋成了标准的屋壳。

因为屋前的路不方便,从屋后进已经很多年了,久得我都想不起老屋的脸面,只有它的背影,在乡邻们不断翻新拔高的新楼宇中越来越矮,断然失色。

父母双全的时候,很少留意到这一幕。等到人去楼空成为屋壳,我才感到触目惊心,并开始把它等同于历史的背影,渐渐的,它巨大的背影与父亲迟缓苍老的背影以及母亲已经停格的瘦小背影叠映在一起。我相信自己的目光在此碰壁,完成了折回,在向后的时候看到了前方,向前的时候看到了后方。

父亲原本的世界被强行剪除走一半,像预料的那样变得形单影只。他一贯作风硬朗,绝对地故土难离,关于换环境的事,后头无人再去勉强。究其原因各色各样,唯一的共识是:他已经是一棵老树,枝叶稀疏,略无余荫,经受不起移植。

父亲并不喜欢别人搀扶着走动,也许这让他明显感到自己老弱无能,于是每回看着他在面前艰难行进,就好似看到两个不常用的字:彳、亍。

虽然是个熟悉不过的"行"字——只要合成一体。当它因走散或被拆分从一个字变成了两个,依然保留了行动的能力,却因孤苦无依,弱化成为走走停停,很切合父亲这种中风并失偶者。一刀劈开生死路,汉语中这几个字的转换史，确切对应了家乡的流行语：单边人（丧偶者）。

有时候考虑父亲此后的生存质量，盘点他有什么、缺什么。

已有的东西里，排第一位的当然是屋壳，他与母亲一手一脚合力建造而成，于他们，不啻是人生中的丰碑，当年也曾荣耀一方。如今失了实用价值，依然是最大的纪念品。母亲照片还挂在堂屋的时候，见过父亲一大早端端正正地坐在下方纹丝不动。惊问何故，回说陪陪母亲，如今她一人在那边，冷清。以平常心衡量，眼下的父亲，生亦冷清。双重的冷清使得整个房子也跟着冷清，不要说外立面的寂寥沧桑，只要留意室内，就会发现只堆了些基本用不着的旧物，等着落满灰尘。唯有大门，如母亲在世时一样，由父亲早上去把它打开，晚上再锁上。程序照旧，除了空心这回事。

排第二位的是一支拐杖。站起来，它是拉手；下台阶，它是支点；站着，它被横握在身后充当平衡木；睡觉前，靠在床头边随时听从使唤。其他时候才是一般意义上的拐杖。总之它是用来借力、壮胆、做伴……我们看见父亲的同时看见拐杖。偶发情形下，只看见父亲，就问，拐杖呢，脱口而出，竟似以前看见父亲但不见母亲时的问法：妈呢。当然，拐杖是被动而顺从的，母亲却很有主见，两个聪明人都不觉得自己是对方的拐杖，绝对是家庭支柱，顶天立地，有时因此而互别苗头。在我看来更像两根筷子，合作着收拾起一个家庭。现在，父亲手里只剩一根筷子。上次去的时候，他的手已经使唤不了独立自主的筷子，改用起西式叉子。

第三样东西是苍蝇拍，经常更换。天气一转暖，这些小四害之一把屋内当成机场，大白天穿梭着滑翔、降落，翅膀扇动带出嗡嗡响，恍如多台迷你发动机同时轰鸣。碰上我回乡在楼上房间歇息，时不时地听见楼下客厅里传来啪的一声，就知父亲拍着了一只苍蝇。持续的啪啪声会凭空勾勒出一幅场景：一屋，一人，几乎静止，数目不明的是苍蝇，极度活跃。拍打声回响在乏人而格外空荡荡的室内，被放大的声响像炸雷，一声声湮没在老年人的重听里，也消失在乡间阔大的宁静里。

第四样轮到了一只狗。到我家赴宴，必在饭前现身，收拾前隐身，准时得像戴着瑞士手表过日子。重要的是它还不在乎吃。只有一个人，父亲的饮食一切从简，常捞不到可嚼之物，但它坚持坐在一丈来远处，心如止水，使父亲孤独简陋的就餐过程具备了仪式感。

第五样是每日的五支香烟。父亲烟龄很长，后来因为疾病才戒除，母亲去世后又开始尝鲜。他将一日五支烟的安排交代得格外详细，像在点数手心里仅剩的几枚铜板。听他有感而发：太寂寞了呀，这样一支一支的，一日就容易混过去了。我能感觉这五支烟对他的重要，至少像五道希望之光的升起，五次温暖的包围，五回故人到来、旧梦重圆……

排最后面的自然是药盒了。父亲身上的老年病、慢性病不是一种两种，服的药就很可观，药盒的地位跟着水涨船高，已经比饭碗更事关重大。每次面对电视报纸的时候，父亲被吸引的还是药就是药。广告里的药品，最大的特点是要疗效有疗效。被引诱得厉害，就会打电话订购。据他事后交代，有回拨通，对方极其无精打采。我们问他什么时候的事，答曰早上四点。另有一家是中午，对方热情如火，问清地址，即告送货上门，吓得他立马将家里的门统统锁起，溜到老年协会里躲到天黑。

有一回，父亲未及开言已乐不可支。话说那天，他照例在傍晚五点钟上床，一觉睡醒是七点，听见窗外传来孩子的打闹声。于是起床，诸事毕，拄着拐杖出门去。村道上来回溜达，一个乡亲也没遇上，越走天却越黑。起了疑心，拦住路上的小孩问，孩子们说回家睡觉去喽。原来天还没黑，不是天亮啊，父亲说完再次笑得绝倒。

父亲的作息时间与我们差异很大。一个人时，他早睡早起得厉害，夏天是凌晨四点，乡下的天亮得快。其实据他说醒来的时间是半夜十二点左右。他总这样批评我们，起得这么迟，早上的好空气都被别人吃走了。

确实如此，我们虽然生活在同一个世界，却好像生活在不同的时空里，从吃着不同的空气，遵循着不同的生活时间算起。并且以自己作为正统的目光来看待父亲这样的群体，得出结论：他们一日的单位时间长得多，空间却逼仄得多，近乎变形：缺少高度，无限扁平。这个时空的夹层里，盘点下来，父亲居有屋，食有粮有药，也不缺防老的积蓄，林林总总的多样。但父亲还是像屋壳那样，生命中的鲜活部分都已远去。

在这一貌似自然演化的过程中，我觉察到的关键性环节不止一个。

而这些环节竟然跟生命的终结仪式——葬礼有关。

人死为大，乡村的葬礼一向大鸣大放，务必尽人皆知。

路两旁如约围拢旁观者，一眼看过去，灰黑的，花白的，明显是老掉的群体，远不及送葬队伍青壮轩昂、老少均匀来得自然合理充满希望。

乡村乐队跟在后面一路吹吹打打，胡琴和唢呐是主体，两者的声音擅长高尖，繁弦急管，偏偏让人听出的是已近极限，生出穷途末路之感。

对此，父亲不但无限感慨，亦且充满怀念。

他年老赋闲到病倒之前的近十年，也是乡村乐队——实际上是仅仅出现在殡葬场合的义务乐手之一。他们送走的都是这支老掉牙队伍里排在前头的，是乡邻也是亲戚、朋友、熟人。那时候老境已至的父亲，生存空间虽然局限在本乡本土，内容也无非是一日三餐，闲话一箩，所幸身体各个零件还能马马虎虎地运转，日常生活又有母亲全盘照料，因此自我感觉显然有点天高地远。而我们那时潜意识里已经将他归类在夹层世界里的人，总是希望他专注于保养身体便是。

这十年里，他却完全没有闲下来。除了关注从本村到世界的大事，时不时地还要忙着手头上的两件活计，一是做胡琴，二是刻墓碑。

父亲到处托人给他买蛇皮、弦线，然后在家里砍砍削削，成形后蒙皮子，上色，按柱子，定弦，最后咿咿呀呀地试音。他做的多半是板胡，声调一起便上崇山峻岭，听在我耳中常常锐不可当，父亲拉着怡然自得。

不仅他用着自己做的琴，好多人也用他自产自销的琴。在那些前赴者的葬礼上，这些后继者亲力亲为，反复用尖利得有切肤之痛的乐声一路嘹亮地送走刚刚的朝夕相处者。特别是葬礼前夜，乐队坐在高高的台子上，对着台下正在吃丧饭的来宾一顿大鸣大放，声如狂风怒涛席卷过来，直接使人无能为力，深深绝望起来。我想这多半是有意为之。逝者已逝，最后的时刻到来，台下的生者饮食如常，仿佛死亡只是死者的事，这恐怕让老年乐队成员们普遍生出不平与不明悲感。

出殡之后，他们一桩大事体了结。放在从前，生生死死，代谢正常，葬礼对一个村庄来说构不成大的冲击。现在却出的多进的少，一个人的离去，等于从村里挖走明显一块，留下永久的空缺。这些时代的积蓄，村庄的老本，用离去带给活着的人坐吃山空的感觉。特别在一把年纪的人身上，冲击波迟迟未散，让他们的骨头都产生松动，父亲和母亲在每一场葬礼后更加的步履蹒跚，老得特别明显。

墓碑是人家送上门来刻的，有一笔小小的收入，具体数目不详，也无人问津。

碑从毛料开始一直放在室外，应该说是被拒之门外。一块石头从被指定作墓碑起就会变成特殊事物，开始产生或附着浓重的阴气，即使它还刚从矿里开出来。这一点上其他东西也一样。这种本地常见的粉玉色石板，未开采的时候比较软和，能够一层层顺利揭出来。运出石窟见过天光，就开始变性，直到总体硬度适中，适合雕刻。运过来之前已然切割加工成型的长方形石板，乍一看依然面目混沌很不显眼。只有当父亲在上面刻上某某之墓时，才真正定性并显出不一样的凝重。我几乎认为父亲将有限的几个文字一笔一笔深入石头的时候，一个人离去的事实才一点一点被确认，直到刻骨铭心。

就在院子里，一个又一个人的生命被树碑立传宣告终结。因此，我们对此营生很不以为然。

到现在，我才总结出来，那么多年，这个村庄上的大事件就是由生入死的最后一幕。虽说死生亦事大，却像大风翻书一样粗暴简单，除了给村庄和父亲他们留下处处内伤，对外基本没有多少影响力延续更谈不上扩大。仿佛世人等待的只是预知中的落幕，无任何的出其不意。

引起我注目的还有，村庄的学校都集中到城镇里，代之而起的是养老院，很多就利用了废弃不用的校舍。同一座建筑的这种不同用途，同样使人不适。青壮年大部分出外打工，老人的群体相应变得庞大，老年协会成了村庄里一股不可忽视的力量。它代表了村民选举时数目可观的选票，代表了对村庄管理不可忽视的监督力量，还代表了田头地间庄稼与野草的此消彼长。

父亲每回出门，总会扔下一句，我到老协会走走。养老院就是老协会牵头开办的。他们尝试自己管理着自己，春秋组团去近处游玩，有人病倒络绎不绝地去探望，过世后活着的全体出动送行……关于老人们的葬礼就此成为老协会的当然大事，并且是唯一的大戏，还未续完的连续剧。以至于我每去一次，就被告知谁离世了，始终是一场造物主的收割。就像今年，村里已有多位老人相继去世，基本上前面一家还未做过尾七，后面就接上来做头七了。全村一时人心惶惶，家家自危，担忧着发生七咬七，要连着被咬死七个才能止住。

其实没有止住，听说一年时间内已经超过20个了。

父亲所做的两桩事体，都是这场集体性消亡里的一个部分，属于深深地介入其中。就父亲现场的情形看，刻碑的时候叮叮当当专心忘我，拉胡琴的时候全身心投入也是相当卖力，没有露出特别的端倪。但事实上，局限在夹层世界里的老化浪潮，早已将其卷入其中，只不过他一直在试图逃脱——主动介入本身就是一种积极的逃脱。

如果不是家里的强烈阻止，父亲不会停止这送人最后一程的两样营生，或许直接倒在上面也未可知。刻字需要低着头，并集中注意力，这很耗费心力，于血压高的老年人尤为不利。做葬礼吹鼓手，需要一路小跑才能跟上，还要顾着手上琴音不跑调。死亡不挑时节，热天的话基本上擦汗的工夫都腾不出来。

当然，停止这两样并不能阻止父亲继续老去，甚至是加剧。我发现，父亲前期所作的视死如归状，突出表现在充当确认者、送行者的时候。直到有一天住手、四顾，忽然发现排在前面的人多数已然不见。

当生命这列火车加快速度，动静越来越大，各种不曾有过的现象就不断显现。没几年，父亲中风一场，从正常状态一下子陷入步履维艰。最后母亲病逝，就在办完母亲葬礼的那天，父亲雪崩一样的老掉。不仅是体力，还有意志，我几乎是听着哗啦声，类似偶像的倒掉，父亲从强硬、独立、疏离一变而成无限柔弱，依恋子女。

前几天，听他抱怨：手机坏了。问：现在不正通着？说，平时它一声也不响，所以坏了。便知道，这是责备人问候稀疏呢。

天气转暖，他穿着棉衣不肯脱下。几番动员，反听他自怜：我是宝宝，不能脱。

独个宝，六月穿棉袄——当地的俗语。

如果说人出世和离去只不过是一道直线，简洁明了，中间的岁月，却曾经拥有一切的无穷。不过时光最终还是动手，像答案呼之欲出后黑板上老师留下的板书，正被一一拭去，听得见一路簌簌的消失声。这不得不使人联想起从中走过的行道树。秋天来了，木叶下了，地面的比枝头的多得多了。

相对应的，大规模离乡的一代，往往与自己的从前——那段成长岁月里的一切就此住进时光河流的两岸。故土、祖居和年迈的父母，到后头完全融为一体，一种由来已久、脆性极大的存在，再也渡不过来。时光在血缘之间划下的这条河流，依离开之远近，或窄若小溪，或广似银汉，从来没有桥梁可济，唯有以身作渡。

（原载《太湖》2017年第5期）

说出了想念

◎林 虹

你回去时，见了你姨娘的面吗？母亲问我。没有。我轻声答着。哦，已经入棺了。母亲很伤感。嗯。我低声答着。来的人多吗？母亲又问。多，村里人，我们娘家的人。她的儿女都回了吗？回了。哦，那就好，也算圆满了。

我和母亲坐在阳台上聊天，母亲在一个塑料盒里拨弄着她种的葱、芫荽、藤菜。这泥土，是她从五象大桥头的建筑工地要来的，唯有闻到泥土的气息，她才觉得故乡是近的。母亲离开故乡十年了，七十岁的时候，拎着个包，和父亲坐了八个小时的长途汽车，来到了南宁跟随儿女们生活。别人都是老了回归故里度晚年，而我的父母则远离故乡，在一个陌生的城市，重新开始他们的生活。从此，故乡便是他们记忆里的反复诉说，或是从故乡来的亲戚，告知的点点滴滴。

其实，我没有告诉母亲实情。我怕她伤心，想着未来的一天，她也会如此这般。伤心的还有我，我总是选择性地逃避。

那天，我接到母亲的电话，说她姐姐走了，让我代替她回乡奔丧。我安慰着母亲，电话里，我们听得见彼此的呼吸，我能感知母亲语气下的疼痛，她最后一个姐姐离开了，四兄妹，从此就留下她一人在人间行走了。可想，童年没娘，少年没父的母亲，她的心情是如何的悲伤。她想着要回乡一趟的，但路途遥远，她晕车，快八十了，身体受不了。

那天，我把自己裹在羽绒衣里，赶往回乡的路。冬天的风呼呼地吹着，我必须连夜从贺州启程，到昭平县，再到仙回瑶族乡。这样匆忙的回乡之路，让我情绪低落。

故乡于我的界定，是多重的。仙回瑶族乡是我母亲的故乡，也是我的出生地和童年生活的地方。北陀雨天，是我父亲的故乡，每年的清明节时才回去一趟，给爷爷奶奶扫墓。昭平县，是我少年和青年生活的地方，那里有我很多记忆。父母在这个小城建了两次房子，小洋房、院子、菜地，名曰林园。我们在那度过了很美好的时光。后来，因为我们兄妹都在南宁和贺州生活，林园无人打理，就卖了。我曾写下散文《江山交付的下午》，那个平静的炎热的下午，那种内心的纠结和不舍的风暴，在我们签字的手中，犹疑、停滞和张望。故乡在那一刻，似乎就开始割舍了。后来，父母在南宁买房，重新开始建立他们的江山。于我，父母在哪，故乡便在哪了。

新的故乡，虽没有了院子和菜地，但宽大的阳台，便成了一个小菜园，泥土在阳光的照耀下，散发着故乡的味道。哥哥在阳台的边角用木头建了个鸡笼，养着两只鸡，清晨的鸡鸣，清亮而突兀，脆生生的。故乡，是那么真实地存在着，乡愁也被鸡鸣声稀释了。而江南区亭子的圩日，让父母找到了仙回赶圩的感觉。因为一到圩日，附近的农民会挑些自己种的东西，自己做的手工品来卖，箩筐、竹篮、簸箕、山芋、大薯……那些淳朴的农民，那些山野的气息，如此真实而浓烈。于是姐姐常开着车载他们俩去江南赶圩，买一包菜种、果蔬，看看毛茸茸的小鸭仔、小鸡仔……母亲用手摸摸，才满足地离开。

远离故乡的父母，努力在构建着他们的新故乡。母亲从小城挖了棵野生粽叶回来种，摘粽叶，晒粽叶，包粽子，是她的快乐。这来自故乡的植物，被无限地放大，故乡的草木、河流、山脉，亲人都在叶脉上有着清晰的具体指向。粽叶的清香，是故乡的气息，在阳台挂成一排，成为故乡的物证。还有在附近荒地上开垦出来的菜地，种满了各种蔬菜，母亲到菜地劳作，锄头和镰刀，草帽和水瓶，她觉得就是在她的故乡仙回。而菜地旁的小山，草木葳蕤，鸟声阵阵，像仙回的古映山。

胆小的母亲傍晚是不敢推开窗的，黑漆漆的山林，她怕看见磷火的飘忽。我说，妈，怎么可能有啊？她说，有的，山上有墓地，清明的时候，听到鞭炮声响。我深知母亲的忌讳。可是母亲又说，其实人死了就是往一个黑洞里去了。黑洞？我对母亲的这个说法觉得很诧异。"是的，我在一本佛教书上看到的。"母亲指着桌面她去素食馆吃饭时拿回来的书说。我就沉默了，我没有勇气和母亲说这种问题。有一次，我们在聊天，母亲突然说，你爸想回北陀选块地，要离路边近点的，以后你们去看时方便。哥就在一旁打断了，好好的，不要想这些。母亲说，怎能不想？早安排的好。我在一旁，沉沉下坠的心，牵拉着我，痛而无语。我知道母亲说的意思，这样的问题，我们不想去面对。我总是拿出昭平县最长寿老人的照片给她看：妈，您看，这位老人一百一十三岁了，还去摘茶叶呢，你和爸一定健康长寿的。妈看着照片，笑着："要能到这个岁数，就知足了。"

于是，白天和黑夜的古映山，让母亲更加找到在故乡的感觉，她劳作完，坐在锄头柄上，喝口开水，父亲则在一旁摘菜叶。他们看看身后的山，眼前的菜地，思乡的情绪淡了很多。我有次说，买个军用水壶，装水喝，那样，就更真切了。现在，那座父母精神上的古映山，被削平了，变成了一个楼盘，三十多层的大楼代替了葳蕤的树木。母亲开垦的菜地被山上冲下的淤泥化成了一片废墟，那里，也将建起高楼。那里，将是父母原来房子的置换地，他们重新选择了另一个电梯房。而灌溉菜地的山泉水，被高层建筑切割了水源，流往大地的深处。母亲有时抬起头，看着那些高楼，担心地问，楼那么高，风一吹，会晃动吧？不会的，父亲接话。总之我是不会住那么高的，心里慌。母亲坚定地说。父亲说，那里房价那么高，一万多了，不是想住就能住的。母亲就感叹了，还是我们家那院子实在的，走在自己土地上，踏实。可是，她也知道的，那样的故乡，早在签字的那刻，就离舍了，她只是不由自主地说出了想念。

为了让新故乡更像故乡，有更多故乡的物件，父母突然想到了放在老家杂物房的鼎锅，他们很开心，让我下次来南宁，想办法把老家的鼎锅带来。我说，妈，你知道那个用生铁打的鼎锅有多重吗？知道，那是你大舅打的，手艺很好啊，煮的饭香喷喷的，不用菜也能下饭。母亲回味着。姐在一旁答着，这个锅可以进博物馆了。哦，那下次我拿这个鼎锅来给你们吧。我回答着。为了父母的这个心愿，我决定找个时间回昭平，扛这个鼎锅回贺州，再到南宁。也不是不可以，因为之前，我们就成功地把老家一台华南牌老式缝纫机运到了南宁。那台购于20世纪80年代的缝纫机，母亲为我们缝补衣服。她喜欢踩缝纫机的节奏，她穿针引线，用边角布缝着鞋垫，针脚整齐。她熟练地转动布料，仿佛年轻的时光就从那些匀称的针脚里缓缓铺开，关于故乡的一切，随着脚踏声流淌、蔓延。那些生机盎然的生活，那些艰难的岁月，越踩越有劲，越踩越有激情。母亲说，我就感觉自己是年轻的。所以她快八十了，身板挺直、讲究，别人看她以为是六十多。那辆缝纫机，带给母亲的，不仅是对过往生活的回忆，也是她对故乡的眷恋，唯有触摸到和故乡相关的物件，才是真实的、具体的。

  我没提及，还有那把当年称猪的大木秤，我怕他们想起，让我也把那把沉甸甸的黑漆漆的木秤扛上南宁。所以，我常在昭平、贺州、南宁之间往返着，搬运与故乡有关的物件。比如，稻秆，那些田野气息的稻秆，是我叫乡下的朋友帮找来的，母亲用来扎粽子，或者不扎，挂在阳台上。稻秆的味道就是稻谷的味道，那里，可以生长成一片金灿灿的田野，蝴蝶飞舞，烧稻秆的烟在其中缭绕。粪土在风中，和汗水齐飞舞。如果是春雨时节，竹帽，蓑衣，啪，拉脚起来，拍掉一只蚂蟥，继续寻找那些稗子……一捆晒干的稻秆，在父母的生活里，有了很多回味。我还叫朋友找来乡下苦碎木烧成的灰，那是做灰水的原料，灰水也是故乡的味道。有次带了昭平的灰水糍，母亲高兴地说，这是我最喜欢的。于是，我就时常带着故乡的稻秆、木灰、桂江鱼、山楂果……大包小包，从一个故乡到另一个故乡。当车过青秀山，我就知道，离家很近了，母亲在厨房忙着，父亲在小区门口散步，其实是在等我。

  然而，新的故乡，在父母的心里还是有距离的。这距离，不仅是和原故乡的距离，更多的是精神上的。每天他们沿着滨江公园的绿荫栈道散步，一路繁花似锦，邕江水流淌着，青秀山就在附近，人少，安静，鸟声带来的聒噪，听着欢喜，但是也落寞。很多次，我到南宁，陪他们去江边散步，看着他们蹒跚的步履，行走在这个陌生的城市，东张西望，不会遇到一个熟悉的人，也听不到熟悉的乡音，对于在小城德高望重，出门一路有人打招呼，走走停停就坐在树下和朋友聊天的父亲，这样的落寞，是多么不习惯。

  这样的落寞，也是我那天回乡的心绪。夜色中看见路旁手上捏着一片茶叶的雕塑，就知道，快到昭平县城了。这个中国茶叶之乡，常年氤氲着茶香，我曾写下散文《被茶浸润的生活》，说的就是这种安逸闲适的喝茶生活。这座藏在群山之中的小城，风景秀丽，生态环境优良，也是长寿之乡。这么好的养老环境，是很多人向往的，而我的父母，却远离它，在喧哗的城市里生活，那样的况味，于父母也是不得已的。

  车过桂江大桥，我心情平静，无欢喜，因为，家人不在此地，此地是我曾经的故乡，而今是我的驿站。岸边翠竹掩映中，灯光明亮，返照在竹叶上，是翠绿的光，很诗意很梦幻。渔船停泊江边，渔火扑闪中，会忍不住想起张继的诗：江枫渔火对愁眠。这愁于我，该是渐渐消失的乡愁，也是我和父母落寞的缘由。

对于昭平这座小城，欢喜、爱、忧伤，我曾写下很多关于它的回忆。当一边抒情故乡，一边又想法远离故乡，我觉得，自己是虚伪的。我深以为，当你身在其中，和故乡大地的万物一起时，那种情感才是真切的。

车上凉亭坡，我朝着林园的方向看去，那院子的桂花树、玫瑰、六月雪、苏铁、苦丁茶、黄皮树依旧生长在园中，养生的小道，落满树叶了吧。一位南宁的读者，从书店买了我的散文集《两片静默的叶子》，开着车，沿着书中我写的故乡走了昭平和仙回。他拍下林园的门楼、房子，发给我。看着熟悉的景物，那油漆掉落的铁门和被阳光晒旧的邮箱，我一时感伤不已。这种情绪涌上来，堵在心中，长久无法驱散。我知道自己藏着的故乡，只要一点点关于它的，就会被触及，就会泛滥，就会无法控制。我忍住感伤，轻描淡写地回了他一句：那是别人的家了。一个素未谋面的人，因为一本书对你的故乡感兴趣，去寻访它，我为此欢喜。因为故乡通过我的叙述，被人所知所爱，那么，也是我对故乡的回赠吧。

清晨赶往仙回瑶族乡，那个我出生的地方，藏在另一处群山之中。经过松林峡，我往窗外看去，两岸的青山倒映在碧玉般的桂江中，山上种满了松木。我和朋友在一个水雾迷蒙的暮春，去看那摇曳的芦苇，朋友伸出手去感受。我问朋友感受到了什么。朋友说，幸福。我为此写下诗歌《台词》：我的手感受到了幸福/最后一句台词戛然而止/悟与不悟/早已万水千山。

"悟与不悟/早已万水千山。"万水千山，说的是时间，也是人生的旅途，像我们这些远离故乡的人，再回首，已万水千山了。这样的愁绪淡淡的，我裹在羽绒衣、围巾里，沉默不语。车缓慢地爬行在弯弯的山路上，一重又一重的山，被转晕了。是的，因为弯路太多，我每次都会晕车，这次也不例外。

越近仙回，我的心越沉，不是近乡情怯，是害怕面对葬礼上悲伤的场景，更是害怕看见姨娘死去的样子。黑衣服，白麻布，哭泣的亲戚，摆在堂屋的黑色棺材，闻到死亡气息在上空鸣叫的乌鸦。

回乡之前，母亲告诉我，先回趟满舅娘家，不要等参加完姨娘的葬礼才去，不吉利。

车过安子口，进入王村，眼前一片开阔，群山环绕中，就是仙回垌了。右方山脚下的卫生院，母亲曾在那学过医。左边的白磨小学，是父亲教书的地方。古书河蜿蜒，沿山脚而过，枯水期，河床裸露着，一湾清浅的碧水，更显冬天的萧瑟。这条河流是我童年的欢乐之地，游泳，摸鱼，捞虾，睡在沙滩上看着云朵飘动。那些和我一起玩耍的小伙伴，早已各奔东西了。进我们家的村子，要经过古书河、古书桥、古书村，已经村村通水泥路了。路人看我，我看路人，陌生的。偶有人认出：咦，那不是荣英的小女儿吗？我报以微笑，却不知怎么称呼了。

七岁随父亲到昭平县城读书，那么说，我的相貌，还是依稀可辨的。

远远看见我们曾经的家了，心里雀跃着，加快了脚步。二表哥在家门口，是的，现在是二表哥建的房了，三层水泥房，代替了我父母建的泥砖房。我就是在那出生的，给我接生的林医生，是我妈的好朋友。很多年后，林医生到我们家做客，说起给我接生的事，比画着，说我就跟米筒那么大。我不知道乡下最大的米筒有多大，总之我家的米筒是一斤装的。所以我想象我出生时，跟一只小兔差不多。我出生的时候是秋天，正是稻谷黄的时候，风吹稻浪，稻香满村，我就来到世界了，多好啊。

当年，父亲中师毕业就分到仙回茅坪小学工作，和母亲的认识也很有戏剧性。入团宣誓的时候，父亲站在母亲身边，缘分就这样产生了。结婚后，母亲随父亲到县城工作。"文革"时，大舅、满舅很照顾下放回来的母亲，亲戚们给田地，建了房子，生活才安顿下来。

满舅娘血压高，在卫生院输液。二表嫂去挖马蹄了，二表哥和满舅娘的大儿子老八在家，他们要去参加姨娘的葬礼。而婆太、大舅、大舅娘、满舅他们在屋后山上的泥土深处安睡着。他们的亲人在山脚生活、劳作。山上山下，两重世界，如此和谐安静，时间是可以化解一切悲伤的。

满舅娘家的门前，种着红艳艳的鸡冠花，还有青枣，沉甸甸的。居然还可以种枣！我惊讶地问。老八说，种着玩的，没想到结那么多。我说，那可不可以考虑种枣。那样，满舅娘就不用去摘茶叶了。老八说，没人工啊，我要去做装修，儿子在广州打工，老九，你知道的，帮不了什么。哦，也是。老九是满舅的小儿子，先天性聋哑人。四十多岁了，还没结婚。

问起二表哥的两个儿子，他说，都去打工了，一个在广州，一个在北海，过年才回来。哦，一年见一次面啊。那有什么办法？在家没什么可做的。很多啊，种茶叶，种果啊。表妹，你不知道的，农活难做，也不赚钱，现在的年轻人，都想去看看世界，每月有工资拿。不像养殖的，回本慢，做不好，会亏本。是的，乡村成了他们的驿站，在城市生活是他们向往的，所以土地荒着，剩下老人和孩子，是多数乡村的现状。

二表哥指着河岸边说，表妹，你看那正在建设的房子，是新农村的经济适用房，我家老二在那买了一套。哇，农村也有套房住了，真好！还有另外一处，是农家乐度假村，把古书河的河水蓄起来，可划船、烧烤、钓鱼什么的，农村也像城里一样了。二表哥又介绍着。老八接话说，下次你回来，就可以去那度假了。

四表哥、七表哥也从城里赶回来了，我们因为姨娘的葬礼而聚在一起。一行人开着车往姨娘家去。路上看见满舅的小儿子老九，他正给一户人批墙。我叫他，他听不见，默默地把水泥浆糊到墙上，再平整。我上去拍他的肩，他回头，看见我，咿咿呀呀的，很高兴。我比画着，告诉他，我要去哪，干什么，然后要坐车回昭平再回贺州。不知他听懂了没有，咿呀着，我不知道他说什么。在一个无声的世界和失语的世界中，他生活了四十多年。但他识点字，满舅曾送他去读小学，老师快退休了，看见他，觉得很可怜，很耐心地教他识字。所以，他一个人坐车到县城，可以找得到我们家。我记得有一次，他很晚才来，无法叫门，敲门我们未听见，他就翻墙而入，当他出现在我们眼前时，我们很是惊讶。老九虽是聋哑人，却是个温暖的人。他擅长网鱼，所以，他经常网了鱼，洗干净，煎好，坐车到县城送给我们。

老九有次在山上放牛，烟头没有按熄，结果引发了一场大火，火势凶猛，幸好救得及时。可是怎么跟他说这是违法的呢？满舅把烟头按在地上，熄灭了。又拿出一沓钱，抖了抖，让老九跟着他去交了罚款。至此，老九知道了，抽烟要把烟头按灭，如果看见别人把烟头丢了就走，他会很生气，追上去，指指地上的烟头，直到别人捡起来。老九也外出打过工，到县城的一家残疾人木头加工厂，每天他与一群和他一样的聋哑人把刨好的木片叠起，锯木的木屑、木灰将他变成一个粉人，他戴着口罩，穿着罩衣，默默地叠着木片。有一天，别人把他的饭牌盖了起来,他没饭吃,气鼓鼓地来到我们家,很激动地咿呀了一通。我们不知他说什么,知道他遇到问题了,到木头加工厂去问,才知是一个工友跟他开玩笑。后来他做了一段时间,受不了这种重复的工作,卷起铺盖就回家了。舅娘说,他在家自由惯了,哪受得上班的这种限制?老九也有过他的爱情,亲戚给他介绍了一个和他一样的女孩,不了了之,老九就一个人闲云野鹤地生活了。

老九不知道姨娘去世的事情,他不跟我们去,依旧批他的墙。姨娘的家在木浪村,去茅坪瑶族村要经过她的家。远远就看见她家门口搭着棚子,很多人。我怕看到的场面就要出现了。可是并未如我想象的,姨娘已经入棺了,棺材上盖着红毯子。亲戚坐在院子里聊天,姨娘的六个孩子都回来了,他们也没有跪在棺材旁痛哭,只是平静地招呼着吊唁的人。表姐给我们发了白色的麻布,我们给姨娘鞠躬上香,让她一路走好,在另一个世界,过上她想过的幸福生活。

关于姨娘,她的婚姻生活是她不满意的。因为姨爷结过婚,有过孩子,年纪又大。姨爷已经走了快二十年了。她一个人生活着,儿子们到外地打工了,只有过年才回来。因为姨娘没读过书,所以只能在家务农,不像我母亲,读了书,学过医,又在大队当妇女主任。两姐妹,因为选择,过上了不同的生活。有次,我到茅坪村采访,经过姨娘家,进去看望她,给她拨通我母亲的电话,只见她拿起手机:阿妹啊——她的眼角就溢满了泪水。我在一旁也被感染着。人生的际遇,让人感叹不已。

姨娘家门口的橄榄树,树根被砍了一半。表哥告诉我,是姨娘生前砍的,说是遮了光。那时,她身体很虚弱了,已经没有力气了,那棵树,只要一挥刀就断的,她却砍了很久。不知她砍橄榄树时在想什么。然后,她在睡中就走了。一生就这样了。

送姨娘上山前,她的孩子要用柚子叶水给她洗脸。棺木打开,四表哥让我去看姨娘最后一眼。我犹疑了一下,没有去。四表哥看回来,告诉我,唉,你姨娘嘴巴开着。我很惊讶,为什么呢?四表哥说,嘴巴开着,是没得吃啊。我就沉默了。四表哥又说,都看不出是你姨娘了,脸缩水得厉害,面色很难看,才一天的时间。七表哥说,是啊,怎么会这样?婆太去世时,面色很好的,根本看不出是去世的人。怎么会这样呢？我无法想象表哥描述的姨娘最后的样子。

所以，当母亲问起我姨娘的事，我没有告知她姐姐的样子，怕她伤心，想着世上走一趟，临走时竟是这样。还是圆满的，生前冷清的院子，至少在她走后热闹了，来看她的人那么多，那些久未走动的亲戚，在外地打工的儿子们，村里的人。这一生，还是圆满的。虽然她最远到了昭平县城。虽然，她渴望的爱情从未如愿。

人的一生就这样了。我扎着白麻布，跟着送葬的人把姨娘送到山上。一路无语，乌鸦总在这样的时刻盘旋在上空，叫声让人生厌。世间再无姨娘了，以前，母亲想她姐姐时就打个电话，两姐妹会聊很久。现在，接电话的那个人，去了泥土的深处。悲伤的情绪，堵在心头，长久无法驱散。

（原载《广西文学》2017年第5期）

陶人：远古之神

◎杜卫东

一

历史的真相总会显现，就像潮水退去礁石一定会裸露。

这一天——2012年5月23日，中华民族共有的先祖注定要穿越幽深的时空隧道，来和现实拥抱了。

它是一尊陶人。五千多年的云卷云舒、花开花谢；五千多年的世事变迁、风云际会，它一直潜身在厚厚的历史尘埃之中，注视着中华文明怎样从远古走来，一路筚路蓝缕、栉风沐雨；一路卧薪尝胆、披荆斩棘。就在它充满期盼地想显身于世时，它所隐身的那片土地，承包人为了多打些粮食，深耕细作的犁头将它化解成了碎片。

距离这尊陶人生成的日子已经过去了近两百万个日日夜夜。时光像西西弗斯推动的那块滚石，周而复始、亘古不变。那一天，春天尚未走远，夏的脚步还有些蹒跚，但毕竟绿色已经萌发，叫不上名的野花开始在草丛中绽放。蓝天白云下，牛羊发出一阵阵鸣叫，在催促着夏天的脚步。从远古驶来的历史车轮，却已碾压过了石器时代、青铜时代、铁器时代、蒸汽时代、电器时代而进入到信息时代。结绳记事被电脑取代；石斧、青铜剑被航空母舰替换。或许，这尊陶人太企盼目睹人世间沧海桑田的巨变了，于是不惜以身碎为代价。它知道即便化作碎片，也要比永远不见天日幸运。岁月，可以湮没太多的往事。

那天——5月23日，为实施中华文明探源工程，由中国社科院考古所与敖汉旗博物馆联合对红山文化聚落进行的测绘中，一个考古队员在一块刚刚深翻过的农田里发现了一块陶片。他弯腰拾起，内心即被深深触碰，像一只翱翔在天空的鸟突然被一处迷人的风景吸引。按说，对于整天和文物打交道的考古人，一块在地表拾到的陶片，犹如一束麦穗之于农民，一个零件之于工匠，本来已经不会在心里掀起太大的波澜。但是，他端详着手里这块陶片，心中却有一种冲动，他断定这不是普通陶罐上的残片。当他在周边的泥土里又找到两片带有嘴和鼻子的陶片时，血脉偾张，心跳骤然加快。他不明白为什么会有这样奇特的感觉，仿佛自己摩挲的不是几块陶片，而是历史神秘的纹理，祖先沧桑的肌肤，他预感到将有震惊中外考古界的奇迹发生。

回到博物馆，这个队员小心翼翼地将几块残片拼对，陶片呈现出来的神情简直让他灵魂出窍。它的眼睛似乎仍在转动，它的声音呼之欲出，它好像有灵魂附体，目光如剑出鞘，穿越了堆积如山的日子，流露的分明是不甘、孤傲和一缕难以言说的诡异。王泽赶忙请来馆长，著名考古学家田彦国。老田同样惊诧不已，他以丰富的职业阅历当即做出判断，这应该是一尊典型的陶塑神像，很可能是红山文化考古学的重大发现。陶片的断裂处印痕新鲜，证明是不久前才破碎的，于是又叫上一个同伴，三个人立即驱车130公里，回到发现陶片的兴隆沟村。这之后历经两个月，费尽周折又找出了一百多块陶片，并从中筛选出了60多块估计与陶人有关的残片进行拼接、粘对。

尽管发现第一块陶片时，考古学家的灵魂就为之震撼。但是面对一尊用65块残片粘接、拼对而成的陶人，他们依然目瞪口呆！这哪里是一尊陶人，分明就是一位从远古走来的王者或者巫者——神秘高贵，气宇轩昂。

德国美学家莱辛在评论古希腊雕塑"拉奥孔"时，曾详细阐述过时间艺术与空间艺术的关系，认为造型艺术应当挑选整个"动作"里最耐人寻味和想象的"片刻"。制作这尊陶人的工匠早于莱辛五千多年，两人更是分属于完全不同的文化断代，但是他选择的"片刻"的确耐人寻味：陶人双手交叉，盘腿而坐。神态肃穆、安详，略带一些诡异。它的上身略微前倾，目光专注，嘴巴圆张，显然是在发号施令或者传道作法。与它对视，你似乎可以感觉到远古的气场扑面而来，像是氤氲在时间之河上的水汽、弥漫于历史隧道中的雾霭，诡异、神奇，还略带一股欲说还休的张扬。

分布于内蒙古西辽河流域的红山文化与中原仰韶文化同期，年代约为公元前4000年至公元前3000年。这尊陶人是目前所知第一尊、也是最大一尊能够完整复原的红山文化整身陶人，在中国同时期的史前考古材料中极为罕见。专家论证，它距今在五千三百年前，所代表的正是活生生的先祖形象，很有可能与祖先崇拜有关，或者就是五千多年前中华民族的共有祖先。

因此，这尊陶人被学界尊为"中华祖神"。

二

此刻，我们正肃立在敖汉旗博物馆敬放"中华祖神"的展柜前。

在赤峰一下飞机，草原的朋友就神秘地告诉我，此行第一站是到敖汉祭拜"中华祖神"。见我略显茫然，又叮嘱说，要心存敬畏，那可是我们中华民族共同的先祖哪！见到"中华祖神"的那一瞬，我也被震撼到了，仿佛被来自远古的石镞飞镖击中。历史，并不一定是教科书上呆板的文字，它也可以成为一尊雕塑，鲜活地站立在你的面前，与你对视、和你交流，尽管中间已经横亘着五千多年的烽火云烟。

田彦国馆长是"中华祖神"出土的重要推动者和见证人，中等身材、浓眉大眼，目光中透着学者的睿智与平和。他告诉我们，专家确定这尊陶人的身份是红山文化晚期的巫者或王者，有充分的依据：发现陶人的兴隆沟村是红山文化的核心区域，类似于现在的"行政中心"。进一步的考古发掘表明，有为陶人专门建造的房间，彰显其身份的尊贵。由中国社科院考古所内蒙古第一工作队队长刘国祥研究员和他负责组织的考古发掘还发现了陶人额前的"帽正"和残断的胳膊，确认了陶人出自红山文化晚期的房址中。陶人戴冠并有帽正，这也是身份和地位的象征。红山文化时期，神权与王权其实是合二为一的。巫与神进行沟通，而巫一般是由王来出任。

好了，且让我们请出这位至尊的巫者，还原一次当时盛大的祭祀庆典。

远古时的祭祀活动像我们今天祭祖一样，有着严格的程序和庄严的仪式。王或巫据此代天而言，传导神的意愿。那时候，社会管理的职能主要通过祭祀活动运作和体现。天地生成万物，祖先繁衍子孙，祭祀的内容既有对天地、亡灵的祈祷；也包含图腾崇拜和生殖崇拜。

一块突起而平缓的台地，依山傍河。天苍苍、野茫茫，辽阔的草原上暮霭四合，夜色初降。星星开始闪烁，月亮在云朵后潜行。一团团的云在天幕上翻滚，变幻出不同形状：时而如巨龙腾飞，时而像海浪奔涌。在先民的眼中，那是神的踪迹，令人仰视。

巫者居中而坐，神色庄严而诡异。祭台上摆着美玉雕成的祭祀礼品。玉是通灵的神器，巫要借助玉与神沟通。他的双眼凝视着前方，目光穿过迷离的夜色，有些怪异、有些冷峻。此刻，他已经变身为神，履行着与神沟通的职责，必须有着神的尊严与威仪。尽管他和匍匐在他面前的先民们一样，上身赤裸；但是他的长发不是披散在肩头，时而遮住面颊；而是戴着用兽皮做成的帽子，长发盘折，用一条美丽的皮带捆扎得一丝不苟，形成横向的发髻。特别显示他尊贵身份的是帽冠正中，那一块用美玉制成的长方形"帽正"。中国古代形成过一套完整的衣冠制度，或许由此已见端倪。

祭祀活动开始，鼓乐齐鸣。这之前两三千年，红山先民们已经断骨为笛，今人用出土于八千年前的骨笛尝试各种不同的演奏指法，竟可以吹奏出精确的七音节古韵新调，令人疑为天籁。在隆重的祭祀活动中，想来乐器是必不可少的。那乐声应该低回悱恻，类似笙箫，兼有号角之声，在黑压压的人群上空弥漫。乐声渐强，一支支火把依次点燃。先民们高举过头，随着乐曲跳起神秘的舞蹈，那是先民对祖先和神灵表达心中的敬畏。火把在夜色中有节奏地晃动，形成了各种神奇的图案，那是对神的呼唤。火把在祭祀中的神奇作用影响至今，现在一些庆典活动中的火炬传递便有远古时祭祀的影子。

夜一挥手，为长天大地罩上了深黑色披风，一支支燃烧的火把成了披风上的豪华饰物。

巫者开始作法。他先把美玉雕成的祭祀礼器高举过头，口中念念有词，以打开与神交流的通道。接着深深吸进一口气——那是五千多年前的空气，纯净、躁动，夹杂着一股醉人的青草气息。而后缓缓地由胸腔内发出一声长鸣，低沉而持久，诡异并饱满。在先民的眼中，巫即他们的王，也是他们的神。此刻，巫圆张着嘴，发出的低嚎或许只是单音节的吟诵，或许是某种简单的谶语，但传递的都是神的信息，无不摄人心魄。于是，虎狼远遁、倦鸟归林。男人们长揖而跪，女人们则一脸虔诚伏地不起。褓褓中的孩子也停止了啼哭，睁大好奇的眼睛，凝视着夜空中飘过的一团团云絮。

巫者进入心造的幻境：云遮雾绕、紫气升腾。他开始与神沟通，一阵晚风吹过，打着尖厉的呼哨，巫者把它视作神的回应。他看到了云层背后飘然而至的神，端坐在莲花之上，身后衬着七彩虹霓。神一说话，便如瑞风吹拂；神一挥手，便有甘露普降。巫觉得已经变成了手擎火种的智者，正引领着族人度向神点化的仙境……

祭祀完毕，巫飘然而去。先民们望一眼巫的背影，目光中充满敬畏。远古的祭祀活动，催生了中国最早的礼乐制度，也由此形成了孔孟儒家文化的最初源头。

三

时光如电光火石。倏忽之间，我们从远古回到现实。

"中华祖神"的出土所以令考古人惊喜，不仅在于它对研究先民的祭祀活动和社会生活意义重大，更是由于它的出土为中华五千年文明提供了一个实证。

我们说中华有五千年文明史，即便从夏以降也只有四千余年。所谓五千年，是将伏羲时代起始年定为公元前两千九百五十二年，以此推算，中华文明大约有五千年历史。不过，伏羲是神话传说，并非正式的国家概念，它是可以被构建的。没有实证，很难被世人认同。曾有很大影响的疑古派就认为，古史传说中所指的时代越久远，后人作伪的成分越多。因此，汉代以前的史书无不可疑，"东周以前无史"。后来出土了商、夏和新石器时代的诸多考古成果，此说才被否定，但争论并未止息。近年来一位通过电视走红的学者，以自己的研究和推论断言：中华文明上限不早于公元前一千五百年，再加上公元后的两千年，加在一起，中华文明不过三千多年的历史。

何为文明？学界认同的标准有四要素：铜器、城市、文字和原始国家。其实，距今约一万年前，中华文明便开始了它的起源历程。到了伏羲时代，也就是距今约五千年前，文明的四大要素已经在中华大地上不止一个地方显现，所以学界有"一体多源"和"满天星斗"说。仅以敖汉而论，西台遗址发掘出土了铸造青铜器的完整陶范，距今五千三百年，满足了要有冶炼场所的条件；草帽山祭祀遗址发现了刻画在陶器上的"米"字"十"字符号，很可能是中国最早的象形文字，距今五千五百年；城市的雏形可追溯到八千年前的兴隆洼文化遗址，四周有环壕围拢的100余间房址，布局有方，排列有序，总面积近七万平方米。在遗址中心区并排有两间140平方米的大房子，被学界称为是"世界建筑史上的奇迹"。遥想当年，擦肩摩踵、呼儿唤女，这里该是多么喧嚣热闹的一座城市啊！原始国家的形成则可以从距今五千五百年的牛河梁遗址找到证据。该遗址由大型祭坛、女神庙和积石冢群址组成。泥塑残片表明，女神庙里的泥制女神雕像，小的与真人等同，大的是真人的两到三倍。庙内还有壁画、泥塑的龙和陶制的祭器。专家认为，如此庞大复杂的祭祀中心，绝非一个部落的力量所能建造和拥有，只能是更大的一个政治共同体崇拜共同祖先的宗教圣地。在工具缺乏、技术落后的远古，能动用浩大人力，营造如此繁杂的陵墓，墓主人生前应该具有"号令天下"的身份。

如果把中华文明比作一轮喷薄欲出的红日，那时历史的天空云雾初开，霞光四射。随着敖汉人口增加，农耕文明发展，社会的礼仪和规范日渐完善，生产力水平进一步提升，用学界泰斗苏秉琦先生的话说，"文明的太阳"已经在敖汉冉冉升起。

那是一个早晨，也许是一个黄昏。什么时段并不重要，重要的是在一间制陶作坊里，一件杰作接近完成——一尊高度写实的雕塑神像。工匠年近不惑，隆起的剑眉下是一双黑白分明的眼睛。常年与泥巴打交道，他的双手骨节突出，双臂略一弯曲，肱二头肌便像两座小山包一样隆起。街市上人来人往，店铺、客栈和各种手工作坊星罗棋布。但在N个同样的制陶作坊中，他的技艺最为娴熟，因为他的模特竟然是不久前主持祭祀的巫者。此刻，巫已还原为王，正庄严地端坐在铺着兽皮的木台上。王的姿势是工匠确定的，王也乐意接受，因为他们都认为，截取的这个"片刻"最为传神、最有威仪。

工匠在完成最后一道工序——为陶人镶嵌眼睛。透过稀疏的树叶，阳光在地面上铺了一层碎金。微风一吹，碎金晃动，变换出不同的形状。本来，工匠可以用两颗美玉做眼球，但是为了更加逼真地还原巫者的神韵，他用了两粒陶制的球。眼睛镶好后，陶人立即被赋予了灵性，如同一尾放归江河的鱼，扑棱棱游向生命的深处。王对工匠的技艺十分信任，他知道，这尊神像烧制后将有等同于他的身份与威望。王并不衰老，但是在缺医少药的远古，为了氏族部落平稳运行，及早预备一个"备胎"并非多虑。他仙逝后，后世王侍神时，这尊陶人将被敬作神，平日则会置身于为它专门建造的房间里，以先知先觉的化身听取人们商议大事。在先民的观念里，死者始终与生者同在，王生前为王，死后就成了神。工匠制作的这尊陶人，鼻孔、嘴、肚脐、耳朵都是通透的，为的是便于逝者的灵魂出入。

应该是一个秋天。萧萧远树疏林外，一半秋山带夕阳。匠人选择这样的日子为王制作神像，是因为这是烧制陶人的最佳季节，既没有盛夏的酷热，又没有冬日的寒冷，有利于陶人干燥，而干燥的过程直接关系到烧制效果。王起身整一整帽冠，走到泥塑前眯起眼睛端详了一阵儿，面露愉悦。他走出作坊，门外，挺拔的胡杨树上拴着一匹深褐色的蒙古马，筋骨适度、健硕精悍。王一翻身跃上马背，挽住缰绳双腿一夹，蒙古马昂起头一声嘶鸣，绝尘而去。工匠则对着王远去的背影长揖而拜，他是因为王认同自己的劳动心怀感激。个体之于历史似乎渺小，但渺小的个体却常常在历史的竹简上刻下深深的标识。显赫者被史书记载，卑微者为岁月尘封。工匠洗去手上的残泥时，绝对没有想到，五千多年后，他制作的这尊陶人将成为中华文明探源工程的重要收获，被炎黄子孙作为共同的先祖祭拜。

同时期的陶人非此一尊。不过，只有它幸运地一路从远古走来昭告世人：中华文明在五千年前已经成型。陶人所具有的社会功能，标志着当时的社会管理规范而有效；陶人所体现出来的制作水平，又折射了当时生产力的发展水准。敖汉旗博物馆的考古人员为了体味先人制作陶人的情景，曾经费劲巴拉复制了一尊，但其神韵却远远不及出土的陶人，说明我们先人的艺术感受力已经达到了相当高的水准。田馆长告诉我们，连最为挑剔的西方学界也认同了这一点。这之前，他们曾经认为红山文化没有进入成熟的文明社会，理由就是还缺少艺术。没有艺术，谈何文明？"中华祖神"无疑是价无可估的艺术瑰宝，它的出土令西方学界一片哗然，中华五千年文明史确是名副其实了。

四

我有一个疑问："中华祖神"为什么会在敖汉出土呢？

田馆长笑而不语，他领我在博物馆参观。馆中陈列着敖汉出土的各种文物上千件，其中不乏国宝级文物。依次排开的展柜有如一条蜿蜒的长龙，跟在他身后，我仿佛走进了一条时空隧道。老田在一排展柜前停下，说你且仔细看看这些出土的玉器——

我知道，华夏文明因玉而始。远古时期，"巫以玉事神"；进入封建社会，"君子以德比玉"。作为重要文化载体的玉，见证了中华文明五千年的历史发展全程，儒家的仁、义、礼、智、信等传统理念，比附于玉物理化性能的各个特点，又使玉蕴含了深刻的中国传统哲学思想和人文理念。因此，季羡林先生认为，如果用一种物质代表中华文化，那便是玉。我素来敬玉，却不知道玉是红山文化的重要组成部分，在敖汉出土的各种精美玉器大都在八千年以前，敖汉原是中国玉文化的重要发源地。

此刻，这些出土的玉器就无声地躺在旗博物馆镶着玻璃的展柜里。

远古和现实，只隔着一道五毫米的玻璃。你把脸贴近展柜，玻璃会映出你的双眸。你敛声屏气，先民用简单工具打磨玉器的情景会一一浮现在眼前：他们长发披肩、腰系兽皮、或蹲或坐，神情专注地执于一念。冬雪秋风、春花夏雨，锲而不舍。一件件玉器制成了，其精美的程度简直让你疑为是天人之作。

五毫米——五千年，历史真是诡异。细想，长与短、动与静、真与伪、美与丑、大与小、冷与热，以至战争与和平、摧毁与构建，但凡事物的两极，其实常常存于一念。一念，刹那之间，二十念才为一瞬，时间的长度实在微不足道。但是无数个付之于行的一念，成就了五千年的中华文明史。合上，是一座厚重的大山；展开，是一幅感人的长卷。

展柜中有三条出土于五千多年前的玉猪龙，猪首龙身、雕刻精美。由此我想到龙。

龙是一种图腾。最初的龙应该是一个模糊概念，出于对自然界风雨雷电的恐惧与敬畏，远古的先民认为这一切应该由一个神秘的庞然大物所主宰。龙，隆的谐音。先民由自然界的隆隆雷声引发联想，便以"隆"称谓这个庞然大物，后来有了文字，即以龙名之。但龙是什么样子，没有人知道。远古的图腾会对应于自然界客观存在的动植物，古谚曰：猪乃龙象。猪与原始农业相伴相生，龙则是农业文明的产物和象征。玉猪龙出土，说明早在远古两者就有了某种渊源。而且，它的形态与商代甲骨文的龙字完全吻合，证实了玉猪龙是中华龙的本源，敖汉也是龙崇拜的最早发端地。

田馆长告诉我，兴隆洼文化遗址发掘的人猪合葬墓距今八千年，反映了敖汉先民对猪的图腾崇拜。同属于兴隆洼文化遗址范畴的兴隆沟遗址，还发现了由野猪的头骨和用石块与陶片摆放出来的S形躯体，距今也有八千年历史，被专家认为是最早龙的雏形。龙的起源与崇龙习俗的形成，在敖汉旗境内有相互衔接的考古实证资料。

言及于此，老田双眸发亮，笑道：刚才你问我为什么"中华祖神"会出土于敖汉？现在我可以回答你了，敖汉是蒙古语，翻译成汉语就是老大，它有各个不同时期的文化遗址四千多处，既是中国玉文化的发源地，又是龙文化最初的摇篮。而且在八千多年前，敖汉先民就已经开始了粟的培育与种植，开启了农耕文明的序幕。前推一万年，人类的繁衍生息没有断层、没有缺环，在同时期的文化遗址中极为罕见。"中华祖神"出土在这样厚重的土地上，不是顺理成章吗？

我频频点头。古老的敖汉就像有着仙风道骨的智者，一路击节而歌，展示着新石器文化的灿烂、青铜文化的辉煌以及契丹文化的绚丽。

要离开敖汉博物馆了，老田恭恭敬敬走到"中华祖神"面前，双手合十，深情祭拜。我心头一动，也依他的样子，默然肃立：

红丝绒底座，长方形玻璃罩，高55厘米、红陶烧制而成的"中华祖神"就端坐其中。它已经这样端坐了五千三百多年，一次次日出日落，一年年季节交替，历史湮没了多少鲜活的故事，岁月填平了多少记忆的鸿沟？旌旗变幻，在时光的叹息中，一顶顶皇冠落地；壮士悲歌，在先人的奋斗中，社会一步步前行。因为有了文明之光的烛照与引领，中华民族得以破茧成蝶、浴火重生。此时，春光明媚，蓝天高远，明亮的展厅被落地窗、大理石和各种豪华灯具装饰的尽显现代与时尚，作为中华五千年文明的历史见证，它又以残破粘合之身，让今天细细抚摸身上的每一寸肌肤，去解析人类繁衍生存的密码。

于是，我面向神秘的"中华祖神"深鞠一躬，并在心中默默祈祷：

——愿天佑中华，生生不息、万世永续！

（原载《草原》2017年第1期）

条子沟

◎贾平凹

镇街往西北走五里地，就是条子沟。沟长三十里，有四个村子。每个村子都是一个姓，多的二十五六家，少的只有三户。

沟口一个石狮子，脑袋是身子的一半，眼睛是脑袋的一半，斑驳得毛发都不清了，躺在烂草里，天旱时把它立起来，天就下雨。

镇街上的人从来看不起条子沟的人，因为沟里没有水田，也种不成棉花，他们三、六、九日来赶集，背一篓柴火，或捎一根木头，出卖了，便在镇街的饭馆里吃一碗炒米。那些女人家，用水把头发抹得光光的，出沟时在破衣裳上套一件新衣裳，进沟时又把新衣裳脱了。但条子沟的坡坡坎坎上都能种几窝豆子，栽几棵苞谷，稀饭里煮的土豆不切，一碗里能有几个土豆，再就是有树，不愁烧柴，盖房子也不用花钱买橡。

镇街上的人从来缺吃的，也更缺烧的，于是就只能去条子沟砍柴。我小时候也和大人们三天五天里进沟一次，十五里内，两边的坡梁上全没了树，光秃秃的，连树根都被刨完了。后来，十五里外有了护林员，胳膊上戴一个红袖筒，手里提着铐子和木棒，个个面目狰狞，砍柴就要走到沟脑，翻过庾岭去外县的林子里。但进沟脑翻庾岭太远，我们仍是在沟里偷着砍，沟里的人家看守不住村后的林子，甚至连房前屋后的树也看守不住。经常闹出沟里的人收缴了砍柴人的斧头和背篓，或是抓住砍柴人了，把胳膊腿打伤，脱了鞋扔到坡底去；也有打人者来赶集，被砍柴者认出，压在地上殴打，重的有断了肋骨，轻的在地上爬着找牙，从此再不敢到镇街。

沟里人想了各种办法咒镇街人，用红漆和白灰水在石崖上画镇街人，都是人身子长着狼头，但几十年都没见过狼了，狼头画得像狗头。

他们守不住集体的那些山林，就把房前屋后属于自家的那些树看得紧。沟里的风俗是人一生下来就要在房子周围栽一棵树，松木的桐木的杨木的，人长树也长，等到人死了，这棵树就做棺材。所以，他们要保护树，便在树上贴了符，还要在树下围一圈狼牙棘，还要想法让老鸦在树上搭窝。谁要敢去砍，近不了树身，就是进去砍了，老鸦一叫，他们就扑出来拼命。即便这样，房前屋后仍还有树被砍掉了。

我和几个人就砍过姓许那家的树。

姓许的村子就三户，两户在上边的河畔，一户在下边靠坡根处。我们一共五个人，我和年纪最大的老叔到门前和屋主说话，另外三个人就到屋后去，要砍那三棵红椿树。老叔拿了一口袋十二斤米，口气和善地问换不换苞谷。屋主寒毛肌瘦，穿了件露着棉絮的袄，腰里系了根草绳。老叔说：米是好米，没一颗烂的，一斤换二斤苞谷。屋主说：苞谷也是好苞谷，耐煮，煮出来的糊汤黏，一斤米只能换一斤四两苞谷。老叔说：斤六两。屋主说：斤四两。我知道老叔故意在谈不拢，好让屋后砍树的人多些时间。我希望砍树的人千万不要用斧头，那样有响声，只能用锯，还是一边锯一边把尿尿到锯缝里。我心里发急，却装着没事的样子在门前转，看屋主养的猪肥不肥，看猪圈旁的那棵柿树上竟然还有一颗软柿，已经烂成半个，便拿脚蹬蹬树，想着能掉下来就掉到我嘴里。屋主说：不要蹬，那是给老鸦留的，它已经吃过一半了。我坐在磨盘上。沟里人家的门口都有一个石磨，但许家的石磨上还凿着云纹。就猜想：这是为了推着省力，还是要让日子过得轻松些？

日子能轻松吗？！

讨价还价终于有了结果，一斤米换一斤半苞谷。但是，屋主却看中了老叔身上的棉袄，说如果能把那棉袄给他，他可以给三十斤苞谷。老叔的棉袄原本是黑粗布的，穿得褪了色，成了灰的，老叔当下脱了棉袄给他，只剩下一件单衫子。

当三个人在屋后放倒了三棵红椿树，并已经扛到村前的河湾崖角下，他们给我们发出咕咕的鸟叫声，我和老叔就背了苞谷袋子离开了。屋主说：不喝水啦？我们说：不喝啦。屋主说：布谷鸟叫，现在咋还有布谷鸟？我们说：噢噢，那是野扑鸽声么。

过了五天，我们又进沟砍柴，思谋着今日去哪儿砍呀，路过姓许的村子，那个屋主人瘦了一圈，拿着一把砍刀，站在门前的石头上，他一见有人进沟砍柴的就骂，骂谁砍了他家的树。他当然怀疑了老叔，认定是和老叔一伙的人砍的，就要寻老叔。我吓得把帽子拉下来盖住脸，匆匆走过。而老叔这次没来，他穿了单衫子冻感冒了，躺在炕上五天没起来。

条子沟的树连偷带抢地被砍着，坡梁就一年比一年往深处秃去。过了五年，姓许的那个村子已彻底秃了，三户人家仅剩下房前屋后的一些树。到了四月初的一个晚上，发生了地震，镇街死了三个人，倒了七八间房子，第二天早上传来消息，条子沟走山了。走山就是山动了。过后，我们去了沟里，几乎是从进沟五里起，两边的坡梁不是泥石流就是坍塌，竟然一直到了许姓村子那儿。我们砍树的那户，房子全被埋没，屋主和他老娘，还有瘫子老婆和一个小女儿都死了。村里河畔的那两户人家，还有离许村八里外十二里外的张村和薛村的人都来帮着处理后事，猪圈牛棚鸡舍埋了没有再挖，从房子的土石中挖出的四具尸体，用苇卷着停放在那里，而大家在砍他家周围的树，全砍了，把大树解了做棺材。

还是那个老叔，他把做完棺材还剩下的树全买了回来，盖了两间厦子房，还做了个小方桌、四把椅子和一个火盆架。

老叔总是显摆他得了个大便宜，喜欢请人去他新房里吃瓜子，我去了一次，不知怎么竟感觉到那些木头就是树的尸体，便走出来。老叔说：你咋不吃瓜子呢？我说：我看看屹岬岭上的云，天是不是要下雨呀？屹岬岭在镇街的西南，那里有通往山外的公路。公路在岭上盘来绕去，觉得我与外边的世界似乎若即若离。

果然一年后，我考学离开了镇街，去了遥远的城市。从那以后，我就很少再回镇街，即便回来了，都是看望父母，祭奠祖坟，也没想到要去一下条子沟。再后来，农村改革，日子温饱，见到老叔还背了个背篓，以为他又要去砍柴，他说他去集市上买新麦种去，又说：世事真怪，现在有吃的啦，咋就不缺烧的了?!再后来，城市也改革了，农村人又都往城市打工，镇街也开始变样，原先的人字架硬四椽的房子拆了，盖成水泥预制板的二层楼。再后来，父母相继过世，我回去安葬老人，镇街上遇到老叔，他坐在轮椅上，中风不语，见了我，手胡乱地摇。再后来……我差不多二十年没回去了，只说故乡和我没关系了，今年镇街却来了人，说他们想把镇街打造成旅游景点，邀我回去参加一个论证会。我回去了，镇街是在扩张，有老房子，也有水泥楼，还有了几处仿古的建筑。我待了几天，得知我所熟悉的那些人多半都死了，少半还活着的，不是瘫在炕上就是痴呆了，成天坐在门墩上，你问他一句，他也能回答一句，你不问了,他就再不吭声。但他们的后代都来看我,我不认识他们,就以相貌辨别这是谁的儿子谁的孙子,其中有一个我对不上号,一问,姓许,哪里的许,条子沟的,说起那次走山,他听他爹说过,绝了户的是他的三爷家。我一下脑子里又出现条子沟当年的事,问起现在沟里的情况,他告诉我说二十多年了,镇街人不再进沟了,沟里的人有的去省城县城打工,混得好或者不好,但都没再回来,他家也是从沟里搬出住在了镇街。沟里四个村,三个村已经没人,只剩下沟脑一个村,村里也就剩下三四户人家了。我说:能陪我进一次沟吗?他说:这让我给你准备准备。

他准备的是一个木棍,一盒清凉油,几片蛇药,还有一顶纱网帽。

第二天太阳高照,云层叠絮,和几个孩子一进沟,我就觉得沟里的河水大了。当年路从这边崖根往那边崖根去,河里都支有列石,现在水没了膝盖,蹚过去,木棍还真起了作用。两边坡梁上全都是树,树不是多么粗,但密密实实的绿,还是软的,风一吹就蠕蠕地动,便显得沟比先前窄狭了许多。往里继续深入,路越来越难走,树枝斜着横着过来,得不停地用棍子拨打,或者低头弯腰才能钻过去,就有各种蚊虫往头上脸上来叮,清凉油也就派上了用场。走了有十里吧,开始有了池,而且是先经过一个小池,再经过一个大池,后来又经过一个小池,那都是当年走山时坍塌下的土石堵成的。池面平静,能看见自己的毛发,水面上刚有了落叶,便见一种白头红尾的鸟衔了飞去,姓许的孩子说那是净水鸟。净水鸟我小时候没听说过,但我在池水里看见了昂嗤鱼,丢一颗石子过去,这鱼就自己叫自己的名字,一时还彼起此伏。沿着池边再往里去。时不时就有蛇趴在路上,孩子们就走到我的前边,不停地用木棍打着草丛。一只野鸡嘎嘎地飞起来,又落在不远处的树丫上,姓许的孩子用弹弓打,打了三次没打中,却惊动了一个蜂巢。我还未戴上纱网帽,蜂已到头上,大家全趴在地上不敢动,蜂又飞走了,我额头上却被叮起了一个包。亏我还记得治蜂蜇的办法,忙把鼻涕抹上去,一会儿就不怎么疼痛了。

姓许的孩子说:本来想给你做一顿爆炒野鸡肉的,去沟脑了,看有没有獾肉。

我说:沟里还有獾了?

他说:啥野物都有。

我不禁感叹,当年镇街上的人都进沟,现在人不来了,野物倒来了。

几乎是走了六七个小时,我们才到了沟脑薛村。村子模样还在,却到处残墙断壁,进了一个巷道,不是这个房子的山墙坍了一角,就是那个房子的檐只剩下光椽,挂着蛛网。地面上原本都铺着石头,石头缝里竟长出了一人高的榆树苗和扫帚菜。先去了一家,门锁着,之前的梯田下,一个妇女在放牛。这妇女我似乎见过,也似乎没见过,她放着三头牛。我说:你是谁家的?回答:德胜家的。问:德胜呢?回答:走啦。问:走啦,去县城打工了?回答:死啦,前年在县城给人盖房,让电打死啦。我没有敢再问,看着她把牛往一个院子里赶,也跟了去,这院子很大,厦子房全倒了,还能在废墟里看到一个灶台和一个破瓮,而上房四间,门窗还好,却成了牛圈。问:这是你家?回答:是薛天宝的,人家在城里落脚了,把这房子撂了。到第二家去,是老两口,才从镇街抬了个电视机回来,还没来得及开门,都累得坐在那里喘气。我说:还有电呀?老头说:有。我说:咋买这么大的电视机呀?老头说:天一黑没人说话么。他开了门让我们进去坐,我们没进去,去了另一家,这是个跛子,正鼻涕眼泪地哭,吓得我们忙问出了什么事。这一问,他倒更伤心了,哭声像老牛一样。

问他是不是哭老婆了,他说不是,是不是哭儿了,他说不是,是不是有病了,他还说不是,而他咋哭成了这样?他说熊把他的蜂蜜吃了。果然,院子角落有一个蜂箱,已经破成几片子。

不就是一箱蜂蜜么!

我恨哩。

恨熊哩?

我恨人哩,这条子沟咋就没人了呢?我是养了一群鸡呀,黄鼠狼今日叼一只明日叼一只,就全叼完了。前年来了射狗子,把牛的肠子掏了。今秋里,苞谷棒子刚挂上缨,成群的野猪一夜间全给糟蹋了。这没法住了么,活不成了么?

跛子又哭了,拿拳头打他的头。

我不知道说什么好。

返回来,又到了沟口,想起当年的那个石狮子,我和孩子们寻了半天,没有寻到。

(原载《青年作家》2017年第4期)

故乡春天记（节选）

◎ 阿 来

春天了。

这些年的春天里总想，而且总要回乡。

如今城乡疏隔，回乡是需要理由的，高原的春天便是我回乡的好理由之一。

高原的春天来得晚，在成都，所有春天繁花开过，眼看就是绿色深浓的夏天，家乡那边才传来春天的消息。达古冰川的朋友今天打电话说，高山柳开花了；明天打电话说，落叶松和桦树发芽了。又说，你教我们认得的苣叶报春和龙胆都开了。

达古冰川在黑水县，在小时候从故乡的小村庄时时仰望的那座大雪山的北边。

大雪山叫作阿吾塔毗，山的南边是我家乡马尔康县。那些日子，县里也打电话来说，我老家梭磨乡的开犁礼要在木尔溪村举行了。所有这些消息，都在诱惑着我。当下就把几乎在车库里停了一冬天的车开到店里保养，换了新轮胎。我要回去看家乡的春天。

新轮胎黑黝黝的，新橡胶的味道也像是春天的味道。

取车的时候，站在已经开过了一树红花的刺桐树浓重的阴凉下，我想，成都的春天刚刚过完，我又去过家乡高原的春天。多么幸福！一年过两个春天！

这一天，是4月15日。

4月18日，终于可以出发了，先去黑水县。

"名家看四川"系列活动之一，邀请作家中的大自然爱好者，去黑水县境内新开发的风景区达古冰川，去走走看看，多少有帮忙发现与提炼景区丰富美感的意思。达古冰川不仅有壮美的雪山风光，更有从海拔两千八百米到海拔五千多米的冰川造就的地质景观与植物群落的垂直分布。旅游业勃兴后，这样的审美发掘工作，正是作家可以做些贡献的地方。

但我决定不随团行动，不参加半途上的集体午餐。但我对工作人员建议：

安排的饭食要有山里的春天——刚开的核桃花、新鲜的蕨菜。而且,眼前马上就浮现了那些石头建筑错落的村寨,高大的核桃树刚刚绽出新叶,像一团绿褐色云雾,笼罩在村寨上面。浅浅的褐色,是树叶的新芽。绿色是核桃树正在开花:一条条肥厚的柔黄花序,从枝头悬垂下来——那就是颜色浅绿的花。这个时节,村民们会把将导致核桃树结出过多果实的花一条条摘下,轻轻一捋,那一长条肥嫩的雄花与雌花都被捋掉了。焯了水拌好的,其实是那些密集的小花附生的茎。什么味道,清新无比的洁净山野的味道!而在那些不被人过分打扰的安静村庄,蕨就生在核桃树下,又嫩又肥的茎,从暖和肥沃的泥土里伸展出来,一个晚上,或者一个白天,就长到一拃多高了。要赶紧采下来。不然,第二天它们就展开了茎尖的叶苞,漂亮的羽叶一展开,为了支撑那些叶子,茎立即就变得坚韧了。乡野的原则就是简单。取了这茎的多半段,摘去顶上的叶苞,或干脆不摘,也是在滚水中浅浅焯过,一点盐,一点蒜茸,一点辣椒,什么味道,苏醒的大地的味道!

这样一顿风味午餐后,他们还要去看色尔古藏寨。

这些好味道我都很熟悉。而那古老的村寨——我自己就出生于与之相似到相同的村庄,至今仍在细细观察。我在一首叫作《群山,或者关于我自己的颂辞》的诗中写过,这些村庄,都跟我出生的那个村庄一模一样。我是说人、庄稼、房舍、牛栏、狗、水泉、欢喜、忧伤、老人和姑娘。

正因为这份稔熟,这些年,我从熟悉的乡野找到了新的观察对象——在青藏高原腹心或边缘地带走动时,会留心观察一下野生植物,拍摄那些漂亮或不太漂亮的开花植物。这正是我要单独行动的原因。

从成都去黑水县城,将近三百公里,一路都沿岷江峡谷而上。其中一半行程,成都到汶川是高速公路。相当部分是在深长的隧道中穿行,无景可看。出汶川县城,过茂县,公路傍着的都是岷江主流。出茂县,沿着岷江主流上行二十多公里,有一处地方叫飞虹桥。在这里,河流分岔,过桥右行,是岷江主流,去松潘。左行,是岷江支流猛河,沿河而上,到黑水。这段时间,是山里的融雪时节,所以江流有些混浊。水清时,比如秋天,站在飞虹桥上看在桥前汇聚的两路江水,岷江主流清澈见底,左边的猛河一样清澈见底,却水色深沉,因此猛河也被叫作黑水,连带着分布在这条河上下两岸的地方也叫作黑水了。这一带，海拔已经上升到两千多米，而且还是继续渐次抬升。山高谷深，山势陡峭。一路上，见有道路宽阔的地方，我就停下车来，爬上山坡去寻找开花植物。春天进到岷江峡谷已经有些时候了。公路两边人工栽植的洋槐正开着白色繁花。河谷台地上，那些石头寨子组成的村落，桃树已是丛丛翠绿。可是，河谷两岸干旱的山坡上的灌丛仍然一派枯黄。但我知道，这些枯瘦的灌丛里一定有早开的花朵。这一路，走走停停，上到山坡，又下到路上，果然遇见了好几种开花植物。

两种蓝色鸢尾。

一种叶片细窄，花朵也清瘦，长在土质瘠薄的干旱山坡上，那些多刺的灌丛中间，名字叫作薄叶鸢尾。

再一种，叶片宽大肥厚，在有肥沃腐殖土攒集的地方，一开一片，花朵硕大，成片开放，风起时，那一朵朵花摇动于随风起伏的绿叶之上，仿佛成群蝴蝶飞翔。它们正式的名字就叫鸢尾。以其美丽与广布成为鸢尾属植物的代表。

一种枝上开满细小黄花的带刺的灌丛，名字叫作堆花小檗。米粒大的小黄花一簇簇拥挤在一起，抢在绿色叶片展开前怒放。这植物的名字概括的正是其花开的繁密。小檗的根茎中可以提炼一种叫小檗碱的物质，也就是平常所称的黄连素。

还有耐旱耐瘠薄的带刺灌丛沙生槐也开出了密集的蓝色花。

折腾得累了，我坐在山坡上，翻看相机里的花朵，却突然弄不明白，大自然为什么要让植物开出这么多的花朵。这些花朵和这神秘的不明白，也许就是我这一天的收获。

是的，人们都在世界上力图明白，但我宁愿常常感受到自己很多的不明白。

拍完最后一组照片，坐在山坡上喝几口水，一根根拔去扎在衣袖裤腿上的灌木刺时，已经是山谷中夕阳西下的时刻了。

再车行二十多公里，就是黑水了。

黑水县城分成两个部分。先到的老县城。即便地处深山，这些年被城镇化的潮流所波及，要到城镇上来讨生活的人越来越多，地处狭窄谷地的老县城容不下这许多人了。五年前的汶川地震后，又在老县城上方一公里多，起了新县城。新建了一些机关和商业网点，更多是往城里聚居而来的四乡村民。这次住在新县城。县城是新的,酒店也是新的。四层楼房,居然有一座运行有点缓慢的电梯。

县长和管理局长请大家吃饭。当地猪肉,这种猪半野放,肉香扑鼻,是名藏香猪。野菜多种,最受欢迎者有三。一种,土名刺龙包。其实是五加科楤木的肥实叶芽。蕨菜和核桃花已经说过。这些野味入口就是清新的山野气息,加上所有人都会想到无污染绿色这样的概念,就更觉得不能不大快朵颐了。只是酒不好,当地产烧酒,有点遗憾。但也理解主人,现在而今眼目下,禁止公款胡吃海喝,不但理解,而且赞同。

我对坐我右边的县长说:好喝,好喝!

又悄声对坐我左边的李栓科说:明晚我请你喝好酒!

栓科是我过去做杂志时就认识的。跟我一样,高兴了酒量就好。他做《中国国家地理》杂志前是地质学家,到有地质奇观的地方来,自然没有不兴奋的道理。

突如其来的地震

4月20日。

这一天,说好九点早餐。大家自然要多睡一会儿。我舍不得,早早起来,走到外面去呼吸新鲜的空气。真是好空气!饱含着那么多新萌发的植物的新鲜气息。黑水的新老县城之间一公里多的地段上,还有几户农家,我就站在土豆地边看一阵垄上的新苗,然后散步往老县城去。经过地震后新建的中学校,教室中早读的书声琅琅。

走到了老县城街上,突然街边铺面的铁门开始哗哗作响。

地震。我想。

然后,继续散步。

一个小时后,回到酒店早餐。我发现地震正在成为一个比较严重的事件。餐桌上的人除了我都没有动筷子,有人在往家里打平安电话,有人在接问询平安的电话。还有短信和微信。弄完这一切,打开电视机,CCTV新闻频道。芦山地震。芦山县城在夹金山下。夹金山是一座积雪越来越少的雪山。我原来计划，几天后回程，从那里到成都。为的也只是更大幅面地感受故乡大山里的春天。电视里只口播说芦山县7.0级地震。除此没有更多消息。我开玩笑说，好吧，过几天，我替你们到那里看看。

九点半，大家又说了一会儿地震，才上车离开。我驾车跑在采风团的中巴车前面。我们要一起过亚克夏山，在山的那一边，是红原大草原。他们有一个目标，去看一个分水岭。分水岭下发源了一条河，那是往东南方流去纵贯了我家乡马尔康县的梭磨河。分水岭另一面，沼泽中发育了另一条河，藏语叫嘎曲，意思是白河。白河西北流向，在川甘边境汇入黄河。梭磨河流入大渡河，大渡河汇入长江，所以，这道分水岭也可视作是长江水系和黄河水系的分水岭。作家朋友们要去那海拔四千米的岭上看宽广的雪野，看河的源头。

我和他们约好中午一起在刷经寺镇上午餐。他们去看雪，我要在沿途峡谷找寻早到的春天。车行不久，我就在一座叫沙石多的藏寨前停下来，拍寨子前开了繁花的野樱桃。刚支好三脚架，寨子里有人出来和我说话。他们见我穿得像游客，却不是游客。笑说，原来你就是山那边马塘村的人啊！解放前，我们马塘村是驿道上有一条小街道的大市集。后来，有公路了，这个市集便消失了。我们的爷爷辈还经商开店赶马帮，父亲辈便变成种青稞和土豆为生的农民了。我拍完那几树樱桃花，坐在栅栏前开满白色野草莓花的草地上，和他们一起抽了一支烟。我们一起看着对面高大幽深的山，他们说，都是听爷爷辈的人说过他们翻山去马塘街上卖麝香买快枪的故事，如今，村里爷爷辈的人都没有了。我说，我还听爷爷辈的人说，你们这些黑水人拿着快枪，曾经把我们马塘包围过好多天，一把火，就把街上的店铺、骡马店烧毁了一多半。他们笑说，那一次，可能我们寨子没有参加。

告别他们我继续上山。开车时，又想起一个故事。上世纪五十年代初，解放军来了。山里的人们被告知，这是当年的红军回来了，而且，这一回，来了就不走了。解放军一支部队翻越亚克夏山进军黑水。发现在山顶附近，十几具尸骨，整整齐齐躺在浅草地上。干干净净的尸骨边，一些金属遗留物，说明他们是当年的红军。人数恰好是一个战斗班。在这缺氧的高山上，坐下休息后，就没有一个人再站起来。山那边有一个新中国成立后才兴起的镇子，叫刷经寺。镇子边有一个烈士陵园。小时候，老师领着我们这些红领巾去参观过那个墓园。墓园中,就有睡在亚克夏山顶就没有再起来的那个红军班。

去年,这座山半腰新开的隧道通车了。原来要上去下来两个小时的盘山道,只有不到十分钟就穿过去了。

这个隧道让我又想到地震。

五年前的汶川地震,黑水也是受灾县,由吉林省对口进行灾后重建。这回所住的新县城,就是灾后重建的大项目。这个隧道也是。某一次,我还从电视新闻看到这个隧道的剪彩仪式上有一个熟悉的面孔。那是吉林省某厅的副厅长,我们在北京一起学习过。看到他出现在亚克夏山上,使我感到他比在北京一起喝酒时更亲切。我发了短信去问,是不是他。他马上打了电话回来,说,就是我!

五年前的地震发生时,达古冰川景区建设刚刚完成,登高的缆车建好了,游客盘桓山中的看奇花异草和冰川地貌的栈道建好了,进山的公路建好了,甚至一座五星级酒店也建好了。马上就要开门迎客了,凶恶的地震来了。那一次,死亡载道,沿岷江峡谷的公路尽毁,交通阻绝。达古冰川景区无从开放。直到灾区重伤初愈,政府宣布重建提前完成,才得以重新开放。

我从前年开始,到今次,一共三回到这个景区,去发现地理与植物之美,并把这些美告诉世人,多少也有点帮助灾后恢复的意思在里面。

这时,电话来了,记者的电话。问我芦山地震了,准备做点什么。

我没怎么在意,说不知道。

如是,几十公里的下山道上,就接了好几个电话。

地震,这个问题似乎在别人的提醒下越发严重起来。

我在电话中问记者,那边地震真的很严重吗?是很严重。什么程度?说具体情况不清楚,但房倒屋塌,伤亡惨重。

我也无心再在原野中踪迹春天了。赶紧到刷经寺镇上,那里有电视。十一点钟,我进了镇上一家饭馆,电视机前已经坐着好几个人了。有过汶川地震的经验,看电视上的画面,房屋倒塌的程度,公路毁损的程度,我松了一口气,大地之神不能总是那么残酷。自然,对受难者,这也足够残酷,但相对五年前的惨烈的天翻地覆,死亡枕藉,总是轻了许多。但是,时时刷新的伤亡数字,还是叫人心痛难过。去年,我带着一本前辈学者任乃强先生于1942年写成的

《天芦宝札记》在那一带地方行走过。这本书写的正是这次重灾的三个县——天全、芦山和宝兴。

这么美好的春天，地震又来了。

我看电视的时候，一个记者的电话又进来了。他说，发了若干条短信为什么不回？我说我没有收到短信。他不信，他以为我不愿接受他的采访。我没有告诉他我收不到短信的原因。亚克夏山这一边，包括我正在着的刷经寺镇，属于红原县，这里，因为藏区维稳，手机短信功能不能使用。这位记者有点生气，他干脆问我，什么时候去灾区？我说，我在老灾区，暂时没有想去不去新灾区这个问题。他说，那么你作为四川省作家协会的主席，准备组织四川作家为灾区做点什么？我说，我无权调度四川作家，你找作协的书记吧。记者简直要生气了，你不是作协主席吗？这个问题也类似于短信问题，有一个答案，但我不便回答。我说，如果你一定要知道答案，作家协会不是保密单位，你是记者，你就到我工作的单位作个调查，看这个机构是由谁指挥运行的。我没有说我在距新灾区六七百公里外的高原上，这位记者的口吻，好像一个四川作家，应该随时收拾好了装备和心情，只等地震爆发，就立马奔赴灾区。如果真是这样，那我心理也太不健康了。采访没有期望的结果，记者不高兴，我也不高兴。不是不高兴，简直是心情恶劣。

这时，开饭馆的老板过来打招呼，问我是不是马塘村的某某，我说是。他说，我是邻村的某某家的啊！某家的长辈我认识，但这个比我年轻的人我不认识。他说，你弟弟我们就很认识啊！

看过分水岭的同行们到了。我们就在这个饭馆里午餐。老板说，店里的特色菜就是当地的各种蘑菇，只不过，都是去年初秋备下的干货。干蘑菇配上猪肉牛肉烧了，也是很下饭的东西。饭后，采风团回成都。我站在饭馆前向车上的他们招手再见。

上车前，团里一位年已七十多岁的台湾作家对我说，不想马上回台湾，想去芦山地震灾区，不晓得你们作家协会能不能提供点方便。我的心情又沉重起来。我说，如果我在成都，我愿意开着自己的车送你去。但作家协会……你还是回成都到作协问问吧。

老作家没有再说什么，我想她肯定认为我在推托。

但我又懒得再作解释，只是有口无心地说抱歉。心里却想，是不是全中国都必须跑到灾区去呢？

同行们走了，我从超市往车上塞了些过日子的东西。沿着梭磨河下行十多公里，就到老家马塘村了。

母亲不在，在城里妹妹家。父亲在家。弟弟和弟媳在家。

四周又安静下来。在家里的寨楼中，我和弟弟说话。说在若尔盖县城帮着我另一个妹妹打理一家小宾馆的侄儿，说刚考到另一个县做了护士的侄女，说地里今年准备了种什么庄稼。父亲老了，不理家事了，只是静静坐在我对面，微笑着听我们说话。我想，这就叫生活安好吧！不一会儿，弟媳从厨房里端了一碗手擀的面片汤来，面片之外，汤里有酸菜和小块的腊肉。我口说刚在刷经寺吃过了，还是把那碗面片汤吃了个一干二净。现在，家里生活好些了，常常做些小饭馆里一样的饭食，但他们都知道，我一回家，首选就是这口酸菜面片汤。

吃过了，到屋外的地头上走走，解冻不久的土地在脚下是那样松软，在阳光的暖意中散发出无以名状的气息。那是苏醒的土地的气息，这也是春天。

我看看山坡，父亲明白我在看什么，他说，你喜欢的那些花开放还要些日子呢。

那我就不用上山去了。

父亲又说，今天早上有人从乡上来，说你明天要去参加开犁仪式呢。

乡里距我们村有二十多公里远。

父亲和弟弟送我离开。父子三个从家中的地里穿过去，我想起三十多年前，和父亲一起在地里耕作的情形。那时，父亲比我现在还年轻，我还只是一个懵懂少年。这么想着，过了桥，到公路边上，我发动车子，父亲在窗外摇手，我离开。从后视镜里看越来越小的两个人影。汽车转一个弯，镜中的景物切换成了泛出隐约绿色的山野。

又五十多公里，梭磨河的深峡里，绿色越来越鲜明，开枝展叶的绿树越来越多，越来越漂亮。我停下车来，拍开黄花的高山黄华。再停下车来，那是一树树盛开的粉红色的杜鹃了。

我把让人难过的地震忘记了。

进县城，还有我过去在此工作时留下的四十多平方米的老房子。里面有几架没搬走的书。我回去了一趟，从书架上找了两本带到酒店。其中一本，就是任乃强先生的《天芦宝札记》。这本是我自己买的，成都那一本，是任先生的儿子送的。晚餐时和县里父母官见过，听他们说些旅游规划方面的事情，我当然说，家乡事，有能出力之处，任凭驱使。

然后，又看一阵电视中的地震，便在灯下读写如今地震了的那三县的旧文字。

说那里的地理有一篇叫《芦灵道中》：

"自芦山出北门，10里仁嘉场，悉河源坦道，稻田芊芊，村落相衔，为县境富庶之区。"

"仁嘉场至天全属之双河场15里，皆峡道，峡分两部，东段长七八里，势较缓，称为峡口，属芦山县。西段长七八里，为砾岩层之深邃裂隙，劈地三十余丈，以泄双河场之水。两壁相距，自踵至顶，俱仅二三丈，一线天光，非亭午不能达地，行人缘壁，如入洞府。""瞿塘、巫山未足喻也。土人不呼为峡，曰大岩腔。"

"沿河多水曰制香人户。"

说到了地震区中心的灵关镇：

"扬雄《蜀纪》，谓蜀王杜宇，以褒斜为前门，灵关为后户，灵关之名始著于此。""盖此地外控羌氏，内屏邛雅。四周则山道险隘，河谷则田畴腴美，诚边疆屯戍要地也。""唐武德初，始置灵关县。""有市民400余户。"

"自灵关北行，过舒家岩为中坝，更逾一狭岸为上坝。上坝尽处曰小关子，往时设卡稽查汉番出入处也，自此入长20里之前山路，无人户。往时沿江岸为路，多设偏桥栈道，人畜多失路坠水，夏涨时每每阻绝。""民国十八年，灵关上坝善士苟树堂，倡议改修为山道，遂成此路，当时称为马路，实则肩舆亦难通行，唯背夫极感其便。其间经费之十九，由苟氏一人担任，亦可称也。"

说到了宝兴县：

"宝兴县民国十七年就故穆坪土司地改流置，县境包硗碛、陇东两河谷。"

"县治在两河合流处稍南。旧土署所在也。旧有市街，有江西、湖广、陕西商店，市况与灵关相当。民国二十五年被毁，现存200余户，市房尚未修复。土司时曾建城垣，倚山面河。"

城外"有定西碑，亦为平定金川后纪念定西将军阿桂立，有红军改镌革命口号。官军收复宝兴后，以其古物未忍仆毁，以石灰涂之"。"碑阴为藏文，未毁。"

"县境古为氐羌住地，唐时氐人同化于吐蕃，宋代有董卜韩胡等七姓首领分王其地……金川之役，穆坪为进军五大干道之一，随军商贾云集，始建街市。其后汉人移居者渐多，土著亦多汉化，现唯硗碛一区，土人保持番俗。"

金川之役，是十八世纪中叶的乾隆年间，那时宝兴县全境还属于穆坪土司领地，是纯粹的藏文化区域。后来，汉族移民渐多，当地人生活也日益汉化，藏族土司也改了汉姓，到任先生去的二十世纪中叶，就只有硗碛一角还保持着嘉绒藏人的风习了。

两年前的春天，我去宝兴，并在硗碛镇上小住两天。就是想感受文化变迁。

我常说，自己是一个肉体与文化双重的混血儿，一个杂种。但至少因为身上占了一半的嘉绒藏人的血缘，更因为在嘉绒文化区内出生成长，所以，我认为自己是一个嘉绒人。我在这些地方走动，也是因为宝兴一县，过去是嘉绒十八土司之一穆坪土司的领地。近二三百年中，嘉绒地区的藏区受到异质文化冲击最多，也是改变最多的地区。宝兴一县，嘉绒文化的意味，已经非常依稀了。所以，我想看任先生写下那些记录文字七十年后，宝兴全县，嘉绒文化意味最浓重的硗碛又是怎样的状况。我去时的硗碛已经不是过去的硗碛了。原来的硗碛小镇被新修的水电站淹没了。新硗碛镇迁到半山上的更高处。新镇子是按一个旅游小镇打造的。我住宿的这个家庭旅馆的主人，失去老房子同时也失去了河谷中的耕地，便开了这个家庭旅馆作为新的生计。主人做好了饭，叫我下楼，我取了自带的酒，和男女主人共饮。我用自己也日渐生疏的嘉绒话和他们聊天。男主人不懂。女主人能听懂，也不会说了。这是汉藏交界地带，常见的景况。那天，我们聊他们以前的生活，被水电站淹没的村庄和庄稼。饭后，我在这新造的山间小镇散步，看四处设置了一些藏族文化符号化的东西。我知道，这是政府出于旅游方面的考量，但这些符号下所包含的内容与意义与当地人的生活却很少干系了。

那一回，是晚春。硗碛四周山林里的杜鹃花已经开过了。我对这家主人说，我要来看一回这里的杜鹃开放。其实，哪里是只看杜鹃树开花，还是想体味这种新兴的旅游小镇显现了什么样的发展可能，以及是否会产生一种新的文化走向。本来打算，这一次，我就从马尔康翻梦笔山到小金，再翻夹金山到硗碛，在原来那个家庭旅馆住上一天两天。地震一来，这个计划又要推迟了。

又开了电视，想起雅安的一个作家朋友赵良冶，给他电话，通了，没接。

赵良冶回电话时，我出去散步，没有听见。路上，遇见一个朋友。也说地震。我说电视上说，宝兴县还进不去。他说，那是从成都。阿坝的武警和消防队已经到达灾区了。从马尔康到宝兴县，先翻梦笔山到小金县，再翻夹金山，下去就是宝兴。路程不到四百公里。五年前汶川地震，沿岷江到汶川的公路长时间不通，很多到汶川的救援队伍与物资，就是从成都到雅安，经芦山、宝兴、小金、马尔康，行程八百多公里，才到汶川。本来，成都到汶川只有一百五十公里。地震时，我也经那条路去汶川，沿途都是新竖立的指路牌，牌子上墨迹未干的字，都是"汶川"。不要说在山下，在夹金山三千多米的山口上，也有人供应免费的饭食。公家派出的人供应盒饭。当地百姓从山下背上来新蒸的包子和煮鸡蛋。我对那位熟人说，本来想回去时再走这条路的，看来不行了。他说，真要去可以帮助安排，但你去干什么？他开玩笑说，别把自己变成看稀奇的人了。这位朋友是州里领导，汉川地震时，徒步在震中走过许多地方，组织当地百姓自救，努力向外传递消息，那真是出生入死。震后十多天，他从映秀来成都，我为捐建学校的事，和他见面。见面时，他就流泪，说，我们几十年的建设成果，全部毁于一日！

那一刻，我决定不去灾区了，至少救灾最紧要的时候不去。

回去，见赵良冶来了两个电话。

再打回去，问他好不好。好。问熊猫好不好。好。

问他熊猫，是因为，他有一部作品，写熊猫的发现与保护的历程。还是我作的序。这回地震的宝兴县，就是大熊猫的发现地。那是1867年，宝兴县。一个叫邓生沟的地方，有一个法国人建的天主教堂。当时的神父让·皮埃尔·阿曼德·大卫可以算得是一个业余生物学家，传教之余，在当地进行广泛的生物资源考察，最大的发现，就是熊猫。我说，过了这一阵，去雅安看你和熊猫吧。

宝兴还有一种漂亮的野生植物宝兴百合。据说欧洲现在最漂亮名贵的百合花，就是由宝兴百合培育而成（另一说，是汶川一带岷江河谷中的岷江百合）。我几次上下夹金山，都未遇见过百合开花。因此还给赵良冶一个任务，叫他百合开花时通知我，去年通知了，人在外国，没有去成。这回，他在电话里说，今年还要来看百合花吗？

我说，花开时一定告诉我。

这时，电视里已经在劝告志愿者不要急着涌向灾区了。

我发了一条微博，是夹金山下美丽的宝兴百合。我说，等灾后大家多去那里吧，旅游也是对这些地方的支援。我喜欢汶川地震后的一条宣传语：四川依然美丽！四川的山水，其实就是雄伟的地质运动所造就的。

临睡前，我想地震让这一天变得好长啊！

古老的开犁礼

4月21日。

走二十多公里的回头路，沿梭磨河峡谷上行，到我老家的梭磨乡。

这二十多公里，正是梭磨河峡谷最漂亮的地段之一。深切的河道，陡峭多姿的山壁。更为难得的是，即便是悬崖上，也密生着松、杉、楸、桦和杜鹃。那些树从悬崖上斜敧向河上的虚空里，有种种奇异的姿态。如果山坡稍缓一点，就站满了红桦、白桦、栎树和高山杨。林下，是摇荡不停的箭竹海。这个季节，松杉一味深绿着，栎树林也深绿着。高山杨和白桦蔓生开一片片色调不同的新绿，而红桦林还挺拔着树身沉默着。我一早就出发了，一个人去看这峡谷风光。太阳从山脊后升起来，这一片林子和那一片林子之间，这一面山崖和那一面山崖之间，就有阳光倾斜下来，峡谷中的色彩因此有了更多变化，峡谷中的空间，因此有了更多的深浅远近。在这一片片光瀑中行走，河上清新气息四处弥漫。

一个朋友曾在我家乡县任过县长，他告诉过我，说当初，有开发商而不是游客发现了这段峡谷。开发商看上的是水电资源，而不是壮美风景。想要在峡中建水电站。最后，那一届县委县政府决定要保护这段峡谷风光，而拒绝了开发。我得说，他们功德无量。我愿意在故乡有一条自然的河流，未被人工建筑一次次拦腰截断。美，自然之美，是今天我们生活中越来越稀缺而珍贵的资源。

我不希望，再过十年二十年，我拿出今天拍下的照片时，需要告诉人们，这样的美已经不复存在了。

我这样想，说明我仍然心存危殆之感。

九点钟，我赶到举行开犁仪式的木尔溪村。这个村，就在乡政府对岸的台地上。桥头上几株老山荆子树，等到庄稼出苗的时节，会开出满树洁白繁花。现在，这些树主干黝黑、盘虬的老枝苍劲有力。树后是几家寨子。寨子前是要举行开犁仪式的庄稼地。地的尽头是山坡，坡上是茂密的树林。树林后的蓝空中白云舒卷。

早几天，县里和我联系时就说，21号一定要到，我们是看了日子的。

我问，找喇嘛打卦了？

说，气象局看的天气！我们要一个晴天！

果然是天朗气清。

走到地头，村子里的人已经聚集起来，摄像机的镜头对着两个老人。两个老人弯腰都很吃力了，一个用柳枝在地上画出线条，一个人沿着线条撒下麦面。于是，隐约的线条显现为鲜明的图案。第一个图案出现了，是一个法轮。第二个图案又是一个圆圈，像是法轮，又不是法轮。法轮中的辐线是直的，这个圆中的辐线是波状的。所有人都在问，这是什么？老者之一直起身来，对我说：格央。我把这个词翻译成汉语：太阳。他们又画一个圆，里面却没有那么多的辐条。只是逢中一条弯曲的横线。老者又直起腰来，对我说：泽那。我又把这个嘉绒语词翻译成汉语：月亮。

两个老者，又在并列的日月图案间画了一个供瓶。那自然是献给日月的供养。

然后，一个老者把一枝枝针叶青翠的杉树枝堆在那个法轮图案之上。另一个老者拉着我的手说话。说，你是马塘村谁谁的儿子吧。我说是。他说，你爸爸我们年轻时在一起的啊！今天是个高兴的日子啊！我说，是啊，春天来了！他说，啊呀，春天说来就来了。电视台上来采访他，老者紧抓着我，说你就当我的翻译吧。老者用古老颂辞里那些雅致的修辞比喻春天，用虔敬的语言感谢日月和大地，记者嫌这样的话太迂回曲折，启发他要说更直白的话，老者对我说，我腰疼，背着手走开了。

然后，象征性地往地里抛撒青稞种子。

然后，两架犁到了地里。每一架犁由两头并驾的牛牵引，两头牛前，还有一个牵牛的人。少年时，我就做过那牵牛人。忽紧忽松地把两条牛的穿鼻绳攥在手上，就是为了让这两头牛并了肩笔直行走。现在，牵牛人却是两个健壮的姑娘。掌犁的是村里的壮年男人，嘴里的耕地歌唱起来，牛前行，牵动了犁，犁上锋利的铁铧楔进土地，黑黑的泥土从犁头两边翻卷开来，苏醒的泥土的气息也在空气中弥漫开来。也许是地头上太多摄像机和照相机的缘故吧，聚集在地头的村民也没有记忆中那样自然的庄重，脸上的表情也像是看客。两架犁依然在深翻土地，往东犁过来，对着地头的村寨，掉头往西，对着山峦。来来去去，不久就翻耕出好大一块黑土地了。我放了相机，从后面那一架接过犁，想试试还能不能像三十多年前一样稳扶犁把。地有些坚硬，但铁铧的尖还是破开了泥土，往下深入了。只是我忘了那又像吆喝又像歌唱的耕地歌。不是忘了，是顾了下犁，就忘了歌唱了。让了位置给我的犁手就在我身后唱起来，前面的两头牛和牵牛的姑娘就往前走了。黑土就在我脚前翻卷起来。新鲜的黑土的味道，那些黑土中被铧头斩断的植物根茎的味道，立时就充满了我的鼻腔。两三趟下来，那些味道就已经充满我的身体了。那是三十多年前，一个十三岁的少年最熟悉的春天气息。

可我已经不是那个少年了，两三趟下来，背上就浸出了汗水，手心也被犁把磨得生疼。我把犁头还给了犁手。本来，我还想温习一下已经生疏的耕地歌的。

这么想着的时候，象征性的开犁也结束了。

已是中午时分了，村人分男女两排坐在地头，午饭，象征性的午饭，感谢大地和日月之神的午饭。这时，每一个席地而坐的人表情都变得庄重了。每一个人面前摆上了一块面饼，饼上一块肉，然后，每人面前又上了一碗加了肉的酸菜汤。人们浅尝辄止，喇嘛开始祝祷。堆在法轮图案上的杉树枝被点燃了。青烟腾地而起，芬芳的烟雾带着人们感恩的心情直达上天！这些乡亲，除了感恩的心情，并不会对上天有更多的祈求。此时，我离开，我知道接下来是欢歌，是舞蹈。

我已经看到家乡的乡亲们如何迎接春天的君临了。是啊，故乡美丽的春天到了。

我开车向下游而去，去看另一片乡野。

沿河而下，梭磨河不断纳入一条又一条溪流，越发壮大。平静处，越发深沉。激越处，越发汹涌。越往下游，海拔越低，春意就越深浓。是的，梭磨河峡谷里的春天是从低到高渐次来到的啊！

沿河下行五六十公里后，我已经在春天深处了。一路上，一丛丛橙黄瑞香盛开，一片片蓝色的鸢尾花盛开。那些蓝色的仿佛在风中要成群起飞的鸟群一样的鸢尾开在一座座村寨四周，开满了进入村庄道路的两边。那些河边的台地宽阔肥沃，加上气候温暖，很久远的时代，就有人类居住。这一带的河谷里，发现过一万多年前的人类化石，也发掘出过五千年前的整座村庄。那时，距吐蕃帝国向东扩张，征服这些农耕河谷，最终把这些广阔幽深之地纳入藏文化圈还有整整四千年！

一座巨大的水电站，已经在梭磨河汇入大渡河的河口处的花岗岩峡谷中开始筹建。要不了多少年，深峡上将有钢筋水泥大坝截断河流，巍然耸立。那时，水位提高，河水倒灌，河流经过好多万年的深切，在山间造出的那些肥沃台地将被淹没。那些存在了上千年的古老村庄也将沉入水下，人民将要迁徙。

傍晚时分了，我坐在一段高高的河岸上，看峡谷中即将消失的村庄、田地与果园。一朵云飘过来，一团阴凉便笼罩了一片地面。地面上或者是一片树林，一个村寨，一片新出苗的庄稼，一个果园——核桃树的果园，苹果树的果园……然后，云飘走了，阴凉中的一切又被阳光照亮。这是一种古老的文明，不断闪现出她某一个美丽的局部，让我去想象她的整体，让我试图把握她的来路与去路。我是这个农耕文明哺育的一个生命。我为她那自然纯正的美而深感自豪。同时，在这个任何美都变得脆弱的时代，我已经看到时代的潮水上涨上涨，但这些美丽的存在，都是一副听天由命的模样，没有惊叫，没有愤怒，甚至没有哀叹。

我想起，在上午的开犁仪式上，那个老者对我说，我知道，这样的方式要消失了。他们说，不过，我们老了，不用再看了，但你是会看到的呀！

峡谷里起风了。下午的太阳降低了热力，河面上的凉气就升起来。这就是风了。我的四周,一丛丛野蔷薇和沙生槐沙沙作响,更远的地方,是那些树干虬曲的杨树和柳树叶片翻飞,旋动着如水的绿光。再背后是沉静的大山,斜阳的光幕下,森林更显得幽深遥远。

我要离开了。

再次回首,我得说,这是多么美丽的春到人间的动人景象。

但是,时代在以我们并不清楚的方式加快他的步伐,总有一个声音在催促,快,快!却又不告诉我们哪里是终点,是一个什么样的终点。这个时代,水泥在生长,在高歌猛进,自然在退缩,自然之美在退缩。退缩时不但不敢抗议,不敢诘问,而是带着深深的愧疚之感。

再次回望这即将消逝的田园风光,我想,这一辈子我都将以且喜且忧的,将信将疑的,越来越复杂的心情来探望故乡的春天。

(原载《作家》2017年第1期)

青铜岁月

◎熊育群

一

深秋中的白与灰，简洁、醒目，从欹斜的广场步步逼近，博物馆的气度与格局令人神情一爽。与我的心境有关吧，现代建筑无非积木游戏，已令人麻木，反倒老旧的东西不管多么简陋，我的目光总是粘连的，难以割舍。富乐山上下来，就听说绵阳博物馆的馆藏，青桐一样的女子带着一种神秘又自信的口吻，说起镇馆之宝，话如珠露，却不肯告诉真相。

突然就被怔住了，震撼了！上了二楼，橱窗里立着的一排排树，带着时光老旧的面容，它们来自遥远的东汉，来自绵阳这片土地下，绵阳人称它为"摇钱树"。不错，的确是青铜铸造的树。

世上真的有摇钱树吗？儿时惯听的"摇钱树"想不到真有来历！

一瞬之间便陷入了回忆，八年前的一幕在我脑海跳闪，从遗忘的深川回溯，那也是青铜铸树，它立于大厅中央，黑暗中射来的光，一种遥远神秘的召唤，一种灵异与雄壮，震惊得人魂不守舍。

这便是三星堆博物馆的青铜神树，出现在三千年之前甚至五千年前、完全陌生异样的器物。

青铜器、玉器、金器，数量之多体形之大，三星堆用了两座馆才摆放下来，它们充满了异域情调，它们刚健、自信、雄奇、精湛、神秘，隐隐有一种理性与思辨的光芒，一种强大的逻辑，一种对于世界整体的诠释。黄金的面罩和权杖，在东方大陆十分罕见，那个时期黄金冶炼和制作传统尚未开启。它是古埃及和苏美尔文明的器物，它们是否经由西亚、中亚草原、河西走廊、蒙古草原传来？

青铜面具与青铜人物塑像，高鼻、宽嘴唇、三角大凸眼，劲拔的棱线与峻峭的轮廓，庄严雄强的气势，浓烈的神巫文化，造型高度概括，抽象、精准而有力，表现出了超越现实与遐思未来的气象。他们与汉人面相相距甚远，与埃及、西亚人形象却很贴近。这与黄金面具的源头只是一种巧合吗？

青铜神树呈现了一个奇异的世界，它如此高大，4米的高度让人举头仰望。它把人带入了一个诡秘的时空——它们是通天神树，是宇宙树、生命树，是祭祀天地的神器，是天人感应场。它们接通了中国古典神话——东方的扶桑、中央的建木、西方的若木——这些流传千古的神树，扶桑树上升起太阳，若木承接落日，而建木则可通天，神树构筑了一个宇宙。《山海经·海外东经》有"汤谷上有扶桑，十日所浴，在黑齿北。居水中，有大木，九日居下枝，一日居上枝。"建木、若木在《淮南子·地形训》被描述成："建木在都广，众帝所自上下，日中无影，呼而无响，盖天地之中也。""若木在建木西，末有十日，其华照下地。"在《蜀王本纪》中，"都广"说的正是今日的成都。

远古神树与太阳的传说遍及世界，太阳与树成了人类早期文明典型的图形，而太阳多以鸟来象征。长沙马王堆汉墓帛画"扶桑树"画了九个太阳，最大的太阳内栖金乌。一些普通的墓葬也画有"扶桑十日""羿射十日"画像。亚述人的"圣树与带翼日轮"，北非腓尼基印章上的"圣树与太阳"，西亚米坦尼印章上的"日与树"纹饰、石梳上的圣树画，底比斯的神树壁画，古印度的"宇宙树""太阳树"，古埃及的"天树"与太阳神霍鲁斯像，北欧宇宙树"伊德拉西尔"……神树崇拜源远流长，直到今天，民间仍然十分流行。在我漫长的游历岁月中，经常能遇见受到香火祭拜的古木，特别是在南方的偏远村落，树下或是设置神坛，或是树上高系红布带、神符，或是挂锁、牛头骨，或是在树旁立起人偶木雕，古木给人们带来了巨大的精神慰藉与寄托。

但中华大地从没有出土过以青铜铸造与真实树木一样高大的神树！就是全世界也极为罕有。美索不达米亚平原曾出土过黄金树，但树形简陋。那是从一座叫乌尔王陵的墓中发现的。它同样非常古老。土耳其安那托利亚出土过神树，那是公元前22世纪的造物，树上铸造了各种人物和动物雕像。三星堆再一次与遥远的西亚暗合。

二

　　青铜铸树又出现了，它在涪江之东的古绵治所，也许，这栋现代设计感极强的博物馆就是因它而建的吧。

　　一阵喧哗，脚步杂沓，摇钱树出现的展厅，灯光明亮，参观者轻轻发出了惊叹。

　　初以为三星堆青铜神树又出现了，细看，眼前的青铜树却大不相同，它们形若水杉，纤细的树叶更加精美，被一层铜绿覆盖。四面橱窗、大厅正中都摆满了树，数量如此之多！这是青铜铸树的又一个高峰！我一棵棵看过去，观察、辨析，却感受不到曾经的神秘高蹈，仿佛时空转换，一个人类充满幻想与创造精神的世界遽然远去，一个注重现实利益的世界扑面而来。

　　真的是摇钱树吗？树枝上的确挂了很多外圆内方的五铢铜钱。有的铜钱朝外拉出一条条线，呈现辐射状，是表现光芒四射？初始意义应该是象征太阳吧。它会不会是天圆地方世界的表达？远古没有文字，一切靠象征。这样的传统一直沿袭，尤其造型艺术，依然不借助于文字。铜钱在古代不一定就是钱吧？如果是钱还闪闪发光，这样的财迷心窍，拜金到了何等程度?!

　　我努力回想钱币出现的年代，从最早的贝，到铜铸的贝，再到演变成外圆内方的铜钱，恰好在东汉前完成了吗？我心里多不情愿。东汉人求财如此心切，真可谓钱可通神，比之今天的市场经济似乎过犹不及，我难以接受神树变得如此世俗。

　　这片土地发生的变化是显而易见的，古蜀先民突然消失，三星堆文明湮没。寒来暑往，斗移星转，岁月既如此迅疾又这么漫长，仿佛一道魔方。两种铜树之间相隔了千年的时光，它们既不相同，却又有某些相似。它们本身构成了前后蜀人联系与区分的一个象征。青铜神树以神鸟代金乌，摇钱树以朱雀喻日神，象征光明。它们都以神木、神山相结合而达天地不绝、人神相通之旨意。主干都用数节铜管拼接。摇钱树的朱雀立于顶端，树叶呈片状，分层插入各节榫孔，有的大树叶上再挂小叶，叶片铸钱纹和人像动物图案，它的重点在树叶。而青铜神树树干粗犷弯曲，充满生命最原初的力量，只有枝端的叶片似叶又似花果，它的重点在树干，造型似竹。青铜神树树座为三角形云山状，每面有跪立的人像，摇钱树的树座比它要丰富得多，它们大都三四十厘米高，由陶或石制作，有羽人骑神兽的，有西王母与瑞兽家禽垒叠的，有动物相累的。一个陶质山形树座，山上有双阙相连的门阙，象征天门，阙上西王母坐于龙虎座上，有三青鸟与九尾狐相伴。这正是西王母的居所玉山。树上也有结跏趺坐的佛像。汉代的西王母有了道教化倾向，成了摇钱树的主神，她是长生不老药的所有者，并与嫦娥奔月神话联系在一起，变得家喻户晓。

三

一幅立体地貌图出现了，呈西北东南向条带状，西北高山区占据大部分，与阿坝藏族羌族自治州和甘肃省文县接壤。绵阳地形就像一种怪异的动物，飞翔或者奔跑，动感十足。它起伏巨大，平坝与山区高差最大达到五千多米，从白雪皑皑的雪包顶到蜿蜒湍急的涪江河谷，生态呈现垂直分布。自然展馆里，进入高山模拟区，我想着古蜀先民的来路，想起了黄金面具的传播之路，他们沿着岷江高山峡谷来到大盆地吗？真的是古羌人的后裔？传说中的大禹与嫘祖，就是从那片植被贫瘠的苍茫群山中走来的。

大地震后，我曾四次溯岷江而上，直到它的源头，那里山势陡峭，满目苍黄，大地震的塌方把一座座高山塌成一块块巨大触目的伤疤。羌族村寨高居山巅，夺补河两岸至今生活着东亚最古老的部族白马部落，他们圆盘毡帽上插白色羽毛，一派远古气息，让人想起遥远的氐人。西南彝族人也头戴羽毛，他们认为这是通神之物。同样的羽毛，同样的迁徙路线，指向了古羌人的大迁徙——从古康青藏大高原沿着西南的高山峡谷一路南迁。但大迁徙的历史却鲜为人知。

三星堆的出现，使得这一切重又变得神秘、诡异。

汶川大地震震出了一个比三星堆更古老的遗址——布瓦。2008年秋天和第二年春天，我在山上古寨采访，两次爬上布瓦，那时余震仍然不断。布瓦位于岷江西岸，在杂谷脑河东北岸，海拔2100米。如果三星堆人来自这片高原，布瓦出土的文物应该与三星堆有某种关联。广东援建队对布瓦群碉进行灾后重建，考古人员发现了史前期文化遗址，出土了大量的陶片、石器，但并没有玉礼器和金属器，陶器的纹饰也与三星堆的不同，多以瓦棱纹、戳印纹、凹弦纹、锯齿状花边口沿装饰。它的原始简陋与三星堆的巧夺天工对比太过鲜明了。

在汶川县城威州，一座高大的雕像，地震一周年时刚刚建好，他就是大禹塑像。他穿蓑戴笠，手执古耜，目视远方。汶川县志记述了一座碑铭："县南十里许，名飞沙关。山顶有石纽刳儿坪，相传即禹诞生处。""禹兴于西羌"，"生于石纽"，见于许多文献，中原诸地的地方志也记载了"禹生西羌石纽"。石纽村位于岷江岸边，突出的山体与河床高地尽显山河气势，高地上新修建了规模宏大的大禹庙。但是，绵阳北川县也有一个石纽村，位于禹里羌族乡，上个世纪八十年代末就修建了大禹故里风景名胜区。一年一度的禹王庙会和羌历年，人们从四面八方汇集过来，庆贺大禹诞辰，欢度羌历年。

这仅仅是传说吗？那时我疑惑于险恶的高山峡谷地带，大禹如何知道外面的世界，又如何走到中原那么遥远的地方。更早的时候，我疑惑大禹踪迹如何到达这么广阔的地域。这一切无疑与古代的交通有关。三星堆的出现，映照出现代人的历史偏见，我相信大禹一定有自己的速度。《史记》写到大禹："陆行乘车，水行乘船，泥行乘橇，山行乘檋。""车"与"檋"一定超出了我们的想象。

三星堆辉煌的文明陨落、消逝，一点痕迹都不曾留下。历史的谜团如此凝重，如同坠入黑暗。我打量大盆地的眼光变得迷茫，而投向盆地周围高大山脉的目光却充满了敬畏。对一个长期行走于岭南的人，我深感历史对南方的忽视与蔑视，历史的偏见无处不在。三星堆让我愈来愈坚信，一部中华编年史只是中原的历史，文明中心不过是臆想，黄河文明只是东亚文明的一种。

三千年的文字太过年轻，真实的历史面目并非我们所熟知的文字的历史，譬如玉文化八千年漫长的历史，以玉为神的信仰观念、玉教神话早已失落；譬如西王母，她不是什么道家长生不老药的所有者，她的流传是上古时代女神文明的遗产；譬如昆仑山神话，也是玉文化的遗产，昆仑山和田玉采掘的历史非常漫长，它是形成玉文化的源头之一，西玉东输，丝绸之路之前更有玉石之路；譬如"龙进熊退"，龙与凤的图腾取代了具有八千年偶像传统的熊和鸮。譬如《山海经》描述的世界，并不是什么奇幻神怪，它叙事观念的可信度不输于任何一本上古之书，它透露了罕见的远古信息，是一部神话政治地理之书……这一切比之文字的传统要古老、深厚、巨大得多。历史等待着新的勘探，新的解读与发现，也等待着重写。

四

这一刻，我在橱窗前发呆，不只是惊讶，还有一些怅惘。人类远离神话时代后，历朝历代的人活着似乎都在为钱奔忙，留下来的这些青铜树，表达着世代相袭的物质欲望，这欲望洞穿了千年岁月。似乎我的童年、青少年时光，共产主义的理想，社会主义的实践，人们摆脱了金钱的奴役，一个如此短暂的时期，现在想来却是一个历史的奇迹。

为何摇钱树出现在东汉？为何集中出现于蜀地？

游仙区仙人桥附近有一对汉平阳府君阙，它们是东汉墓阙。阙额上有一幅"车骑出行图"，仔细研读，"车骑出行图"绕阙一周，前面骑马者两人为导行，后面二列带剑步卒为随行，八人，六乘轺车，每乘后面又跟随带剑步卒一人，最后登场的才是主车。这幅出行图描绘的正是东汉时期豪侈的仕宦生活。

富乐山发生过一个著名的历史事件：建安十六年，刘备入蜀，就在这座山上，他与益州牧刘璋相见。这是剑门蜀道南段，属盆地咽喉要冲。刘备眺望蜀地，发出了由衷的赞叹："富哉！今日之乐乎！"于是，饮酒乐甚！于是，这座叫东山的山更名为富乐山。一个为刘氏江山四处奔走的人对这个地方如此兴叹，可见其富庶程度。

东汉的富庶与排场还可从汉代的厚葬之风寻找到痕迹。汉代的帝王陵墓纷纷隆起在大地之上，它们如山一样高大雄伟，陪葬品更是极尽奢华。据载，汉武帝的陵墓，"金钱财物，鸟兽鱼鳖牛马虎生禽，凡百九十物"。他口含蝉玉，身穿金缕玉衣，安放五棺二椁的梓宫，随黄肠题凑、便房、堂坛、墓道、羡门、甬道一起埋入地下。墓穴随葬品多得放不进去了。这样的朝代连文风也是奢华的，汉赋的繁复华丽登峰造极。班固的《西都赋》、张衡的《西京赋》，无不写尽帝都长安的瑰丽与壮观。

蜀地本就是富庶之地。三星堆出土的数以千计的青铜酒器，以及动物遗骨，证明了大盆地稻作农业与家畜饲养业的发达。海贝、象牙及饰品，反映的是当时商贸与交通的繁忙。青铜人像衣饰华丽、做工考究，证明了纺织服装业的兴旺。李冰父子修筑都江堰后，成都平原不再有旱涝之灾，其富庶更加难以想象。

摇钱树恰恰集中出现在最富裕的地区！这当然是人们追求财富的结果，但也证明了人类越是富裕越是追求金钱，不但今生要享有财富，死后也要拥有。这与当今社会又是何其相似，空前的物质享受，地球已不可承载。摇钱树不只是祈求财富的手段，挂满树枝的五铢铜钱本身就是财。它供死者冥府享用。

摇钱树还与流行的佛、道文化有关，生命轮回与长生不老的信仰进入了铸树行为，这使得摇钱树多少保留了一点神秘的宗教气息，只是这远非三星堆的精神气象可比了。

五

摇钱树上，众多仙人骑鹿、博弈、吃药，牛郎织女七夕相会，西王母像频频出现，她成了摇钱树的主神。这一切确凿无疑地呈现出蜀地道教兴起的盛景。它与四川"五斗米道"风行的历史背景是相互印证的。"五斗米道"创教人张道陵在大邑县鹤鸣山修道，他写成道书24篇。李意期是张道陵的高足，跟随张道陵修炼了十余年，就在刘备与刘璋富乐山上相见的同一年，李意期也来到了富乐山，就在山下的冷源洞修行布道。游仙便是李意期仙游至此而得名。仙道文化、神仙思想于是在大盆地流行。

自称谪仙人的李白，出生于古绵州江油，他的诗潇洒飘逸，仙风道骨，贯穿了道家思想与神仙风韵。他在游仙越王楼写下"危楼高百尺，手可摘星辰。不敢高声语，恐惊天上人。"这是一幅仙道世界的生存图景。楼换成树，就是通天树了。

登越王楼望江油青莲乡，旷野茫茫，李白出生地是如此之近，若非云遮雾挡，当可尽收眼帘。早就想着去拜谒，这天晚上，天黑得伸手不见五指，青莲乡镇青石板的街看不到一个人影，街两边的房子只有一家亮着灯，稀疏的灯影照得木楼愈加诡异、悬幻。打着手电筒寻找李白的衣冠冢，像是一场梦游。经过一所学校大门，推开一扇门，进入一道院墙，高高的树木伸向漆黑的夜空，落叶满地，旧屋空荡，散发着颓废的气息。世界如此沉寂、凄清，一切物体只在微弱的灯光里出现又消失，不知身在何方，又像命中注定，这样的约会是迷失的，连记忆也是迷失的。墓碑上的字迹出现在晃动的光下："唐李白衣冠墓"，左下角一行小字："1963年重刻"。墓上长着一棵树，天黑看不清。墓碑左右角下摆了两个玻璃酒瓶。默立片刻，微光熄灭，香火燃起，我们行三鞠躬之礼。

夜深人静，秋虫亦不闻声息，风吹落叶发出很大的响声。带路的是镇里一家红木家具店的老板，他说，"文革"时期红卫兵来挖墓，刚举起锄头，一个炸雷打在墓前，把一棵大树劈断了，吓得他们丢下锄头跑了。

返身离去的时候，想起"不敢高声语，恐惊天上人"的诗句，我感觉诗人一直在黑暗之中。他匡山读书十年，24岁仗剑去国，出蜀东游，开始了狂放不羁跌宕起伏的壮阔人生。在《蜀道难》一诗开篇后他写道："蚕丛及鱼凫，开国何茫然！尔来四万八千岁，不与秦塞通人烟。西当太白有鸟道，可以横绝峨眉巅。"蚕丛、鱼凫就是古蜀人的祖先。李白一定风闻了古蜀先民残留的信息。从蚕丛、柏灌、鱼凫、杜宇到开明氏，时空隔绝一切，与最近的开明氏，李白生活的唐代仍然隔着遥遥的一千多年漫长的岁月，正如我与李白又相隔千年。鱼凫在商末之前，蚕丛远至新石器时代晚期距今约4800年，它对应的是中原龙山文化时代、"五帝"传说时期。开明氏到了春秋早期距今2600年的时代。它们与三星堆遗址四期文化一一对应。

所幸唐代早有了文字，一千多年前一个人的所思所想，他的感受、情绪、爱憎，这样的夜晚仍然能够被深切地体会到，他的字迹在手电光下，仿佛照透了千年的岁月，诗人近得生出了气息，恍惚中飘浮到了空中。现实的青莲反倒被夜色隔离。多么浪漫温情的一夜。

如此虚幻又如此真实，岁月是烟而不似烟，像死亡一样没有踪迹却无处不在，远看成茵近却无。恍然一梦，如黑夜笼罩，太阳一出，现实变得强大，面对街市的烟火，生命依然这般坚实。

匆匆来去，连涪江也没来得及亲近。离去的路途，无垠的大平原，轮盘一样旋转。游仙并无高山，连丘陵也少见，城区只有一座富乐山。涪江两岸人烟稠密。坡屋顶的民居，竹林粉墙，青瓦木构，一派古意，一片安宁。

清晨，从绵阳机场起飞，阴晦的天气突然蓝天重现，碧日高悬。舷窗外，我看到了岷江的高大山脉刺破了云层，山头一片静谧与洁白，就像古蜀先民正在注视着我的飞行一样，积雪原来如此之近！大盆地却隐藏到了云层之下，不见踪影。这个只有蓝天白云组成的世界，仿佛是远古时空的呈现。

空中飞行，在我并非普通的旅途，总有灵魂穿越的感觉。现代钢铁的翅膀，凝聚着古人神树升天的愿望。在我内心深处，仍然在渴望着一棵神树，如同白日梦，进行着生命与精神的超度。

（原载《收获》2017年第4期）

铜梁印象

◎梅 洁

已是初夏了。

京城的风还是不停地在街市里流窜，不时发出"呜呜"的尖叫。一大片蒙满灰尘的黑、白、红轿车停在那里——我感觉北京的轿车总是蒙满灰尘——被轿车日复一日碾压的停车场，碾碎的粉尘不时被旋风卷起，迅速落在原本很脏的轿车的顶上，落在匆匆赶路的女人干净的头发里。那个懒洋洋的洗车工，手里的毛巾滴出的水有些泥浆，车主在大发雷霆……

我站在京城干燥的时间里，向外彷徨地张望。

我仿佛又看到了五千里外的渝西，渝西的铜梁。

掩隐在巴岳山深处的铜梁，在万山葱郁中逶迤。绿无尽、净无比的铜梁，是一个站在风里的女人，此刻深深的向往。

向往的女人瞬间进入了想象。

女人知道，想象是一种特殊的思维形式，是人在头脑里对已储存的表象进行加工改造形成新形象的心理走向。女人此刻已突破时间和空间的束缚，抵达她本不知晓而又短暂着陆的地方。

站在风里的女人，铜梁之于她，仅是一次不期而遇的人生停留，而想象在此刻已神通远方——

女人至今还能听见呢喃、啁啾的鸟，是怎样欢快地叫醒了晨曦；女人至今还能望见如水洗过一样的草叶，怎样油亮如新地映照着太阳；山岚深处袅袅的薄雾，如纱般轻轻飘拂过来，玄武湖里安游的小鱼，使天地更显宁静、安详……

涪江、琼江环抱的安居古城，走着走着，女人就迷失在古城里如梦如幻的老屋古巷；巴岳山彩带般飘然旖旎的鲜花，夜空下铁火银花中的龙舞，以及无数的飘着木香的古匾，以及曾经响彻世间的刘雪庵的音乐，以及被历史遮蔽的刘雪庵的命运……

站在京城初夏风里的女人，一直在想象五千里外的铜梁。然而，渐渐地，具象的铜梁开始抽象，抽象成一种精神，在女人心里通体流淌……

一

走进"铜梁匾额博物馆"，倏忽有些惊愕：一个钟爱参观博物馆的人，曾经看过了中国、法国、意大利许多博物馆，但却是第一次邂逅一个"匾额博物馆"。眼前，五百块飘苍楠木、柏木之香的牌匾，引领着我们走进先祖们吉祥祝福、歌功敬德、正风俗、厚人伦的远古岁月。

乾隆五年的"杖朝耆年"匾走过了270年，耆是70岁，这是对一个一生正气凛然、直至老年拄杖上朝也要向皇帝"死谏"的朝廷大员的人格铭记；

光绪三十四年的绘满蝙蝠、云扣的雕花匾"蜀国天长""民怀其惠""蜀都永赖"，表达着百姓对一方官吏为民所为的心怀感念；

乾隆四十五年的"艾发重添"是祝寿匾，艾发即白发，祝福添寿长福。它与"福备箕畴""萱草恒春"匾一样，古风郁郁，躬行着人间的孝悌善良；

乾隆三十七年的"梵刹耆英"和乾隆四十五年的"坐破蒲团"匾，显然是赞叹德高望重的修行僧人，而民国二十四年的"销我亿劫"匾乃是修行大德清净自心、普度众生之劫苦的宏真大愿。二者相辅相成，使我们轻轻触摸到了埋在岁月深处的信仰的温暖；

而民国十八年铜梁名流刘庚鱼送给友兄宝森的"无乐极乐轩"匾，更是独出机杼，211字的匾文把一个正气凛然、乐善好施的正人之君、"阊阓人杰"写得峭拔伟岸……

民国教育总长傅增湘的颜楷"萱文茂矩"匾雍容谨严，近代草圣于右任的"福寿康强""贤母天荒"匾雄宏婉丽、仪态万千，而翰林院总编纂吴恩鸿的"琼江书院"匾无不流溢着巴蜀人粗犷、文秀和稳定，内敛……

铜梁人说，这里的500块匾额原本是1949年前后从各家各产"没收"而来，因放在一乡镇粮库充当放粮食的木隔板（防备粮食受潮）而躲过了"文革破四旧"的灾难性毁灭，实在是不幸中的一幸。

走在这些历经浩劫而幸存的牌匾的廊道，我在想象那个时代，想象那些在门顶、厅堂挂着这些匾额的人家,想象我们的先辈曾经有过的生活。牌匾、祠堂、族谱、书院、家训、婚礼、祭祀、寿诞……先人们一代又一代,自律也自在地完成着这些生活必需的仪式,这些仪式最终化成了他们的生活方式、行为方式,化成了乡愁,化成了日子,化成了性德,最终化成了一个民族千年的文明。

可我们在什么时候把这些连着祖先的养心养德的生命历法给丢失殆尽了呢?

君不见,今天因"丢失"造成的创伤正在殷殷渗血,正在心的深处作疼……

要走了,回眸古风悠悠的"铜梁匾额博物馆",心有一叹:感谢铜梁人在这座灯光并不亮堂的房廊里,小心翼翼保存了一份民族曾经亮堂的文明。

二

我一直在质疑:铜梁人为什么称自己为"龙都""龙乡"?

一个民族集体意识的图腾之物,怎么就成了遥远渝西人独有的文化名片?

中国城乡春节里无处不有的"龙舞",怎么就让铜梁的"龙舞"独占了鳌头,成为国家级非物质文化遗产?

巴岳山下,一个有月色、星光的夜晚,我开始探寻铜梁人的文化密码。

铜梁人说,龙文化是铜梁移民文化的结晶,说四百年前"湖广填四川"时,四面八方迁徙而来的"湖广人"带来了四面八方的"龙舞",400年的岁月走过,铜梁人就把"龙舞"舞成了经典,这是移民文化和铜梁文化杂糅后的精髓呈现。

铜梁人又说,仅"龙灯"的品类他们就有十几种:气势恢宏的大蠕龙,端庄威严的正龙,激越火爆的火龙,古朴豪放的稻草龙,灵秀多姿的荷花龙,敲击有声的竹梆龙,以及彩龙、鱼龙、板凳龙、滚地龙……

啊,铜梁人说到了"湖广",我心里"咯咚"了一声。从明成化十二年始,做了205年湖广巡抚驻地的湖北郧阳是我的故乡,抚治的郧阳以都御史驻之,经略楚、豫、陕、川四省边区,辖六府、六十余州县。与此同时,从1476年至中国帝制结束的1911年,"郧阳府制"也长达435年!"抚"与"府"并存,这是一个古老而辽阔的郧阳，更是一个古老而辽阔的"湖广"！

啊，"湖广填四川"！明白了，我们的先辈们曾筚路蓝缕来到了被"鏖战"血洗了的四川，来到了同样血泪斑斑的铜梁，那时，"四以十室九空"。湖广先辈的血脉与铜梁人的血脉流在一起已有数百年。

我倏忽感受到了这片土地别样的亲情。

月色、星光。巴岳山下，"火龙"进场了！

威严、辉煌、精美、庄丽，我找不到更好的词语来描述夜空下逼真而庞然的两具大物，那分明是两具或天庭或海底的神灵。我幼年在郧阳府城，年年正月都会在大街小巷里要追着、挤着看的龙舞。

锣鼓、唢呐、打击乐声声撼魄，月色、星空也有些颤抖了。围坐在高高观景台上的我们，被突然"哗哗"飞向我们的铁火金花，惊吓得逃窜般连连后退。惊吓中，我闻到了头发被烧焦的气味。是的，我分明看到金色的火花飞舞而来。"没事，没事！是福呢是福呢，求之不得呢！"重庆作家李明忠在人们的惊笑声中喊话。"梅洁头发被烧了，就一根。"重庆诗人金铃子后来就在她美丽的诗歌《我的龙王》中把我这点"福"给张扬了。

龙舞开始了！

早已烧熔的铁液被两位农人击打出漫天金花，恰如爆竹礼花在夜空炸响，纷纷扬扬，金花灿烂。火红灿烂的铁花如雨如注，不断从夜空飘洒而下、飘洒而下，飞向龙体，飞向裸着上身的舞龙人。而两具金碧辉煌的"铜梁龙"正在燃烧的火树铁花中飞腾、翻滚、盘旋、缠绕、穿越、咆哮……

原本坐在观景台石阶上的我站了起来，我突然觉得，看这样的"舞"是要站着看的，因为这是生命磅礴壮烈之舞，这更是灵魂浴火重生之舞。

始于明清（"湖广填四川"年代）的"龙舞"，已走过几百年了。

几百年里，铜梁人把天地护佑、龙神敬畏、生命崇拜、幸福祝祈一并在铁火银花中舞成了大美，舞到了极致，以至三次舞到了天安门广场盛大的节日队伍里，舞到了美洲、欧洲、东南亚，最终舞成了"天下第一"。

长达十几分钟的铁火神龙的狂舞之后，所有的呐喊、尖叫、口哨、欢呼复为对裸身舞龙人的问候。那一刻，我发现了舞龙人血肉之躯被烧灼的伤痕，新伤叠旧伤，斑痕隐隐。

"疼吗？"望着一千多度的高温化铁炉具，我有些不忍。

"不疼。"舞龙人粲然一笑，额头浸满了汗水。

"能穿一件防火材料的衣服吗？"

"不能。祖辈们都是这么舞……"

是的，祖祖辈辈，祖祖辈辈。

铜梁人在祖祖辈辈的传承中把一种遍及中华大地的民俗演绎成了独一无二的文化奇葩，又在这样的文化奇葩中让生命的激情熔铁开花。他们世世代代传承着民俗，民俗也世世代代照耀着他们洗去泞泥、洗去辛劳的生活。

除却强悍、坚韧、智慧、忠贞、勤劳、隐忍……我们还该怎样诠释铜梁人乃至中国农民生存与生命的密码？

三

我深知我生命中有一种信息：对老树、古树的敬畏，乃至恐惧，乃至神往，乃至不改尊崇的初心。我始终相信这世间万物有灵，尤其是那些经历了几百年甚至上千年的老树。唯有它们风雨不朽的生命能够阅尽人世沧桑，能够承受苦难，能够担当救赎，能够洞穿善恶，能够安详灵魂。

我记忆着童年鄂西乡下土房边那棵总有红蚂蚁成队爬出、爬进的女贞子树，记忆着往外婆家的路上搭着上百只鸟窝的金岗花栎树，记忆着我经过的神衣架路边睡卧着几百条蛇的梭罗树……我每每站在这样动物、植物共栖的古树下，有瞬时的惊恐，也有默然的祝福。

然而，那些老树现在只能活在我记忆的深处，因为它们早就在1958年那个荒唐无极的、全民"大炼钢铁"中被投进了熊熊燃烧的土高炉……

2016年4月19日上午，当我们一路吮吸着柚子花遍野的清香来到黄门村时，我惊呆了！

眼前生命的奇古震撼心灵：两棵四百年树龄的黄桷树竟在半腰紧紧连体，连体的下部树身组成了一扇似"门"的空洞，连体上方的树身又截然分开，各自凌空成荫。

这是一道大自然奇绝的风景，重庆人、铜梁人命名其"黄桷门"或"黄葛门"。

当我一眼看到这世间奇绝,当我在叫作"门"的树下站定,我都想流泪,我感觉着心在战栗。是因了那走过了朝代、走过了岁月的命运艰辛?还是因了那数百年不弃不舍的相贴相拥?

黄门村的小女子在向我复述眼前奇景被演义的传说。半生不熟的演义竟然附会给了"修行的小和尚和一位尘世女子的爱情",我顿感欲言又最终无语。佛门净土,最难忍破戒,小和尚尘缘未了,面对一段真爱愿弃"法"相许。苍天佛祖怜悯众生,纵然破戒,也依然在一个雷电交加的夜晚,让两个昂然生长的参天大树顷刻间颓倒黏合,爱的贞烈在那一刻定格成绝世风景。

这是我听明白了黄门村小女子复述后的再复述。

听明白的那一刻,我有些忧郁,我们到底该怎样陈述生命?怎样修善人生?

我们凡胎肉身,无数梦境原本都是虚空,生命之花很快谢了,内心的荒草长满了身体。世世代代,人们是否听到了小和尚远山的哭声……

几世轮回,几劫修心。今世的我们来到了树下,看到数百年的泪水已在树根处凝固,一圈叠一圈,似团团云图,亦卷亦舒;似蛙似乳,似铁似骨。那是树的筋脉。筋脉狰狞、巫形、暴凸,皮肉如无数僵死的巨蟒,绽裂、缠绕、攀援上升。坚硬得不能再坚硬,凄楚得不能再凄楚。

我在黄桷树上系上了一条红丝带。

我看到,在我之前,树枝上已系了许多红丝带。吾丝带与他丝带各有各的寄望,我在寄望什么呢?

是因了那远古的风流还是因了心中神圣的净土?

是对真爱的祝福还是寄望岁月冥冥的佑护?

我觉得我当时并没有想清楚这些问题,但我系上了红丝带。

抬头仰望古苍凌空的老树,我仿佛看到挂着黄桷手杖、脖颈挂菩提念珠的"小和尚",正立在云端,白髯飘拂……

四

往"雪庵公园"走的时候,准确地说在穿过雪庵公园那片树林时,我还不知道刘雪庵是谁，只感觉这名字有点古苍，有些禅意。是怎样的一个修行人儿，值得让铜梁人以"他"或"她"的名字命名一个偌大的公园？

公园广场到了。很快看到广场一侧的花岗岩浮雕，啊，刘雪庵！二十世纪中国著名音乐家。男性、眼镜、领带、大眼睛、高鼻梁，英气儒雅。钢琴、五线谱、歌曲《长城谣》《何日君再来……》

铜梁作协主席李明忠为我们讲述刘雪庵，但我没往心里去，我感觉别人也一样没往心里去。中国又有多少人将刘雪庵往心里去了呢？有几人知道这个悲怆的音乐之魂呢？

现在，当我决心要把这个铜梁的儿子写出来才觉不亏欠铜梁时，我才意识到我、我们，在那个"柳线摇风晓气清"的春日里，是多么无知，多么没有来由的功高傲慢！比起他来，我们算得了什么？

这个刘雪庵，我觉得他就是铜梁美丽的山水和鸟儿化作的精灵。不然，他怎么可能把那么多柔情、深情，抑或是悲凉、悲怆，抑或是雄宏、雄奇，抑或是婉约、婉丽——这些人类情感的美质——谱成500余首歌曲、钢琴曲、提琴曲、独唱曲、合唱曲……呢？何况他后来被打成右派、22年里被剥夺了作曲的权利；何况"文革"十年他被打得遍体鳞伤、死去活来，妻子为保护他被打得子宫脱垂、在"文革"最残酷的1971年失去了生命；何况，1985年还没等他真正感受到改革开放的春风、内心的伤疼还没有得到抚慰就离开了人世。

想想吧，如果把这三十多年非人的时代还原为真正人的时代，刘雪庵还要为我们这个世界谱多少曲呢？一千首？一万首？谁能知道？

同为铜梁儿子的李明忠怀着一腔悲愤，洋洋30万言为刘雪庵写传——《何日君再来》。李明忠告诉我，在对日抗战最艰难的岁月，刘雪庵写下了很多抗战歌曲，《长城谣》《离家》《上前线》等等，鼓舞着无数浴血奋战的中国军人，唤起中华儿女抗击万恶的倭寇。

重庆音乐家张永安说，刘雪庵的早期音乐作品以抒情和拥有浓郁生活气息为主调，如《踏雪寻梅》《飘零的落花》《菊花黄》等，韵味浓郁，反映了抗战以前人们温文尔雅的人文情怀。另一类音乐作品如《采莲谣》《早行乐》等则借鉴古乐府风格，婉转动听，在民间广为流传。

"九一八事变惊破了刘雪庵悠悠扬扬的抒情乐曲，他不再歌风吟月，代之而起的是铁与血的呐喊。"张永安如是说。刘雪庵先后创作的《出发》《前进》等歌曲，向千千万万的同胞发出抗战号召。《我是军人》等歌曲，成为激励千千万万军人英勇抗战、奋勇杀敌的战歌。

《中国艺术报》蒲波说，刘雪庵的一生好似漂泊的落花，但他积淀的生命体验，却从未背弃过生命，背弃过艺术。他用心灵塑造了音乐，而他的人生又被音乐塑造。他天纵才华，音乐作品从中国古典到西洋现代，作曲填词演奏都达到了非常高深的造诣，成为20世纪中国音乐史上的大师。

李明忠考证，《何日君再来》是刘雪庵"初恋的墓志铭"，对人世的沧桑、对生离死别的倾诉、对流逝岁月的怀想、对故人的思念，曾被华语歌坛传奇女子邓丽君唱遍了地球的东方。人们说，听《何日君再来》有一种让人忘记痛苦的甜蜜，邓丽君的笑容和歌曲的旋律温柔得让人窒息。当我们在黑夜里重温这样的音乐，那种安抚心灵的深情总是催人落泪。

著名主持人杨澜评价《长城谣》：这是一首最美的抗战歌曲，旋律婉转动听，扣人心弦，也顿感苍凉悲壮。

当代著名作家王宏甲在纪念邓丽君的文章《歌声启蒙》中写道——

在故乡群山环绕的天空之外，在我目不能及的遥远地方，还有那样动人心弦而我一无所知的旋律。那旋律是那样地抚慰了我疲惫的心，让我感到走在家乡小街上的女子都妩媚起来，或说所有的男人和女人，我们原本都可以温和一些，不必筑起心的壁垒，不必穿上厚厚的盔甲……

1978年宏甲第一次听到邓丽君唱《何日君再来》，后来他购买并珍藏了邓丽君全部的歌辑。

《何日君再来》现在中华大地已被广泛传唱。历经劫难的、被冠以"靡靡之音，消极颓废，黄色情调"的一首歌曲，在被禁唱了半个世纪之后，凭着自身的艺术魅力流传了下来。

但刘雪庵万万没有想到，这首《何日君再来》给他和他的亲人们带来了灭顶之灾。无论是"反右"还是"文革"，他都因此遭受着肉体和精神的践踏和折磨，革职、抄家、鞭打，一个中国音乐学院的院长，一个20世纪的世界级音乐大师，脖子上挂着30多斤重的铁板，被一群"造反派"逼着，当狗一样在地上爬，爬了几百米还爬，边爬边踢边打……

多么匪夷所思的年代！至今也没人忏悔的年代！

囚着罪恶、邪魔的潘多拉的盒子被打开了……

1985年病重的刘雪庵有个愿望，想把古曲中有着重要地位的《南北派十三套琵琶新谱》重新整理出来，留给后人。他曾向前来探望的中国音协领导提出，给他配个助手完成这一任务，可领导当场拒绝。刘雪庵痛苦地诵起李白的诗"蜀道难，难于上青天"，不久辞世。

也许，一定要说说《西子姑娘》。

1937年8月14日，中国空军抗击日军飞机空袭杭州笕桥的作战，故"八一四空战"又称"笕桥空战"。国军空军与日寇于空中拼刺刀，年轻的中国军人在此次空战中以击落敌机四架（另一说法是六架），击伤一架（后坠毁），自己无一伤亡的战绩凯旋。自此，每年的8月14日，被称为国军的"空军节"。

民国三十四年抗战胜利后，空军最高单位征集空军军歌，最后选定空军政治部主任简朴作词的《空军军歌》，陶伟生作词的《保卫领空》，杨泓作词的《永生的八一四》，叶逸凡作词的《壮志凌霄》，傅清石作词的《西子姑娘》均被选为空军军歌。而这些歌全部是刘雪庵谱曲。

我们来看《西子姑娘》——

> 柳线摇风晓气清
> 频频吹送机声
> 春光旖旎不胜情
> 我如小燕
> 君便似飞鹰
> 轻渡关山千万里
> 一朝际会风云
> 至高无上是飞行
> ……

西子湖畔的少女,向她任职国军飞行员的情人表露了深切的叮咛和殷勤的寄盼。沙场机声,水乡柔情。传统中国女性的情怀,和着静姝温婉的曲调,飞到了白云的尽头……

你会瞪大眼睛惊问:这样燕啭莺啼、静姝温雅的曲调,竟然是刘雪庵为中华民国空军谱写的一首军歌?!

就在我写这段文字时,李明忠发短信告诉我,刘雪庵曾亲历上海、武汉、重庆大轰炸,也多次去杭州笕桥中央航空学校教军歌,他满怀激情,谱写了当时百分之八十的军歌。

我从2016年4月18日《北京青年报》记者吴菲的文章中得知:笕桥中央航校里有一个碑,上面刻着:"我们的身体、飞机与炸弹,当与敌人兵舰阵地同归于尽。"这就是说,从你上学的第一天就告诉你,你来这里,未来是要送死的。

刻在碑上的这段话是笕桥中央航校校训。

现在我们知道,在那些飞行员的名单里有林徽因的弟弟林恒,有蒋介石的幕僚、后做了台湾"国防部长"的俞大维的儿子,有南开大学校长张伯苓的儿子张锡祜,有王光美的哥哥王光复……

这些有着很好出身背景的年轻人当年都是准备赴死的飞行员。

"抗战八年,中华民国空军在空中击落或击伤日机600架,在地面击落敌机也超过600架;本身损失军机1000架,牺牲官兵超过4000人,飞行军官阵亡将近四分之一。这些数字代表着什么意义呢?如同丘吉尔对英国皇家空军的评价:在人类征战的历史中,从来没有这么多人对这么少的人亏欠这么深的恩情。"

这是4月10日在北京上映的纪录片《冲天》最后的解说词。

这么多生命在25岁上下戛然而止。

《冲天》时长98分钟,就在解说员"苍凉的声音落处,战声渐息,万籁俱静,忽然毫无准备地、平地一声'柳线摇风晓气清,频频吹送机声,婉转飞升,清音如云',座下很多人的心旌和眼泪,就是在那一刻终告失守、被彻底摇动和摇下来的"。

吴菲这样写道。

我们理解不了刘雪庵是我们的愚昧。

我们摧残了一个伟大的艺术之魂是我们的罪过。

铜梁铭记了自己的儿子是铜梁的良心。

而作为我自己,我会从现在开始记住:110年前,铜梁诞生了一个伟大的音乐家——刘雪庵。

五

现在,我把从书籍、网络搜的有关二战时苏联歌曲《喀秋莎》的故事进行简约整理,如果愿意,请赐时一读,以帮助我们认识刘雪庵,以滋润我们荒芜已久的无知与野蛮的心灵——

《喀秋莎》这首歌曲的曲作者是勃兰切尔,他是用诗人伊萨科夫斯基的一首抒情诗写成的。中文翻译歌词是:

> 正当梨花开遍了天涯,
> 河上飘着柔曼的轻纱。
> 喀秋莎站在那峻峭的岸上,
> 歌声好像明媚的春光。
> 喀秋莎站在那峻峭的岸上,
> 歌声好像明媚的春光。
> 姑娘唱着美妙的歌曲,
> 她在歌唱草原的雄鹰。
> 她在歌唱心爱的人儿,
> 她还藏着爱人的书信。

在第二次世界大战期间,《喀秋莎》动人的歌声伴随着"喀秋莎火箭炮"刮起的浓浓硝烟烈火,卷席般横扫了整个苏德战场。

这首歌曲创作于1939年,但当时并没有流行,是两年后发生的苏联卫国战争使这首歌曲脱颖而出,并伴着隆隆的炮火流传了开来。如此说来,恰恰是战争使《喀秋莎》这首歌曲体现出了它那不同寻常的价值,而经过战火的洗礼,这首歌曲更是获得了新的甚至是永恒的生命。

按通常的规律，战争中最需要的是《马赛曲》《大刀进行曲》《义勇军进行曲》那样的鼓舞士气的铿锵有力的歌曲。而这首爱情歌曲竟在战争中得以流传，其原因就在于，这歌声使美好的音乐和正义的战争相融合，这歌声把姑娘的情爱和士兵们的英勇报国联系在了一起，这饱含着少女纯情的歌声，使得抱着冰冷的武器、卧在寒冷的战壕里的战士们，在难熬的硝烟与寂寞中，心灵得到了情与爱的温存和慰藉。

1942年初，一种速射的自行火炮在苏联乌拉尔的兵工厂里以惊人的速度被大批量地生产出来，并很快装备到红军部队。这种火炮斜置在卡车上，能并排发射火箭，不像榴弹炮、加农炮那样笨重，不仅移动方便，而且火力凶猛，所以，战士们非常热爱这种武器。这种火箭炮的发射架上标着字母"K"，这是某兵工厂出厂时的标记。操纵火炮的红军战士就根据这个字母"K"，把大炮命名为"喀秋莎"，这个别名迅速在苏军里传播开来。一首歌曲的名字与一种威力强大的武器同名，这无意间又促使了这首歌曲的流传。

战争让《喀秋莎》获得了永恒的生命。

后来，随着战事的发展，《喀秋莎》这首歌曲还传唱到东欧的一些国家。波兰人民曾将喀秋莎作为战斗号令，而保加利亚的游击队员还曾将这首歌曲作为联络信号。更为出人意料的是，当时，就连许多德国士兵也喜欢上了《喀秋莎》这首歌。

那是在一次战斗的间隙，在苏联红军一个步兵连的战壕里，疲惫不堪的士兵们突然听到随风飘来的熟悉的歌声"正当梨花开遍了天涯……"他们仔细听，发现那歌声竟然是来自对面的德军阵地。苏军一位中尉连长从望远镜里看到，在对面的阵地上，一伙德军正围着一架留声机欣赏着这首歌曲。这个步兵连的战士们震惊了，愤怒了，他们未经请示就向敌军阵地发起了攻击，战斗非常惨烈。当他们打退了德军，找到那架留声机时，发现唱机仍在转动着，仍在唱着……中尉连长捧着唱片跪在地上失声痛哭，许多人都跟着哭了。为了夺回这张唱片，8个红军士兵献出了宝贵的生命。

后来，上级军法部门对这次违令攻击事件进行了责任调查。一位团长在被调查时说："如果我当时看见'喀秋莎'被一群法西斯豺狼包围着、蹂躏着的时候，我也会这样做！"军法法官被感动了，后来，调查不了了之。

　　1945年春天，苏联红军200多万人突破波德边境，攻入德国本土，从南北形成夹击，包围了纳粹帝国的巢穴柏林。4月16日，红军对柏林外围开始进攻。那正是一个梨花盛开的季节。前进中，许多部队齐声唱起了《喀秋莎》，而为这歌声伴奏的，是2000多门"喀秋莎"火箭炮的呼啸声。一位随军记者当时激动地写道："天哪，这是怎么了？简直就是'喀秋莎'的歌声在向柏林进攻！"

　　战后，苏联当局为了表彰《喀秋莎》这首歌在战争中所起到的巨大鼓舞作用，专为它建立了一座纪念馆，这在人类的战争史和音乐史上，应该是首例。

（原载《十月》2017年第1期）

泗水流,静静流

◎ 刘 琼

我知道"泗"这个字,是因为安徽泗县。

从芜湖过长江到泗县,由南向北,垂直路程三百公里。小孩子的空间感很奇怪,小的时候听到泗县这个词,总觉得遥远。大多数遥远会有神秘感,泗县的遥远却是荒凉的,这也是小孩子的特殊感觉。

荒凉的泗县,在百度百科里这样写道:"古称虹县、泗州,宿州市下辖县。位于安徽省北部,东邻泗洪,西接灵璧,南连五河、固镇,北至东北与睢宁、宿迁毗邻。"

至于东邻泗洪,"位于江苏省西部,淮河下游,洪泽湖西岸。古为泗州本州。1952年前属安徽省宿县专区。1953年3月,为加强洪泽湖管理,安徽省泗洪、盱眙县与江苏省萧县、砀山交换,泗洪县划归江苏省淮阴专区"。

近现代史上,1953年那次省际边界调整,打破很多传统归属,伤了很多地方的文化筋骨,比如将婺源从徽州划到江西,导致安徽和江西之间的这场官司没完没了。江苏和安徽在边界划分上,也经常"三十年河东,三十年河西",其中,与泗有关的诸地名最典型。从泗县的角度,泗县在西,泗县的东部是泗洪,泗县的东北部是泗阳,这些环泗水地名,历史上绝大多数时期错错落落、分分合合。泗县和泗洪原属泗州本州,泗州存在于北周至清期间,辖地包括今泗县、泗洪、天长、盱眙和明光,泗州最后的州城在泗县。山之南、水之北为阳,顾名思义,泗阳在泗水东北部的宿迁境内。现如今,泗县属于安徽,是皖北一个相对落后的地区,泗洪和泗阳分属江苏的淮安和宿迁。对了,前面提到那个祖籍安徽现籍江苏的盱眙,就是北京东直门簋街上著名的"麻小"的故乡。

江苏和安徽虽比邻而居,但江苏江湖河海俱全,水陆交通便利,工商业发展早,经济水平上世纪八十年代以来在全国一直名列前茅,而安徽,新中国成立以后中央政府对其战略定位是农业大省,是粮食战略储备基地特别是水稻生产大省,单一经济结构导致安徽长期以来经济发展水平落后,长三角战略发展

时期也没有抓住机会，改革开放三十多年来，与江浙两大芳邻渐行渐远。同样的自然环境，政策环境不同，经济水平明显有高低。环泗水而居，"一衣带水"，西边的泗县，要远比东北边的泗阳和东边的泗洪落后，虽然吃着一种味道的淮扬菜，听着一样腔调的泗州戏。

　　说起泗州戏，与周边庐剧、凤阳花鼓、淮北花鼓，黄梅戏、扬剧、淮剧等诸多戏种相比，有自己的个性。"耳边，是男人高亢而悲伤据理力争恶声恶气颤抖大吼声，女人则唱另一种风味，嘹亮欢快，有时还连带着哼哼嗨嗨的哀啼……"这是前不久认识的一位泗县籍作者在文章里记录的感受。看到这段文字，我在大脑里极力想象这些声音。说实话，第一个想起的是日本的能剧，第二个想起的是秦腔的老腔，它们都具有一种悲切到拉魂的力量。泗州戏俗称"拉魂腔"。

　　一方水土养一方戏，不假。安徽和河南都是戏窝，但河南的戏，唱腔总体要比安徽的戏轩敞，似乎无论男女，个个都是铮铮铁骨、英雄好汉。比如豫剧，常香玉唱《花木兰》也好，唱《朝阳沟》也好，都是铿锵玫瑰的做派。一过淮河，到了江淮境内，腔调自然又往下降了一阶。过了长江，特别是越剧，基本是苦情戏，许多角儿出名就出在那一声声"哭调"，《红楼梦》里"黛玉葬花"、《梁山伯与祝英台》里"英台哭灵"皆如此。黄梅戏例外，虽在鄂皖交界的长江边长成，但基本沿用轻歌剧调性，因此，也有人总不把黄梅戏当戏，只做歌舞剧。如果以阴阳来论，黄河以北偏阳刚，长江以南偏阴柔，即便是剧中男性角色，越剧的女扮男装也更有味儿。至于江淮之间的庐剧、扬剧，男女角色分别比较明显，前面提到的泗州戏男女唱腔差异也很大。有分别，才有层次。黄梅戏出名，因为其轻歌剧式的采茶调明快，容易传唱和记忆。说实话，安徽以外的人对黄梅戏的热情要远远高于安徽人，安徽人自己最爱听的却是庐剧。庐剧俗称"倒七戏""小倒戏"，曲目比较多，有戏迷基础。听"小倒戏"、摸纸牌是我奶奶那一辈不识字的中老年女性的两大娱乐。庐剧似乎也不难唱，它在传统戏曲唱腔比如锣鼓书、端公戏、嗨子戏的基础上，也吸收了一些皖西大别山区、合肥、巢湖等地的山歌、花灯歌舞成分，不过，它的唱腔和表演更靠近徽剧和京剧，所以徽剧和京剧的戏迷往往也会喜欢庐剧。

　　一个人的看戏口味，是不是越来越接近其吃饭的口味？江淮地区的人大多看庐剧、淮剧以及扬剧，这三个戏种方言虽有差别，但唱腔总体比较接近。最近在泗阳听到一个新知识——当然也只怪我孤陋寡闻，淮阳菜的创始人以及追随者都是徽商，当年徽商离开原籍，到扬州、淮安近海一带谋生，虽然赚到钱，但怀念家乡，尤其是家乡菜，于是在淮扬地区鱼虾食材丰富的基础上，用徽菜烧法，创造了淮扬菜式。如此看来，今天扬州和淮安地区一些人可能都是徽商后代，比如在泰州生长的前任国家主席胡锦涛，父亲那辈才从徽州绩溪走出。

江淮地区的地方戏，泗州戏算是流传面较小一类。我想，是不是与诞生这个戏种的地域环境后来的变化有关。秦末以来，泗水流域豪强纷出。汉代开国皇帝刘邦原籍沛县，秦灭六国后，沛县属泗水郡。陈胜吴广在宿州大泽乡起事，刘邦集合三千弟子攻占沛县，自称沛公，后又投奔项梁帐下。项梁就是项羽的叔父，今宿迁宿城区人，宿城南与泗阳、泗洪接壤。原来，秦能统一六国，推倒大秦王朝的却是远在泗水边的两个豪杰刘邦和项羽。刘邦也好，项羽也好，尽管性格不同，做事方式有差别，最终结局也完全不一样，但他们都能不拘成规，在对既有秩序的挑战中脱颖而出，成为人中龙凤。

各种颠覆式的起义和革命，对于区域文化的影响很明显。泗州戏里男性的愤怒和女性的悲伤，多少是对历史现实的一种折射。泗州戏戏迷间的文化认同，后来由于被调整为不同的省属，经济环境和文化环境改变，旧有的认同感消失，新的文化核心生成，也产生了新的生活习惯和文化追求。当然，地方戏观众流失、演员队伍缺失是普遍焦虑的问题，这些年，虽有中央政策扶持，传统戏曲生态也见好转，但这是一个大面积、综合性修复工程，须假以时日，才出效果。

泗水的历史很不平静，泗水本身很平静。我看到泗水，却是因为泗阳。

初夏来到泗阳城，暮色四合，泗水正从泗阳城里流过。瘦长的货船占据了整个镜头。运河在泗水这段比想象中要窄，要安静，要清冽。想象的运河，很大成分依据金庸武侠小说里的描写而来。金大侠笔下，风高浪急的运河是各路武林高手大显身手的舞台，刀光剑影中，玉树临风、纶巾白面的翩翩公子伫立船头，微微一笑很倾城，他是赢家。当然，这是对金大侠的类型化叙事的调侃。其实，换个角度，要感谢文学书写，感谢金大侠，中国老百姓了解历史和地理，主要通过各种文学描写包括口头文学、戏曲文艺。金庸小说对一些地理信息的记录，比如海盐的钱塘观潮，比如运河两岸的烟火，就给我留下深刻的印象。我还听说，连黄老邪居住的桃花岛也有研究者正在兴致勃勃地考证。

文学作品的好处是将情绪形象化后与人共享，并于无意间留下历史的雪泥鸿爪。

比如白居易的这首《长相思·汴水流》，"汴水流，泗水流，流到瓜洲古渡口。吴山点点愁。思悠悠，恨悠悠，恨到归时方始休。月明人倚楼"，对工，韵合，物、景、人、情诸元素嵌入自然，情绪到位，意境鲜明，算得上写离愁别恨的好词。词中提到汴水、泗水、古瓜洲渡口以及吴山四个地理名词，对于讲究音韵节奏对工的词，用"水流"对"悠悠"，是和韵之需，以流水喻写时空的变迁流转，引出思愁绵绵，是比兴用法。南唐后主李煜后来写《虞美人》，广为传颂的一句"问君能有几多愁，恰似一江春水向东流"，也是这类比兴。

王安石在《汴水》一诗里无限惆怅地写道，"汴水无情日夜流，不肯为我少停留。相逢古人昨夜去，不知今日到何州。"汴水怎么就无情啦？无非因为从汴水下行，经泗水直至吴山，空间迁移等于时间迁移，离国家的政治中心汴梁越来越远，诗人内心对于前途的忧愁越来越重，对于亲友的留恋越来越深，川流不息、不分昼夜的汴水也成为世间无情物。

这是婉约派的风格。所谓婉约派，不唯抒写相思、离愁、羁旅等情感和情绪，主要指语言风格和美学趣味，因此，我们常常把苏东坡的词比如《赤壁赋》当作豪放派的典范，但他的《水调歌头·明月几时有》又是典型的婉约派，细致、忧伤以至缠绵悱恻。儿女情长，英雄气盛，两者都不乏，这是苏东坡的过人之处。作为诗人的白居易基本上也可以划入美学风格的婉约派，三首长诗代表作《长恨歌》《琵琶行》《卖炭翁》如此，流传甚广的这首词作《长相思·汴水流》亦如此。中唐以降，描写相思和离愁的诗句难以计数，如这首《长相思·汴水流》流传这么久和这么广者，显然罕见。

传播很残酷，它的偶然性，让人类历史上许许多多杰出的创造与今天的我们失之交臂。不过，它也有必然性，但凡被人们广泛传颂并使用的事物，一定具有特殊而必需的价值。诗词的使用价值，我们通常说要顺应人类精神和情感层面的需求，是"同情"和"同理心"的需要，这也是文学作品存在的合法性。但是，诗词能不能传得开，传得久远，取决于诗词本身的语言节奏。这是诗词传播的特殊性。当然，作为韵文的诗词，天生比非韵文的散文更容易传播。"点点是离愁"，五个字，还有比这朴素、更深长、更简练的表达吗？当然也容易记忆。这也就是为什么印刷业并不发达时期的唐诗宋词传播总量要远远多于各种非韵文章。

不过，对"唐诗宋词"，我有异议。都说唐诗胜过宋诗，宋词好过唐词，总体数量和概率的确如此，但单篇另论。比如唐词的上品，李白的《忆秦娥》，以及这首《长相思·汴水流》，意境深、阔、远，写离愁别恨，已是绝响，凡后来者难免都有学舌之嫌。而散见于各类教科书的"唐诗宋词"这种高度概括式的评论，简单、武断地屏蔽了唐词宋诗的丰赡华美。关于唐词宋诗的研究，学术界蔚为大观，此不赘言。简单的评价，不仅对于唐词宋诗不公、不准确，也造成了后学之辈的诸多修养缺失。比如我，就是这类简单评论的直接受害者。从小读书，身边缺乏高明指点，俱按通常习惯，先读《千家诗》《唐诗三百首》，后是《宋词选注》，再年长些，也看一些集注单行本，比如《李商隐诗选》，但总体是单一、不全面的，错失了很多。有我这样缺憾的人，应该不在少数。

话说回来，白居易的这首《长相思·汴水流》，让我感兴趣的反倒是词作无意间写到的地理信息。

一切文学作品，真实度最终都源自细节的合理和逻辑的合理。细节包括时间和空间。空间就是一种地理。白居易从汴水写到泗水写到瓜洲，这些地名是实写，从今天的地图看，这条线路也是京杭大运河从北贯到南的线路。汴水安在？汴水没有了，根据百度百科和互动百科对这条昔日多次入诗的人工水渠作出的相对一致的解释，汴水的具体所指，以隋为界，前后说法不一：一说晋后隋以前指始于河南荥阳的汴渠，它东循狼汤渠、获水，流至今江苏徐州市时注入水运干道；一说唐宋时称隋开通的通济渠的东段为汴水、汴渠或汴河。尽管具体所指不同，但汴水在今河南荥阳周边也即开封境内这一点，没有争议。开封号称八朝古都，夏以及春秋的魏国曾定都于此，此后，中原的政治经济中心长期圈定在长安和洛阳两个城市。中晚唐往后，开封再度中兴，及至北宋定都东京汴梁也即开封，开封城市的繁华达到鼎盛。北宋是历史教科书里通常说的中国资本主义最早萌芽时期，资本需要市场，市场与城市的繁荣攸关，水陆交通发达、物资交流便利的开封当仁不让地成为中原政治经济中心。开封在长安和洛阳东，故称东京。东京汴梁也即开封有多繁华，只需细看张择端的《清明上河图》即可。如孟元老《东京梦华录》所记，"自西京洛口分水入京城，东去至泗州入淮，运东南之粮，凡东南方物，自此入京城，公私仰给"，开封的兴盛，离不开汴水这条南北物资运输的交通要道。碧波荡漾，芦花飘雪，"汴水秋声"美誉一时传扬。连通黄河和长江的繁忙汴水到了南宋，因害怕金兵以舟船运兵进逼临安，被高宗赵构下诏毁坏，南北水运遂告断绝。汴水断绝，填土成田。汴梁易名。瓜洲古渡由忙到闲，见证了运河的历史变迁。泗水还是静静地流，泗水不仅不变，还衍生出泗阳、泗州、泗县、泗洪诸多与"泗"有关的名词。

泗水是古地名，这个"古"要"古"于白居易写《长相思》时的中唐。"古"时不仅有泗水，还有一个泗水国，这是汉武帝元鼎四年的事。元鼎四年，汉武帝从东海郡分出3万户，设立泗水国，封景帝的孙子刘商也即同父异母的弟弟刘舜的儿子为王，"治凌县（今江苏泗阳县众兴镇凌城村），领凌、泗阳、于三县"，泗水国的领地包括今天江苏的宿迁和淮安部分地区以及安徽的泗县。宿迁和淮安，在今徐州以南、南京以北。王莽称帝后取消泗水国，东汉光武帝登基又恢复泗水国，册封叔父刘歙为王。公元37年，刘歙死后三年，光武帝废泗水国，设泗水郡。至此，泗水国前后历经125年。

泗水国也即泗水郡对于汉家王室具有特殊意义，用今天的话来说，乃刘汉王朝龙兴之地。汉书记载，汉高祖刘邦的家乡为"四川郡沛"，有历史学者说这是笔误，我不这么认为。谁敢，何况又怎么可能将九五之尊的汉高祖的家乡"笔误"？泗，读起来像四，看上去是四水分流，也即四川的本义。"四川郡沛"之说法应源于此。只不过，"四川"在今天作为中国西南一个地名被固化使用。

泗水国"以古泗水流经郡境而得名"，泗水显然比泗水国还古老，今天运河上的这条泗水只怕不是古泗水的原貌。《汉书》关于泗水和泗水国的记载不多，《汉书》记的多的是泗水国王刘商的父亲、汉景帝的小儿子刘舜。汉王室对这个骄纵无行的刘舜及其后代领属的泗水国恐怕也是不想招惹。肉身终归化尘土，泗水依然静流不息，这是历史本身的理性。泗水的愁，恐怕不仅仅是春愁，还有许多踌躇满志无处报的愁。

汉字中有些字或词天生可以入诗入词，比如泗水，比如凤凰。泗水和凤凰都与泗阳有关。今天的泗阳，号称"泗水古国、美酒之都、杨树之乡"。泗水古国不唯泗阳独有，泗县、泗洪要与其共享。美酒之都也是一家之言，以中国之大，善饮者众，出产美酒的地方还真不少，能称得上美酒之都者，仅就我所知，就有遵义、宜宾、泸州、亳州、汾阳、宝鸡若干城市。中国林学会唯一命名的"杨树之乡"大概没有争议了吧？不对啊，茅盾当年写《白杨礼赞》，这个杨树难道不是北方的特产吗？杨树既不是北方特有，也不是中国土产，而是中西兼有之。杨树成材快，经济效益高，我国的华中、华北、西北、东北均有栽种，但是，以杨树为主题的博物馆，目前在全国甚至全球，确实也只有泗阳有。泗阳也因为拥有123个品种，成为全国杨树引种发源地，被授予"杨树之乡"也还说得过去。很明显，杨树不是自己所长，资源其实也不足，但敢为人先，也就做成了全国第一家，这一点，泗阳看来是继承了老祖宗的革故鼎新精神。

凤凰台上凤凰游。有了杨树，有了树林，能不能招来凤凰？泗阳有本文学杂志叫《林中凤凰》，各地其实都有这类杂志，叫《山花》，叫《芳草地》，叫《绿洲》，都可以，都能接受，叫《林中凤凰》可就不那么低调了。看来，生在皇帝老儿的家乡，终归有一颗"凤凰鸣矣，于彼高冈"的心。我在这本杂志里看到一篇小说，叫《棺材铺》，篇幅不长，曲折有致，写得有点汪曾祺的范儿，那个叫胡四的乡村木匠的命运和他身上沉默的情义，让人看到心痛。看到这里，我就想，凤凰本是稀罕物，林中不图多，一只两只足矣。

一只凤凰无论飞多高，都有出发和落脚的亭台。一个人无论怎么活，他都是故事，他的故事也会影响别人的故事。一首词无论怎么写，无非是将遭遇的故事记住留住。一江水无论流多远，无论载过多少爱恨情仇，总有流到尽头那一刻。

许多年前看张爱玲的小说——具体哪部忘了，扉页上印着穿旗袍的张爱玲，下面是"岁月静好"四字。没来由地喜欢这句话。后来，身边一有朋友结婚，我就把这句话送给他们。静，才会好。就像这泗水的水，任王侯将相岁月更替，任吴山削平古渡增容，都是这样不疾不徐，静静地流。真好。

（原载《长篇小说选刊》2017年第5期）

土离我们还有多远

◎鲍尔吉·原野

行走的风景

草原上的风景并不会行走，即使秋空的云朵也不易流散——孤悬于海子一样湛蓝的天幕，远远地羞涩地打量我们这些闯入者。云的样子一如牧区的孩子。听到吉普车的马达声，这些孩子像羊粪蛋似的滚出来，三五成群聚在一起。他们远远地观察着外来人，眼睛眨也不眨，用牙咬着衣襟。

在草原上，行走的是我们乘坐的吉普车和面包车。草原上的山形水势，造就得浑然大气。眼前的一座山，在草色的金黄中漫漫矗立起来，可以驱策坐骑一口气跑上山顶。这样的山自然不崎岖，也不勉强。草原上的景物无一样在眼里看着勉强。河流像一条镀银的鞭子曲折而来，草地在秋风中苍茫而去。所谓山——其实是丘陵，只在草地的背景下起伏而已。若在黄昏，天空将暮色像铁锅一样罩在草原上。在弧圆的天边，如有火烧云，地平线上便翻腾熔流的金汁。如宁静无云，天幕则一派澄蓝，浮几粒金星，天地之交是白茫茫的光带。

在草原俯仰天地，很容易理解生活在这里的人为什么信神，为什么敬畏天地。人在此处是渺小的。在暮色中，你若发现一个牧归的人在行走，那个移动的剪影，无异于一株树、一头不关四季变化的狼或狗，或如帕斯卡尔较体面的说法——人是一棵会思想的苇草。站在草原，会感到这里的主人绝不是人，而是众生。你能够理解，蒙古人赶着羊群漫游，人与羊那样和谐，已然融为一体。在天地威重的注视下，人仿佛不敢凌驾于其他生灵之上。外边的人还会发现，居于草原深处的蒙古人为什么谦逊，即使高龄的老人也很卑微。在他漫长的一生中，骨子里浸透了天的辽远和地的壮阔，他只能缩紧筋骨劳作，仰仗天地活下去。最好的人生姿态莫过于谦逊、你如果仰面躺在草地上，咬着一根草茎痴望高天，这时有人走来向你皱眉瞪眼，宣布指示或发脾气，你会觉得他的举动古怪、可笑以至于软弱。这里只能顺应天地，而无法在天地的睽视之下树立所谓人的权威。因此，在草原上无法开展"文化大革命"，因为人的力量过于单薄，缺乏天安门广场那种人头攒拥，也没办法群情激奋了。克什克腾草原，任何一个嘎查（生产队）的草场都比天安门广场辽阔。在牧人的眼里，朝岚暮霭，流年丰歉，山高水低，人世悲欢，必由一只比人的手更有力的手、比人的脑更深远的脑在安排。

有关神的事迹或心迹，蒙古人并不热心追问。不像在实证主义影响下的西方人到处探听诺亚方舟在哪里，耶稣是不是真的复活了。蒙古人目睹了眼前的秩序，以为是大道，便默不作声了。这种顺应，使他们的人生观更近于老子的哲学。草原的景物，熔铸了蒙古人浑和自然的个性，蒙古人也给草原的天廓地幅贯注了懒散厚重的心思。可以说，江南园林全由勉强而来，炫耀着人的机巧，因而那里精明的人们常常恨自己不够精明。精明的结果是更多的钱或名。在草原，钱只是天地手指缝漏下的微不足道的副产品。老天爷垂爱施舍些雨水，草儿长起来，牛羊肥了，牧人就有日子过。

一辈子生活在白云底下

我离开老家好多年，有时遇到别人的探询：你老家什么样子？到处都是草原吗？

我答不上来，迟疑，不知从哪儿说起。

我迟疑，是由于草原没法描述，它宽广而且单一。草原静得好像时间都在打瞌睡，低头看，一朵小花微微摇摆，像与别的花对话，蚂蚱随人的脚步弹到半空。回头看，人的影子被拉出两米多长，这是早晨。躺在地皮上的老鸹草的蓝花在见到阳光之前还不肯开放。

说草原，谁都说不流畅，只有旅游者才会说出一些观感，就像说大海，怎样才能把海说清楚呢？给每朵浪花做上记号，便于你的讲述吗？海边的人说不清海有多少朵浪花，每朵浪花长什么样。像吉尔博特说的：希腊的渔人不到海滩嬉戏。

草原在每个人心中都不一样。对家在草原的人而言，它是故乡，而非旅游区。草原于我，是一团重重叠叠的影像。想到马，马在奔跑的马群里转身，鬃毛挡住偏向一旁的头颈。想起四胡，蒙古人的英雄故事从四胡的弓弦声中款款而出。说书的屋子有漆黑、漂着茶梗的红茶缸，旱烟的雾气缭绕着牧人一张张倾听的脸。说书人惯用嘶哑的嗓音，像上不来气，医学称为呼吸窘迫或肺不张，而他有意如此，嘈杂的琴声接上他后半截的气。我想起冰凉的洋铁皮桶里的鲜牛奶；想起天黑之后草叶散发的露水的气味；想起饮水的羊抬头叫一声，嘴巴滑落清水的亮线；想起草原的夜晚真黑，人像被关在带盖的箱子里；想起马，桩子前雪青马的蹄子踏出新鲜的黄土。

这些记忆像解体的卫星碎片在大气层里茫然飞翔，没办法把它组合成完整的故事。我能跟问我的人说这些事吗？别人听不懂。还有磨出好看花纹的榆木炕沿，漂在水缸里终年湿沥却不腐烂的葫芦瓢，小红蜘蛛正在房梁上拼命奔跑。

我读过一篇国外语音学家的文章，说结巴是因为元音和辅音急于一起冲出来，结果堵车，谁都出不来。我对草原的印象也像一个口吃者——印象的雪球堵住了大门。

今天我对草原的记忆只剩下一样东西——云。地上的事情都忘了，忘不掉的是草原无穷无际的云。骑马归家的牧人，挤奶的女人，背景都有云彩。清早出门，头顶已有大朵的白云，人走到哪里，它追到哪里。

老家的人一辈子都在云的底下生活。早上玫瑰色的云，晚上橙金色的云，雨前蓝靛色带腥味的云。他们的一生在云的目光下度过，由小到大，由大到老，最后像云彩一样消失。云缠绵，云奔放，云平淡，云威严，云浓重，云飘逸，云的故乡在草原。在异乡，我见到的最少的就是云，城市灰蒙蒙的雾气屏蔽了云。偶见零散的白云，一看就是进城串门的乡下云。有一次，我跟大姑姥爷到林西县拉盐，我躺在牛拉的木轮勒勒车里睡觉。大姑姥爷突然停车，拉我起来看。我问看什么？他指着天：那两朵云彩打起来了，像摔跤一样。我看去，两朵云立在天边，如决斗。他坐下抽烟，乐。看云打架比看人打架文明。他跟我说话间，云没了，大姑姥爷很惋惜，把烟袋锅掖进裤腰带，连吐几口唾沫。那年我七八岁，他七八十岁。大姑姥爷跟猫狗说话，跟豆角说话。他曾说，每个死去的人都会被云接走。他告诉我望云要带敬意。云打架让他乐了，露出光秃秃的牙床，像掰开的西红柿一样。

走马阿鲁科尔沁

我和云登骑马在草原闲逛,我骑亚麻色白鬃的黄马,他骑杂花马。今年雨水好,草原一下子把五年的草都长出来了。我俩互相看,像各自坐在马的小舟游在草海。马头一颠一颠,草叶和野花划过马肚子。草香从鼻孔钻进身体,在血里溜达,人的脸色看着红扑扑的。这是青草汁液与阳光调和的香气,有舒缓广大的甜味。呼吸吧,让肺在这儿享享福。

前面的草丛摇动,走近,见到一队人拨草前进,有男有女,像一家人。他们手里拿着小煤气罐、折叠桌,牵着羊。草没过了他们肩膀,两辆越野车被草遮掩。一问,知道他们野餐来了。再交谈,我吃一惊,他们从北京开车来的。北京—河北—赤峰—阿鲁科尔沁旗,有雅兴。

一位头顶大铝锅的北京男人说:"我们找有泉水的地方支上锅,炖肉。遍地野葱野蒜野花椒,采点往锅里一扔,齐活。"他做个陶醉的表情,拍拍衣兜,里面装着扁瓶小二锅头。

太阳升高,小黄马脖子上沁出汗珠。我们来到一座树木葱郁的山下,云登说这个地方叫百兴图,蒙古语为有房子的地方。房子不稀罕,我在山脚下看到两口辽代古井,石砌的六棱形井口,这个稀罕。拿辘轳舀点水饮之,没想到在这儿喝到了辽水,甘洌。井边有三块长方形石头砌沿的菜畦子,云登说这是辽代留下的菜地。啊,人家辽代就开始吃菜了。我揪一片碧绿的小白菜叶丢嘴里,没吃出辽代味道,还是菜味。在这个旗的博物馆,我见到辽代白釉穿带瓶和紫釉鸡冠瓶,从本旗耶律羽之家族墓出土,被定为国宝。手抚辽井和辽菜畦子的石头,想象契丹人汲水收菜。大野苍茫,觉得这里比文物更有古意。

马拴榆树上,我们俩登山看洞。云登说山腰有九个洞,他领我进的是凉风洞。进洞底,身上凉意澈彻。云登从防雨绸兜子里掏出一把鸡毛,取一根放地下,那有自然形成的石孔,鸡毛飘飘忽忽飞走了。云登说,这地方自古以来就冒凉风。我拿一根红鸡毛试之,鸡毛扶摇上举,也上天了。想起毛泽东为河北省一家农业合作社写过的按语——"谁说鸡毛不能上天?"真上天了。他一根我一根,我俩蹲着把一兜鸡毛全吹跑了,好像这个洞里来过狐狸。昨晚上,云登特意杀了一只鸡。

出洞绕到山的西边看，山下风景太美啦！无边的大草甸子，分布几十个湖泊，大的约几亩，小的一间房子大。草绿湖清，鸟群翔集，湖面浮着小块蓝天白云。云彩从这个湖飘到那个湖，越洗越白。丰饶的地河在草原底下牵着手，举起这么多湖泊，吸引小鸟飞来跳舞唱歌。

我和云登走了十多里路，见到村庄。他说：这个村里有好东西。我问：是每家屋里都冒凉风吗？他笑着摇头，说你去了就知道了。走进一家院子，窗前拴着十多匹马，停着一排摩托车。我们上屋里，见炕上炕下全是人。扎头巾的妇女、端茶缸子的老人、站立一厢的儿童们把目光投向坐在沙发上的人。这个人身穿滚金边蓝缎子蒙古袍，手拉四胡，正说蒙古书。

一问，这家遇喜事了，儿子考上医学院，请说书艺人庆贺，就像汉族人逢喜事请戏班子唱戏一样。

小时候，我爸领我到六道街的蒙古说书馆听过蒙古四胡说书。一间大青砖瓦房，屋里放十几排板凳，供应奶茶瓜子，听众满座，听艺人说书。当时我看到满屋子屏息凝神的脸，时而欢笑，时而悲戚。屋顶吊着煤油灯，这些面孔陷在深深浅浅的光影里，如雕塑一般，十分生动。蒙古四胡说书又称乌力格尔，是艺人拉琴唱着说的，押韵，是优美诗篇。唱词叙述传奇故事、神话人间，宣扬惩恶扬善、有情人终成眷属。许多艺人喜欢以嘶哑的烟嗓行腔，与四胡浑厚的琴声相契，东部的蒙古老百姓对此十分着迷。我曾祖母上通天文、下晓地理，后来我知道她的见闻主要是跟"胡尔奇"（说书艺人）学到的。

书说完，村主任巴图让我和艺人一起到他家吃饭。在他家又见到了五六个说书艺人。我问巴图：村里为什么来这么多艺人？巴图说咱们村有两户人家孩子考上大学、一户人家房子上梁，请了三位说书艺人。那几个年轻人是艺人徒弟，学艺呢。

杯盏一番，几位艺人接着说书。穆日根说蒙古族史诗《江格尔》，雄浑悲壮，有如大河在月色下奔流。却金扎布说《薛礼征东》，唱词里有"薛礼上炕呀喝了碗奶茶，吃两块奶豆腐点心"这样的妙句。乌力格尔的特色之一是好多作品说的是汉族故事，如《隋唐演义》等等。这时，我心里有一个问题，乌力格尔是口头文学，是师傅一句一句教出来的，我以为早就失传了，怎么会冒出这么多艺人呢？

巴图告诉我，他们是旗里民族职教中心的学员。这所学校连着办了好多届说书艺人培训班，还在办。

我很惊讶，好像行走中闯进一个藏珍宝的山洞。眼前这些身穿华丽蒙古袍、口若悬河的艺人，原来是种地、放羊的牧民，如今成了艺术家。让人感动的是他们把祖先原汁原味的文化带到牧民的身边，这些文化是琴声，是赞颂与喟叹，是旱烟和红茶的混合气味，也可以是"薛礼"。全球化所向披靡，有多少文化已成绝响？好在阿鲁科尔沁旗还留存民间文化的种子，在百姓身边发芽。

下午，巴图把我们送到阿鲁科尔沁旗民族职教中心，校长张勤领我们参观了学校建立的"胡仁乌力格尔艺术展览馆"，里面陈列着与蒙古四胡说书相关的乐器、艺术家照片和文物，记录这一门艺术的源流。这个展览馆全国唯此一家。我们又听了培训班的一堂课，老师是从吉林省聘来的发证的民间艺术大师，20多名学员来自阿鲁科尔沁旗、库伦旗和科左后旗等地，都是年轻牧民。老师讲授用四胡模仿风声和马嘶声的技法，又讲了演唱与演奏之间的旋律对位关系。

张勤是全国五一劳动奖章获得者，他介绍说：乌力格尔是流传于东部蒙古族地区的大型口头文学艺术，有几百年历史，这几十年间衰落了。学校出于抢救保护的考虑，建立了一个乌力格尔即蒙古四胡说书的传承教学基地，开办培训班，组织研讨会和田野考察，培养了一批学员。学员们开始在通辽、北京、呼市等地的蒙古文化演出场所演出，更多人在牧区演出，也有学员上电台录音了。张勤说，全国现在会说乌力格尔的就那么几个人，再不薪火相传，这门深受老百姓喜欢的宝贵艺术就消失了。楼没了可以再盖，树没了可以再栽，民间口头艺术要是没了，上哪儿弄去呢？有多少钱都买不来。

他说话间，我脑子里仍然回响着那些优美的旋律。在牧区，成为一个艺人就成了牧民的偶像，走哪儿都有崇拜的目光。这些学员是幸运的，在这里免费学习说书艺术，不光学到一门技能，还传承了文化。

第二天早起跑步，我看见一群蒙古牧民在天山镇边上的枣树山脚下祭敖包。他们给敖包献上了石块、奶食品、酒和鲜花，他们虔诚地一圈圈移步转诵。男女老少，肃穆虔诚，远看如一幅油画。祭祀的时候，他们的心浸在文化里，每个人都情愿沐浴在自己的文化河流中。文化表面看是艺术样式，内里是族群的心灵滋养，是他们与外部的沟通，就像湖水和草原之间的共生关系。我心里想的是，让乌力格尔鸡生蛋、蛋生鸡，牧民们想听就听得到，像我小时候看到的满屋子那片生动的脸庞。

土离我们还有多远

花日村在大雁山的后边。"花日"就是花儿，蒙古语"花"的音译。这个词也是对汉语的借用。蒙古语中，"花日"是花，"讷日"是名字，"觉日"是画，"怒日"是脸蛋子，"夏日"是黄，"穆日"是脚印，"海日"是珍惜，都好记。

为什么叫花日村？我问吉雅泰。

花日是外号，这个村的人爱种花，实际上叫大雁村民组。吉雅泰回答。

花儿——大雁，这些名字都好听，纯朴而遥远，以后人们会离它们越来越远。沈阳航空博物馆附近有一家"大雁肉烧烤店"，我看了——心情怎么说呢——无论人类遭受到怎样的旱涝灾害，都不必去怜悯，他们曾经对动物这么无情。

我们走上大雁山顶往下看，花日村没什么花，每家门口有三四棵柳树。房子没铺瓦，屋顶的泥巴被太阳晒褪色了，捎白。土埋在地里原本都是新鲜的黄色，土也氧化了。进村，见每家窗下摆四五个木制箱子。不是蜂箱，是花箱。

冬天卖橘子的木制包装箱，里边垫一层塑料布，盛土栽花。

这些土可了不起。吉雅泰说，草原没有土，是图卜勋老汉套驴车从外地拉来的土。

草原没有土吗？这真是个奇怪的说法。广阔的草原怎么会没有土呢？草原难道是塑料的吗？然而，草原真的非常缺土，或者说绿浪翻滚的草原只有薄薄一层的表皮土。这层土珍贵呀，它是无数青草用根须编结的半尺厚的土毡，是草原的衣裳，下面的流沙无止无休。鄂尔多斯草原水草丰美，它也是央企主力煤田的所在地。《半月谈》杂志2010年第10期报道："那里有上湾、榆家梁等千万吨级的矿井，高管每年拿几十万元的工资。采矿的结果造成地表塌陷，植被枯死，水源渗漏，土地不长草。"没土了，怎么长草？煤矿开采区的牧民背井离乡，生活穷困。煤采完，草原失去黄金般的土，将变成永远不适合人类和动物生存的无人区。

蒙古人珍惜草原，包括珍惜这一层薄薄的土，它是草原有血有土的皮肤。剥掉这层皮，草原就死了。祖祖辈辈鲜花盛开的故土，死在了GDP上。GDP变成了剥皮抽筋的代名词。野花在草原盛开，野花只用它自己脚下的一盅土。它怀抱自己的土，死后又用枯萎的枝叶填充自己用过的土。除了土，野花一生什么也没有，它们知道报答。

牧民们不挖草原的土栽花。草原的花儿比海洋的浪花还多，还需要在自己家里栽花吗？要想栽，自己去弄土吧。就像花日村每家门前摆的木箱子，土像在河床里那样细腻，挤在木箱里，举着娇艳孤独的花朵，如礼物。

图卜勋的家住在村子最东边，比别的家低矮。屋顶西北角已经露天了，还没用泥抹上。门口大鹅叫，老人猫腰从门口走出。他身高一米八多，开口笑，两撇灰胡子从上唇垂下来。

看花来了，吉雅泰说。

嗨，都是乡下的花。图卜勋双手在裤线上蹭。他的花木箱放在窗台上。一箱秋海棠，个头矮小，紫红的花瓣像蜡做的。一箱三色堇，也叫猫脸花，每朵花上有蓝、黄、白三种颜色。还有一种花的茎像注满了水，躺在土上不起来。它的叶子如小香蕉，肉乎乎的。

这是什么花？我问。

太阳花嘛。今天阴天，它不开了。老汉说，它的脾气很怪，太阳出来才开花，红的黄的小花。

老汉指着那箱高棵的花，这是指甲花。春天的时候，苗是红梗就开红花，白梗开白花，它们不骗人。

老汉笑起来，皱纹遮住了眸子。他说，指甲花也有脾气啊。花儿谢了，胳肢窝长出一个小口袋，不能碰，一碰就像弹弓那样，把种子射出去了。

这是好事啊，吉雅泰说，自动播种机。

这个事都是瑙浩做的，老人说。

瑙浩在蒙古语是"狗"的意思。我说，狗聪明。

不是。老汉喊：瑙浩，瑙浩——

跑过来一只白爪白嘴的小黑猫。

老汉说，它名字叫瑙浩。秋天了，它上窗台专门碰指甲花那个小口袋，然后去抓蹦出来的种子。

黑猫舔舔白爪，像说"是这么回事"。

养花的土是你用车拉来的吗？我问。

是，我干不动活了，套驴车拉点土，送给各家种花，也有种柿子的。老汉回答。

咋不上草原取土？我问。

那不行，咱们从来不挖土，土下面就是沙子。你看那些出夏营地的牧人，他们套牛车走，在这个地方支蒙古包住两个月。回家了，把木头楔子拔出来，土踩实。你在草地上钉一个楔子，拔下来不踩好，这块土就破了，像伤口一样，不长草，沙子从下面冒出来。嗨，土就像肉一样，咱们不破坏它。

什么人破坏土？

唉，老汉叹气，伸胳膊指门外，外边来的人都破坏土。他们不心疼土，开矿呀、种西瓜、种药材，第二年再换地方。种过地的土全都沙化了。开矿更完了，河都完了。

你拉的土是从哪儿破坏来的？吉雅泰开玩笑问他。

我的土不是破坏。老汉挺直腰板说。春天，西拉沐沦河的冰化了，发大水。水退了，岸边留一尺厚的淤泥，我套车把泥拉回来。挖泥也不要在一个地方挖，第二年发水，让挖过的地方淤平。

离这儿远吗？

远，吉雅泰说，西拉沐沦河离这儿五十多里路呢。图卜勋老汉带着干粮，车上拉着瑙浩，还有咪咪——咪咪是他家狗的名字，到那里拉土，一回拉五六个木箱的土。

图卜勋笑，他的脸、脖子和胸膛都是红铜色。他举起四根手指，一回拉四箱土，一箱十斤吧。

名叫咪咪的细腰黄狗跑来，坐地上看老汉伸出的手指。

老汉的儿子和女儿都在日本留学，吉雅泰介绍。

老汉笑着伸出三根手指，孩子在日本工作三年了。他说，看看我的驴车吧。

绕到房后，我大吃一惊，驴车上扣一个驾驶楼。铁皮钻眼，穿牛皮绳子系在驴车驾杆上，驾驶人坐铁皮楼子前面。

现代化，老汉说。

小毛驴拴在车边上,低头吃帆布袋子里掺黑豆的干草。图卜勋套毛驴,咪咪和瑙浩迅捷地钻进驾驶楼,坐在人造革长椅上,从风挡玻璃里严肃地向外看。

你们坐上吧,绕村子转一圈,老汉邀请。

不坐啦,我们谢辞。

毛驴抬头,仿佛闻空气有什么味道。南风捎过来草的气味,我想起西班牙诗人希梅内斯写给小灰毛驴普拉特罗的诗:"这路边的花多美呀。许多牛啊、羊啊,还有人,从这些美丽的花旁走过。而花呢,仍旧立在路旁。花的一生就是春天的一生。然而普拉特罗,如果我们让这些花在秋天也为我们开放,用什么办法让它们永远鲜艳呢?"

我见过爱钱财、爱肴馔以及爱珠宝的人。我也见过爱土地的人,但他们仍然把土地当作母鸡生农作物的蛋。图卜勋老人是我见到的最爱泥土的人,仅仅是土,就让他欢喜不尽。村里像蜂箱一样栽着鲜花的土,是他赶车从河边拉来的。而草原上的土,在他眼里是一片不能触碰的血肉。

我有些走神了——我所想的是——以后我们的国土会不会没有土了,被风刮跑或被河流冲入海里。土,这个最土气的词将会像矿产资源一样成为珍稀品,应了那个词——"稀土"。春天里,北京、石家庄、沈阳的人为沙尘天气所刮来的土而责怨。细密的土落在人的衣服和车上,让人烦。然而,它们仍然是珍贵的土。以后土搬家了,甚至沉入黄海,永不返回陆地。再往后,刮在人脸上和车上的全都是沙子,想见土已经见不到。这不是妄言,沙漠的风里,没有一点点土。

中国人如果为了工业化而丧失蓝天,丧失鱼儿游弋的河流,最后连土都不复拥有,后代会说他们并不需要工业化,他们想有一片有土的国土。成吉思汗陵所在的伊金霍洛旗乌兰木伦镇的108个自然村已经有49个丧失了土地,因为采煤抽水而塌陷,这些村子消失了。

图卜勋把两箱花装到车上,说送给村西的白喇嘛。驾驶楼里的猫狗把爪子搭在木箱上,花朵在它们鼻子前面摆动,使它们像在嗅花的香气。图卜勋步行,在离毛驴一米之远的地方挥着鞭子。鞭子系一根细细的鞋带,上面拴着碎布条,打上去,驴也不会觉出疼。

(原载《民族文学》2017年第6期)

腾格里的另一种解读

◎郭保林

一

腾格里沙漠不属于宁夏，它的大部分面积在内蒙古阿拉善盟和甘肃的武威地区。横空出世的贺兰山以其雄浑的躯体遏止住了它东扩的欲望和野性的狂妄，留给银川平原一片绿色的安谧。但是在贺兰山和中卫山还未来得及衔接的一瞬间（这一"瞬间"凝固了，它们永远不可能衔接了），腾格里乘隙奔突东来，将一片沙滩愤怒地倾泻在黄河岸边，积高百米，向宁夏崭露出它暴躁的情绪和狰狞的头角——这就是被世人称作的"沙坡头"。

沙坡头如今已成举世闻名的风景胜地。那一轮轮桀骜不驯的沙丘被聪慧的宁夏人用一米见方的"方草格"织成的巨大网络死死地罩住了。草格间栽满了耐旱的芨芨草、梭梭柴、骆驼刺和沙柳。远远看去像一片绿洲。一天，联合国的官员来到这里，惊叹道："这是人类征服沙漠的典范！"于是沙坡头便名扬四海了。

我对沙漠并不陌生，新疆的塔克拉玛干沙漠，古尔班通古特沙漠，内蒙古的巴丹吉林沙漠，毛乌素沙漠，都曾留下我趔趄的履痕，来去匆匆，岁月匆匆，也许风沙早把它们抹平了，或者说沙漠早把我忘记了，但我还记着它们。萧萧漠风曾打疼了我的脸颊，炎炎烈日曾晒暴了我的肌肤。雄浑、寥廓、旷博，沙漠里蒸腾而出的那种肃杀般的苍凉悲壮气氛至今还弥漫在我的心头。

苍凉是天地河汉间之大美。一部文学作品如果氤氲着苍凉的氛围，必然产生震撼人心的艺术魅力。因为悲剧最能展示生命最深刻的矛盾。中国人喜欢"大团圆"，喜欢"光明的尾巴"，但西洋文学作品都重视悲剧的展示，"悲剧是生命充实的艺术"（宗白华语）。人生的悲剧，历史的悲剧，万物毁灭的悲剧，总让人感悟出生命的痛苦，体验出更深奥的哲理。钟鼓馔玉、鸣钟列鼎的富贵，金堂玉户、琼楼仙阁的奢华，威加四海、势炎熏天的狂妄，到头来都是过眼烟云，留给后人的只是一抹苍凉。谁也无能力与时间抗衡。毁灭之神啊，你在吞噬一切！

好啦，现在我已走进腾格里大漠，穿过沙坡头绿洲再往前走，便看到腾格里铺张扬厉恣肆汪洋的面目：满眼是浩浩荡荡的沙丘，雷同化的毫无个性的沙丘犹如大海的波浪，汹涌澎湃地拍天而去。沙涛无声，皇皇大漠是一片起伏跌宕的空旷和静寂。西斜的阳光照耀着沙海，细沙反射着阳光，刺人眼睛。天空蓝得透明，几缕若有若无的白云，像缥缈的梦幻。大漠似乎被太阳煮熟了，蒸腾着热辣辣蜃气，一种火的战栗，一种凌轹的笼罩。贾谊客居长沙时曾感慨道："天地为炉，造化为功；阴阳为炭，万物为铜。"我不知道此公在江南风景佳胜之地怎么发出如此感悟，如果是站在腾格里的沙丘上，此言更真切了。

时值四月，还不到燠热的盛夏。"四月是死亡的季节"。艾略特大概也弄错了位置，是不是把荒漠当成了"荒原"？四月的沙漠是沙尘暴最活跃的季节。我经历过沙暴天气，那是几年前在塔克拉玛干大漠。人在沙尘暴里行走，轻薄得像一张纸，像一个影子，一不小心就会被卷到空中，然后被狠狠地摔到沙丘上，生命转瞬间消失。地球上有十处沙尘暴发源地，中国占有两处：一处是塔克拉玛干沙漠，一处是阿拉善的荒漠地带，也即腾格里沙漠。沙尘暴和地震、洪水、火山爆发一样，自古以来都未停止过，它是大自然万物消长的一环，是天体运作的一道程序。早在汉唐时代，沙尘暴就不断出现，边塞诗人岑参曾描述道："君不见，走马川行雪海边，平沙莽莽黄入天。轮台九月风夜吼，一川碎石大如斗，随风满地石乱走。"这是岑参描写塔克拉玛干大漠沙尘暴的情形，轮台是古丝绸之路的一个驿站。还有陈子昂"黄沙幕南北，白日陷西隅"，写的是河西走廊黄沙飞扬，疾风肆虐的场景。

历史上许多名城都被风沙掩埋了，罗布泊湖畔的米兰、尼雅、楼兰，早在一千六百多年前都化为了废墟，大夏王朝的赫连勃勃的皇都——统万城，建城不到五百年，就被沙尘暴吞噬了，还有繁华一时的黑城子，也早已成了沙尘暴囊中之物了。

现在风沙俱净。太阳已经西斜，沙丘沐浴在温和的阳光下，温情脉脉，那风蚀的沙纹犹如池塘里娓娓荡漾的涟漪。阳光照耀的一面，又像少女的胴体，闪烁着毛茸茸的红光，一种热烈的青春的象征。这时，我想起青海已故诗人昌耀的诗句："黄沙丘，亮似黄昏"。

沙坡头紧逼着黄河，如果不是人工植草种树固定了一座座沙丘，怕是黄河也要改道了，这高达百米的沙山对滔滔北去的黄河是藐视的。据说沙尘暴频频发生，每一场沙尘暴都有给生命带来巨大的灾难。是沙坡头这片小小绿洲保护了包兰铁路，使其几十年如一日地穿越腾格里沙漠未遭厄运。但是人类在大沙漠面前毕竟是渺小而懦弱的，沙漠每年仍然以十几米的速度向黄河逼近。

"大漠孤烟直，黄河落日圆。"眼前没有大漠孤烟，却有黄河落日圆的景观。

漠风轻拂，落日像燃烧殆尽的火球，火苗发出噼噼啪啪的声响，火星四溅，半个天空都灼红了。那一轮橘红的落日在掬水可以铸金的黄河波涛里沉沉浮浮，把一川风涛也烧沸了，浪花里迸溅着火星。天地苍茫，万籁俱寂，只有这苍凉的落日和古老的黄河弹奏一曲悲壮的乐章。

二

腾格里，蒙语的意思是天。走进腾格里大漠，我只感到语言的苍白、贫乏。语言是难以沟通人与自然情感的。这大漠的空旷和寂寥、凝重和静默，你很难用语言表达的。沙漠不是死亡之海，早晨，你会听到太阳抖落一身沙尘，艰难升起的步履声；月夜，你可以听月亮钻出沙海的沙沙声。沙洼间，沙丘与沙丘间的平地上，仍有耐旱的芨芨草、骆驼刺、梭梭柴之类的生命，坚韧而顽强地生长着，该开花时开花，该结籽时结籽，它们仍然用生命注释着春夏秋冬的更迭，记录着岁月匆匆的脚步。

有一天，我在沙漠里看到一棵马莲草，我被它惊心动魄的生命惊呆了：它孤独地耸立在一个小小的沙墩上。绿剑般的叶子倔强地抖擞着，愤怒地直指苍穹，展示着生命的高傲和放达。它下部的沙丘被风蚀去，暴露出庞大的根系，绛紫色，像憋青的脸，竭尽全力地支撑着苦难，支撑着一棵不屈的生命。那扭曲变形的根须，纵横交错，绵亘迂回，使我想起了东山魁夷那幅名画《根》，想起了罗丹的雕塑《三个影子》，想起了但丁，想起了孤苦伶仃的苏武，想起了受苦受难的耶稣。

走近它，我肃然起敬，我觉得它不是一棵草，是一尊神，是一尊生命的力神和战神。晨风吹来，那坚硬的叶子发出金属般的铮铮的响声，像奏响一部巴赫的《马太受难曲》。

我站在马莲草身边，心里涌动着酸涩和悲苦，我情不自禁地弯下身向它鞠躬：马莲草啊，"我不是向你膜拜，我是向人类的一切痛苦膜拜！"（陀思妥耶夫斯基语）。

这些年来我在西部跋涉奔波，我情感的河流里，总翻卷着凄苦的漩涡：这里的山，这里的树和草，这里的人和牲畜，从他们的身上我感到生命的苦难和世界的末日的苍凉，也使我更多地感悟到生命的崇高，爱的崇高。

我想起塔克拉玛干沙漠那片原始的胡杨林，那粗大高峻的树木大多数都已干枯死亡，枝丫断裂，露出白生生的骨骼，脚下是乱七八糟的残臂断肢；有的只剩下半截树桩，——如果你俯下身仔细察看树桩的横断面，会惊异地发现：那浅色的年轮构成畸形的图案，忠实地记录着它的争斗、痛苦、疾病、炼狱般的苦难，艰辛的挣扎，还有幸福和繁荣……树是很聪明的，知道没有人记载它的历史，便悄悄地用年轮将生命的每一个细节都写进它的自传。而今这些树木有的已枯死了数百年，上千年了，它们依然一动不动地挺立在沙漠里，像倾圮的神庙，像一场厮杀搏击后的古战场，这风景太悲壮太苍凉了。看到它，你会感到语言有时是人类最愚蠢的表达方式，人与大自然的对话，不能靠语言，最不可信任的是这些无生命的符号。

传说，塔克拉玛干的胡杨树，一千年不死，死后一千年不倒，倒下一千年不朽。只要有一条根，就拼命地扎进大漠深处，吮吸苦涩的水分，支撑着不死的树丫，绽出一片片嫩黄的绿叶。圆圆的薄薄的叶子像粘在树枝上似的，但是那是生命的信念，绿色的宣言。看到它们使人想到希腊神话中的酒神狄奥尼索斯的出生、爱情、冒险、死亡的悲剧。

那天，我和一棵胡杨树做了一场感情的交流：

我：你为什么生长在这死亡之海？

树：这是命运。命运注定我生存在这里。我父母年轻时，这里有河流，后来河流经不起风沙的袭击，逃亡了，只留下我们这些树。前面那棵是我父亲，后面那棵是我母亲，周围那些都是我的亲戚，我们原是一个很兴旺的家族。我父母都死了，只留下光秃秃的风干的躯体。我父母在世时生得高大健美，风流潇洒，不瞒你说，他们是树中的美男靓女……我们不能像你们人类随便可以迁徙——不是批评你们，那是人类对土地的不忠，对祖先的背叛。

我：这大漠里，夏天烈日炎炎，冬天风雪酷寒，即使春和秋也是沙尘暴肆虐的时节；这里没有蝴蝶的爱恋，没有鸟儿的歌声，你们不感到寂苦吗？

树：这一切我们都习惯了。苦难、寂寞，我们不怕，我父母在世时告诉我：受苦受难是一种伟大的创举，它可以净化灵魂，在苦难中获得新生。没有我们，沙漠真正成了死亡之海。我的父母，我们的家族都有过辉煌的历史。我的祖先就看见过班超和他的骑士，也看见过来往西域的商贾，他们的驼队还在我们身边歇息过，打过尖，晚上点燃篝火，围绕着我的祖先唱歌跳舞，度过一个寒冷的大漠之夜。我小时候还看见过成吉思汗的马队呢，成吉思汗，你知道吗？蒙古人的大英雄，他率领大军西征，就是从这里经过……实际上我们树的历史就是你们人类的历史。元朝有个诗人名叫马祖常，他不是你们汉人，如果我没记错的话，他是维吾尔族人，他写过一首诗："波斯老贾渡流沙，夜听驼铃识路赊。采玉河边青石子，收来东国易桑麻。"那时候，我们前面那条路上可繁忙呢，驼队、马帮，还有僧侣、征人，来来往往……如今路也被风沙淹没了，人影也不见了（老树伤心地叹了口气）。唉，我的日子也不多了，只要我还能绽出一片绿叶，我都要同风沙搏斗，坚守这里，守望着我们的家园。

我：你们守望家园的精神实在令人敬佩。可惜，我们人类精神的家园没有了，我生活的那个世界，是金钱喧哗、权力肆虐、病毒蔓延的世界……人类的末日也要降临了。

树：那是你们人类的悲剧，是你们人类自我导演的，你们逃脱不了末日的审判。这和自然界自身的灾难不同，洪水、地震、火山爆发、沙尘暴……都给地球的一切生命带来苦难。由于你们人类的贪婪、自私、欲望的恶性膨胀，这些灾难越来越频繁了，我相信，终有一天，上帝会惩罚你们的。

……

我离开塔克拉玛干沙漠时，和胡杨林拍了好几张合影，悲壮的胡杨林永恒地留在我的记忆里。

去年春天,我在河西走廊采访,那是行驶在武威荒凉的大山沟壑中。那山呈铁锈色,没有树,没有草,枯焦、干瘦,那山是一个死亡的躯壳。汽车穿行在沟壑间,山谷里有一条河流,早已干枯,河岸上只留下刀刻般的水纹线,醒着一缕河水的记忆。河畔有一方平整的土地,一个小村庄坐落那里。我们看到这村庄时,已经成一片年轻的废墟,武威的朋友说,人都迁走了,属于生态迁徙。村舍全是没有房顶的土墙方阵,土筑的院落,空荡荡地弥漫着一片死亡的气息。当我的目光扫描一阵,却发现有两间土屋,门窗俱在。屋后有一棵白杨树,高高地,孤零零地站在那里。我们跳下车,奔向那座土屋。令我们大为震惊,从土屋里走出一个老汉,像个幽灵似的,他头发花白,目光浑浊,吃力地打量着我们,一言不发。问起来,才知道,前几年政府动员他搬迁,他死也不愿离开这里,儿子、媳妇、孙子都走了,这两间土屋还有这个村庄只剩下他一个人了。他守着这村庄,守着这棵树,还有他放牧的一群瘦弱肮脏的羊——这简直是一个古老的童话。我问老人怎么吃饭了,老人说,每隔半月二十天,他儿子就开着车给他送些干粮、面粉、水和蔬菜。他说,他和这山这河都有着血缘关系,小时候,山上有草,河里有鱼,夏天在河里抓过鱼,冬天在河上滑过冰,现在河干了,草死了,山也死了……他眼睛里蕴含着悲怆,脸上是一片木然。老人又说,村里人都走了,我不走。他指着对面山坡说,那里有他的爷爷奶奶,爹和娘的坟——其实很难看得清,那坟堆和大山融在一起了。这土地是他们家族生活过的地方,有他的根,有他的神。

我倾听着老人的叙述,虽然方言味很浓,断断续续,语句不连贯,但我感到惊心动魄,有一种震撼灵魂的力量。这是人类最高贵的精神,人类就是凭着这种精神而生存。爱的力量比死亡更勇武百倍。

后来的事情,武威的朋友告诉我,那老人在去年冬天死了,是一个风雪天,老人为寻找一只走失的羊,从山上摔下来,死了。他儿子半个月后才找到他的尸首,用屋后那棵树做了一口棺材,把老人安葬在"祖坟"上——从此,这个村庄从地球上真正地消失了。老人用他的生命为这个村庄画下了一个令人伤感的句号。这消息,使我心情沉重,其实我和那位老人只有一面之交,姓甚名谁都不知道,但一个巨大的命题却始终盘绕在我的脑海:人啊,你究竟是什么？

现在让我们再回到腾格里沙漠，回到马莲草身边。马莲草绽蕾了，开花了，倔强地挺立着，蓝得纯净，蓝得深沉，像天空，像海，在这荒凉和寂寞里，默默地生存，默默地繁衍。这小小花朵里，这纤弱的枝茎里，蕴藏着多少世俗的、冷漠的、庸浅的眼光无法诠释的生命意志和力量啊！

我心里萌发出一个伟大的主题：双手举起相机，颤抖着手指按下瞬间和永恒——这是世界上最辉煌的风景，这是羌笛哀怨、春风不度的腾格里生长出来的春天！感谢马莲草，感谢沙漠，感谢阳光，感谢风，感谢天地日月之精华，共同打造了生命的神圣和庄严，为人类的精神世界展示一个全新的经典！

这伟大的灵魂是虔诚的，面对炼狱般苦难，你是苦行僧，又是欢乐佛。而我们生活在富裕的城市和肥腴的土地上，心灵却那么浮躁、迷乱，灵魂那样荒芜和苍白。欲望之火已把城市烧成灰烬，人满为患，金钱肆虐，权力纵横，已使我们的日子长满霉菌；我们的生活已被看不见的竞争的魔爪撕得支离破碎，鲜血淋漓。

四月的阳光照耀着腾格里空旷的大漠，没有风，腾格里是一片苦涩的静默。这时，我感到彻骨的孤独，一种被遗弃的感怀，涌上心头，我的心酸酸的，只想掉泪。

三

腾格里沙漠虽然已有火车通过，现代化的交通工具并没有彻底淘汰古老的沙漠之舟——骆驼。它们依然默默无闻地步履稳健心无旁骛地，跋涉在茫茫的风沙线上。高昂着头，微眯着眼，将信念和毅力，忠贞地写满重重叠叠的沙丘。

那是一个晨光初露的早晨，我漫步在沙丘间，大漠在粉红的霞光里变得温柔、迷人。沙质极为细腻，鎏上一层薄薄的霞光，犹如铜浇金铸般的高贵典雅。天空由黛蓝色变成瓦蓝，蓝晶晶的天，透明的空气，鲜丽的朝霞，使人感到大漠并不荒凉，沙丘波涛起伏，犹如奏响一曲无声的滂滂沛沛的乐章。

就在这时，我隐隐听到一声声驼铃——叮咚叮咚，从大漠深处传来，犹如深山里的泉韵，有一种寺院晨钟梵音般的庄严。

千里驼铃动朔方。我想起了古人的诗句。久违了，大漠的骆驼。

骆驼是大漠一页鲜活的历史，这些古丝绸之路的拓荒者的后裔们依然穿梭在这风沙线上。看见它们总想起古代和中世纪那波斯老贾或是汉唐的商人，赶着驼队，满载着波斯的玻璃、胡麻、苜蓿、葡萄干、绿豆、宝石等等，和从中原装载的锦帛绸缎、茶叶、陶瓷、铁器……长长的驼队跋涉在戈壁旷漠，缰绳联着缰绳，驼铃声伴着驼铃声，像一曲雄浑而又悲壮的慢板，奏响在风路浩浩沙路浩浩的天地间。炎炎烈日，萧萧风沙，骆驼和拉驼人已饥渴难忍，但他（它）们依然艰难地行进。骆驼高昂着头，微眯着眼，目光蕴含着信念，步履稳健，不急不躁，那种坚韧和毅力，那种雍容大度和充满自信力，使你会感到一种敬畏。这些伟大的独行者在传播着友谊和文化。一条古丝绸之路编织了几千年人间动人的故事和史诗。

骆驼是苦难的象征，是上帝派它们来到人间，与人类一起历经苦难的洗礼。诗人们把骆驼比作放逐者，放逐者自有放逐者的旷达，他决不屈就强加的忧患，更藐视令人窒息的浮华。这古老而荒凉的沙漠，留下它们深深的蹄窝，那是先哲的诗行，是特立独行伟大秉性的传记。

太阳湮灭在大漠中了。大漠梵天净土般的幽静，落日的余晖映照在沙丘上，犹如灵柩前熊熊燃烧的火烛。一枚生锈的古箭镞裸露在沙滩上，像古老的符咒和占卜，恐怖和肃穆伴着萧萧暮色的降临，大漠出现一种幽冥和恐怖的宗教氛围。沙丘上的沙蒿和梭梭草像魔鬼乍散的毛发，在夜幕中恐怖而狞厉。风吹过，索索有声，像念着谁也听不懂的咒语。天地间寂然如梦。

孤独的驼队和孤独的商贾就地露宿。骆驼围成一座驼城，拉驼人就依偎在骆驼温暖的怀抱里，喝上几口烧酒，吃上几块干巴的馕，便对着初升的新月，弹奏一支曲子，那凄清的胡琴的旋律，像神曲一样在月色里飞翔，像幽魂一样在大漠里游荡。

腾格里大漠是古丝绸之路必经之路。从咸阳出发的商贾驼队就是沿着萧关道，经灵武过中卫，进入腾格里，然后到达古凉州，再沿着河西走廊跋涉而去。我曾访过一位驼人的后代，他说他的先人就是"骆驼客"。赶着六七十匹到上百匹骆驼，最远到达过现在的阿富汗、伊拉克，往来一趟八九个月到一年。

他说：骆驼是天生受苦受难的角色，常常几天吃不上草，喝不上水。忍饥受寒，满载重负，却无怨无悔。骆驼食量大，一口气能吃六七十斤草，饮好几桶水。骆驼的食物都很粗糙，沙棘、梭梭、骆驼刺，很坚硬的枝叶，枝条上还长着满疙针，它用舌头一裹，全进了坚强的胃。

他说，骆驼最通人性，温厚笃实，对孩子妇女都不欺生，只要缰绳往下一抖，它那高大的身躯就很驯从地卧倒在地，让你骑在它的双峰间。风一程，沙一程，它会把你安安全全送到目的地。骆驼的记忆性很强，凡是它经过的地方，它能记住哪里有草，哪里有水，哪里适合拉驼人休息。它的嗅觉非常灵敏，能闻到几公里外的水草味。过去"骆驼客"骑上头驼，把后面的骆驼用缰绳连在一起，你尽可背依驼峰打瞌睡，凭着节奏舒缓的驼铃声，你可以放心地让骆驼们走下去。

他说：现在虽然有了飞机、火车、汽车，有了高速公路，现代化交通工具很发达，但大沙漠里仍然离不开骆驼，这古老的牲口，伴随着人类走过了几千年的历程，只要沙漠存在，它们仍然伴随着人们继续走下去。什么秦皇汉武，什么唐宗宋祖，说白了，是骆驼开辟了一条伟大的丝绸之路。

听罢年轻人的讲述，我对骆驼肃然起敬，骆驼被世俗称之为"四不像"，其实正是它集中许多动物的优点，才适应这艰危的生存环境和苦难而粗糙的岁月。它的脸型像猴，耳朵像牛，脊梁像龙，嘴巴像兔，大腿像鸡，鼻子像狗……几乎囊括人的十二属相。这十几种动物的灵魂铸造了沙漠的怪物，这是上帝赐给人类的助手。

我想起元代诗人马祖常的诗句：

贺兰山下河西地，女郎十八梳高髻。
茜根染衣光如霞，却召瞿昙作夫婿。
紫驼载锦凉州西，换得黄金铸马蹄。
沙羊冰脂蜜脾白，箇中饮酒声渐渐。

诗中的河西，就是指黄河以西地区，也就是今日的银川平原。沙羊，就是沙漠中的羊只，今称滩羊，宁夏五宝之一——滩羊皮，就出产于此。这首诗画出一幅宁夏一带浓郁的风俗画。那时，宁夏有招赘僧侣做丈夫的风俗，也反映出元代西域与内地经济贸易状况。

马祖常还有诗句："橐驼驯象奴子骑"，橐驼即骆驼，那意思说连小孩也可以骑。

马祖常不是汉族人，他是"雍古特部"，即维吾尔族中的贵族。他曾在灵州一带生活过，对宁夏的风物地理十分熟悉，也对北国风光格外迷恋。他另一首著名诗篇《河湟书事二首》（其二），更生动地描写了古丝绸之路上的拉骆驼的商贾跋涉大漠的形象："波斯老贾渡流沙，夜听驼铃识路赊。采玉河边青石子，收来东国易桑麻。"

叮咚叮咚，远处的驼铃声更清晰了，也更动人了。一队浩浩荡荡的骆驼，首尾相衔，出现了一种古典诗词的意境，使人振奋，又让人悲凉。这时，太阳已高高升起，朝霞鲜丽得像一幅水彩画，阳光温柔的光芒照耀着辽阔空旷的大漠。重重叠叠的沙丘，波涛翻腾，无边无际。沙漠之舟，多么生动形象的比喻，一叶驼舟，迎着风涛沙浪，行驶在漠漠天地之间。那声声驼铃，犹如贝多芬的《命运交响曲》，悲怆雄浑的乐章演释着人类命运的塞涩和苦难。

叮咚叮咚，古丝绸之路的驼铃凋零了，后来的骆驼仍然记住了它们的道路。

（原载《山东文学》2017年第6期）

瓦当，或涂满蜜和蜡的蜂房

◎王　彬

中央文学研究所成立于1950年，位于鼓楼东大街今之263号。

由于某些机缘，我先后拜访了三次。一次是2006年的冬季，为了纪念鲁迅文学院函授教育二十周年；一次是2010年的春天，为了纪念鲁迅文学院建院六十周年；一次是2010年的9月9日。第一次是为了拍摄纪念片，第二次是为了制作纪念册，第三次是为撰写这则短文。之所以频繁地来到这里，是因为，鲁迅文学院的前身是中央文学研究所，来到这里，不仅仅是为了吊问，更多是为了追寻历史，寻找她在记忆之中曾经的辉煌与沧桑。

263号的主体是四合院，西侧是跨院。四合院三进。第一进的东南是金柱大门，大门之后是一个宽博的大院落。第二进北部是正房三间，耳房两间，东西厢房各三间，南房，也就是倒座，六间，西侧有一间耳房。第三进的北端也是正房，有正房三间，东西耳房各一间，东西厢房各三间。

四合院的西部是两个东西贯通的跨院。西院北侧有一座两层楼房，每层六间，南侧是三间平房，平房的西侧是两间低矮的房子。与西院相通的东院，北部是一座西式平房，曾经有宽大的走廊，共五间。平房的对面是用木头搭建的棚子。

跨院的西院，植有一株枣树；东院植有两株槐树，一株是国槐，另一株是洋槐，都是胸径很粗的大树了。国槐的北边种有两畦洁白的玉簪，而在第一进院子的东北还有一株高大的榆树，在饥馑的日子里，它的果实，浅黄色的——北京人叫榆钱，可以充饥。曾经在南朝做官，后来被迫淹留北朝的庾子山在《燕歌行》中写过这样两句诗："桃花颜色好如马，榆荚新开巧似钱。"桃花的颜色为什么要与马发生联系，难道马是胭脂颜色的吗？如果是在北部的边地，一位曼妙女子骑在一匹胭脂一样颜色的骏马上，该是一种什么样子的情景？据说，榆树开一种淡紫色的花朵，但是我却从未注意过，这就是我的粗疏了。庾子山呢？"代北云气昼昏昏，千里飞蓬无复根。寒雁嗈嗈渡辽水，桑叶纷纷落蓟门。"心境是悲抑、惨恻的。

在第一进的西北部还有三间北房，我怀疑不是原物而是后日新筑。263号，四合院加跨院，大大小小有五十四间房子。

我之所以斤斤计较房子的间数，是因为在鲁迅文学院的档案室里，保存有筹建中央文学研究所需要购置房子数量的两份文件，一份是"一百五十间至二百间"，一份是"一百间"，而这里的房子只有五十四间，约当前者的三分之一或四分之一，后者的一半。剩下的房子在哪里呢？在263号西部什刹海的银锭桥之南，有一条叫"北官房"的胡同，在那里也有一座四合院，曾经作为学员宿舍，那个地方我也去过，插秧似的挤满了各式各样丑陋的小棚子。当然，这是现状，而在当时自然不会是这样。住在那儿的学员每天至少两次穿过银锭桥，所谓"眼波流转在眉心处"的地方，晤对朝青暮紫的西山岚影，怎么想都是赏心之事。现在呢？而这里，263号则相对疏朗，还保持着畴昔格局，这在北京的四合院已然十分难得了。北京的四合院是按照九宫格修造的，四周的坎、艮、震、巽、离、坤、兑、乾八宫与中央之宫，合称九宫。庭院处于院落正中，即中央之宫，是家人休闲、聚会的公共场所。私自搭建的棚子是将公众的场所挤占，公器私用从而破坏了九宫的布局。

新中国成立初期，许多院校在北京城内选择校址，中央音乐学院占用了鲍家街的恭王府（南府），人民大学占用了段祺瑞的执政府，中央戏剧学院占用了靳云鹏的宅子，此公做过北洋政府时期的总理，是当时的煊赫人物，这些校址都是百亩以上大宅。人民大学后来迁徙海淀，将原址改建为宿舍，那两所学院至今没有搬迁，弦歌不辍，而中央文学研究所却是命运多舛，1957年11月，沙砾似的被一场罡风吹散，从此再未回来，在这个地方办学不过是七八年的光阴而已，虽然如此，却为新中国培养了那么多的优秀作家，马烽、陈登科、邓友梅、徐光耀，从1950到1966年"文革"前夕，仅以电影为例，影响大者，我们的学员便提供了如下剧本：

  徐光耀：《小兵张嘎》；
  马 烽：《我们村里的年轻人》；
  董晓华：《董存瑞》；

和谷岩：《狼牙山五壮士》；

白　刃：《兵临城下》；

梁　信：《红色娘子军》；

朱祖贻：《甲午海战》；

这些都是新中国成立十七年的经典影片，却在十年动乱中全部被践踏抹黑。

近年，关于新中国成立以来培养作家机制的研究颇有流行之态，我读过类似著作，论及中央文学研究所的教学，与学员的创作成就似乎颇有可以推敲之处。

曾经在这里任职的有这些人物：丁玲、田间、公木、邢野、梁斌、康濯、吴伯箫、蔡其矫，等等。梁斌在这里创作了长篇小说《红旗谱》。邢野撰写了电影剧本《平原游击队》。公木是八路军军歌，后来改称中国人民解放军军歌的作者。这首歌词曾经被镌刻在北京宛平抗日战争纪念馆大厅的梁栋上，后来重新布展看不见了。怎么会是这样呢？他们那一代人，不少人是从抗日战争的硝烟中走来的。对我们这一代人，吴伯箫是难以回避的，他的两篇散文《记一辆纺车》与《菜园小记》被收录在当时的中学课本里，而前者中的有些片段至今记忆深刻：

> 熟练的纺手趁着一线灯光或者朦胧的月色也能摇车，抽线，上线，一切做得从容自如。线绕在锭子上，线穗子一层一层加大，直到大得沉甸甸的，像成熟的肥桃。从锭子上取下穗子，也像从果树上摘下果实，劳动以后收获的愉快，那是任何物质享受都不能比拟的。这个时候，就连起初生过纺车的气的人也对纺车发生了感情。那种感情，是凯旋的骑士对战马的感情，是"仰手接飞猱，俯身散马蹄"的射手对良弓的感情。

"仰手接飞猱，俯身散马蹄"，革命与生产原来可以和才高八斗的曹子建这样对接。然而，我更喜欢的还是那些对萌动中的新芽的描述："条播的行列整齐，撒播的万头攒动，点播的傲然不群"，带着笑发着光充满了无限生机。"那年蔬菜丰收。韭菜割了三茬，最后吃了薹下韭（跟莲下藕一样，那是以老来嫩有名的），掐了韭花。春白菜以后种了秋白菜，细水萝卜以后种了白萝卜。园里连江西腊、波斯菊都要开败的时候，我们还收了最后一批西红柿。天凉了，西红柿吃起来甘脆爽口，有些秋梨的味道。我们还把通红通红的辣椒穿成串晒干了，挂在窑洞的窗户旁边，一直挂到过新年。"在物质匮乏的年代，读这样的文字会给人何种感受？只是我当时尚幼，没有那么多想法。现实是我至今没有机会品尝薹下韭，藕一样洁白脆嫩，有秋梨一样味道的西红柿。"夜雨剪春韭，新炊间黄粱"，吴先生在文中只取前半，结论是老圃种菜，应该比诗歌还要清新。

那时候，最优秀的学者与作家经常莅临授课，郭沫若、茅盾、老舍、曹禺、艾青、叶圣陶，使得知晓这段历史的人，于此踯躅时的心境是复杂的。我也浸浸在这种幽寂的心境里，因此观察起来格外认真。在二进院东南，有一座小巧的角门，我注意到那里的屋顶，在北京，非大式建筑采用板瓦，而院内的小型建筑，垂花门、抄手游廊一类的顶部却采取筒瓦——小型的筒瓦，以及与其配套的瓦当与滴水。

瓦当位于瓦垄末梢，当大面积的筒瓦从屋脊奔赴而下，在接近屋檐的位置戛然而止的时候，其原因就在于瓦当，将瓦挡住，因此瓦当是应该倒读，读"当（挡）瓦"的。滴水位于瓦沟末端，从屋顶倾泻的雨水通过滴水流到地平，保护屋檐以下的构件不至遭受雨雪侵扰。无论是瓦当还是滴水都有一个外立面，细心的匠人往往在上面雕琢精致的团寿图案，这里的瓦当也是如此。滴水呢？这里是荷花、水波与莲蓬，既有花瓣的精微也有蓓蕾的夭妙，翠绿、饱满的莲蓬的折枝呀，缭绕着轻纱一样微皱的水波，站在这样的滴水下面，即使在盛夏炎炎也会感到习习凉意吧。

这当然只是我的一点春梦似的感受，现实是角门早已苍老，承托瓦当与滴水的飞椽、瓦口与大连檐也错位变形了。时间的风沙毕竟吹袭了六十年，难免不刻印折痕的粗粝，而瓦当与滴水能够保存得如此之好，说明当时工匠的缜密、认真而使人难以释怀，当然，难以释怀的还有曾经以其为驻地的中央文学研究所，她的辉煌、苦难与挫折，想到中央文学研究所的第一任所长丁玲，想到漂亮、骄恣的莎菲女士、充溢体温的《不算情书》，想到霞村美丽的天主教堂，想到浑阔、湍急的桑干河，在桑葚熟透的季节，川流会是深郁的紫色吗？想到"纤笔一枝谁与似，三千毛瑟精兵"那样的褒扬，当然也想到她的厄运与那样沉痛的话。1984年7月26日当在医院治病的丁玲听说中共中央书记处批准了关于为其恢复名誉的通知以后，脱口而出，说出了这样一句话："这下我可以死了！四十年的沉冤，这次大白了！"随即她打开录音机，录下了："我死之后，不再会有什么东西留在那里，压在我的身上，压在我的儿女身上，压在我的亲人身上，压在我的熟人我的朋友身上，所以，我可以死了。"读这样的话，是足可以使人堕泪的。

近日，在微信里，读了一篇王蒙先生的文章，大意是张（爱玲）粉无数，丁（玲）粉寥寥，叹息在丁的周围，晚年缺乏一位高明顾问。时代的列车已然疾驰到另一个轨道，她却还在旧轨道上加速前行。张与丁，包括萧红，均是一时瑜亮，但是民族立场却云泥立判。孔老夫子说"行己有耻"，孟老夫子云"知人论世"，这些话似乎都被淡忘，时下的读者应该是这样的吗？然而，时下的读者就是如此。有研究者认为，丁玲是现代文学中最早的女性主义者，她的人与她手写的文字是带着血液的温度流进读者心灵深处的。然而，这只是早期的丁玲。1936年，丁玲奔赴陕北，而那时中国的革命文化已经开始进行以农民为中心的转移，与左翼文人的追求错过了半个街口而渐行渐远，丁玲后半生的蹉跎就在于此。这当然是丁玲与时代的纠结，是丁玲以及曾经的左翼文人悲剧所在吧！

有一年，我与一位中央文学研究所的前辈闲聊，他那时即将退休，曾经在那里读书，后来留下工作，再后贬到边地，是一位我十分敬爱的长者。我那时觉得他的年纪已经很大了，而现在我已经超越了这个年龄，说话的时候，他突然眯上眼睛说了这样一句话，我觉得应该是一首短诗，或者是一首诗的片段，只是没有采取读诗的声调而已，因此至今没有忘记：

> 我是一只灰色的鸽子，
> 只有在飞翔的时候，
> 偶然露出红色的羽毛。

为什么在飞翔的时候才露出红色的羽毛？如果是一只红彤彤的鸽子？在哪里都放射炫目的光线，又会怎样？

1704年，英国作家斯威夫特出版的《书籍之争》，讲述了这样一个故事，说是有一只蜜蜂和一只蜘蛛，辩论谁对人类的贡献大？蜘蛛呢，说了一堆理由，很是得意。但是，在听完蜜蜂所说之后不再做声了。辩论的结果是蜜蜂赢了。蜜蜂说："我们用蜜和蜡布满我们的蜂房，这就给人类提供了两样最高贵的东西：甜蜜（sweetness）和光明（Light）。"在这个故事中斯威夫特把作家比喻为蜜蜂，辛苦酿蜜为人类提供甜蜜与营养；以蜡制烛，为人类提供光明和知识。作家是这样，培养作家的人，丁玲以及她的同事——当年、与日后的，以及培养作家的场所，中央文学研究所、中国作家协会文学讲习所与追踵其后的鲁迅文学院，当然也是这样，犹如一个涂满蜜和蜡的蜂房，为祖国恢宏而美好的星空提供甜蜜与光明。

（原载《美文》2017年第7期）

冬天，在百万人的村庄

◎纪　尘

一

又一个冬季来临。

欧洲一座城市的一间地下室里，我端坐床前，如一只蛰伏的蝉。

圣诞就快到了，雪却还没开始下，明黄色的灯下，几枚干瘪的无花果有气无力地挂在枝头——在这座德国的城，这些需要大量阳光的果实永远都来不及抵达成熟。

一只蜘蛛无声地从灯罩爬出，又无声消失在衣柜与墙的夹隙。暗红的蜡制圣母子像在墙头神情温柔、沉默不语，就像这冬天，就像——创世纪以来的所有寂静日子。

偶尔有脚步声传来，那是丈夫的家人，也或者，是那位年轻的埃及裔女租客。在这阴霾的冬日早晨，他们将裹上厚厚的围巾和大衣，在拉开门的瞬间呼出一团白气，然后在寒风中渐行渐远。

还有一些动静。那是经过的路人，他们的衣着永远是灰和黑。他们不会知道，一幢古老的白色建筑里，稀疏的冬日植物下，有一双眼正以仰视的角度，不动声色地打量他们的羊绒手套和深色皮靴。

室内钟声嘀嗒。

那是个有着百年历史的落地老木钟。站起，打开两米高的钟门，将沉重铜坠用力向上拉——每几天我便需要重复这动作一次。这是使钟保持持续运作的唯一方式，而我，是时间的制造者和守护者。

一束鲜亮射入眼帘。

经过的身影依然是黑色的，但从口袋伸出的一截一闪即逝的大红指甲，就如划过漆黑的光。她就这样明亮地走在冬天的寂静，仿佛路的那一头站着爱情。

将暖气拧小，将窗打开，冷空气便在亚热带季风性气候下成长起来的麦色皮肤上骤然流淌。

想起了中国南方的家乡，由于潮湿，也有可能，由于记忆的遥远，那里的冬有着更为迫切凛冽的冷。若把手伸进水里，指节会因刺骨冰寒而疼痛不已，还有大风，从城头到城尾，整夜整夜呼啸不停，猛烈惊悚如世界末日。

可我们从不需要帽子和手套，我们习惯了在冰寒中吸着冷气疾走，习惯了一进家门便不顾一切将身体挤向屋中央——那盆小小的炭火就是冬天里所有人的梦想。

炭火边永远有一个盛着清水的小杯，也永远有散发着雾气的潮湿鞋垫。人们将冻僵的脚搁在火边，用烤热的白萝卜往冻疮部位不断轻按，然后喝上一两碗滚烫油茶。那喝茶声总那么悠长响亮，而喝茶的人，他们疲倦的脸随之慢慢呈现柔和满足。孩子则急切地扒弄热灰里的红薯或鸡蛋，间或发出委屈争执……

那时的夜啊，多么漫长又多么容易就称心如意。

我走向屋后广阔的树林。

林间有条清澈小溪，水里总有鱼，岸边总有野鸭。那些野鸭，它们三五成群，或顺水漂来，或逆流而上，如一座座小而安静的自由悬浮岛。

我经过那棵奇特大树——只有在冬天才能看清它的主干。其他季节，不计其数低垂到地的枝条总是拢成一个完美之圆。很多时候，当你走过，密不透风的枝叶间会突然蹿出孩子或小狗的可爱脑袋。

但现在是冬天，除非有雪降下，否则鲜有孩子出现。

狗却是一直都在的。它们和自己那将手兜进衣裳的主人慢慢走着，而不再总是毫不犹豫就一下跳进水里然后甩人一身水花。它们步伐节制、眼神温和，仿佛也悉知现在是一年中最当稳重成熟的时节。

甚至婴儿也不再哭泣。他们被裹得严严实实，在推车或父母的怀里目光澄澈地安静着。粉妆玉琢的小脸，在浅浅的冬日光线下，如永不衰老的先知。

除了河狸。

它们一如既往夜以继日，没完没了地将树木削断、放倒。夜以继日，没完没了地建起一道又一道水坝。为此人们不得不用铁丝网把树围住。

尽管活动痕迹如此确凿明显，却鲜有人能见到河狸。它们也总是蛰伏在深幽僻静处吗？也总在人们不知情的时候，从地下抬起头，以仰望的角度打量外面的世界并深深呼吸清凉空气吗……

可谁又曾真的见到我？

每天清晨，我准时地从地下钻出，准时搭上地铁，准时出现在这百万人的村庄中心。在学习初级德语的国际班级，人们来自伊拉克、阿富汗、波兰、印尼、罗马尼亚、克罗地亚、泰国、中国、卢森堡、乌克兰、斯里兰卡……

没人能听得懂另一人的母语，没人知道另一人在另一片陌生大地曾有着怎样的童年，没人能想象另一人那异乡的冬天所呈现的景致和故事……

可这又有什么重要的呢？那位罗马尼亚单身母亲在故乡是否仍有着深爱的人；那位波兰工程师每天要独自喝多少杯伏特加；那位制服挂满荣誉勋章的斯里兰卡警察为何跑到德国卖汉堡包——一切都不重要。重要的是，我们都在努力学习一门陌生复杂的新语言，重要的是，我们都要在这异国他乡好好生活下去。

每天，在这开敞的百万人的村庄，我夹挤在各种肤色中，听着各种陌生语言，像任何一位背着双肩包的普通而勤奋的留学生，像任何一位提着菜篮普通而尽职的家庭妇女。我经过缀满圣诞礼物的漂亮商店，也经过眼盲的吉卜赛乞丐。我操着贫瘠磕巴的德语向陌生人打听信息，人们却回以流利英语……

我经过夜晚的客运站中心。

在那片光怪陆离的陌生街区，依凭网上得来的线索，我仔细又困惑地搜寻一个舞蹈中心的名字——那里教授所喜爱并在中国学过的某一舞种。

已是冰天雪地的冬天了啊，街上却还有那么多喝酒的人。他们着装时髦，头发一丝不苟，每经过一个，空气便倏然升腾起浓重的香水味和发胶味。

很多灯光，已过了晚上八点，不少商家却仍在经营生意。不甚明亮的玻璃窗里，成排的水烟壶与各种面饼毗邻。偶尔，一两个身着及地黑袍、面目不清的女人提着东西出来，随即幽灵般迅速消隐于黑暗。

这是一个移民区。

这里的夜晚不属于女人。我却竟穿了件鲜艳红衣，却竟明目张胆地穿梭在这熟悉的城市的陌生区域。

那些男人,他们望着我、走向我、跟随我。他们举起酒瓶,示意我加入,他们用口音浓重的嫁接式英语或德语向我索要电话号码,一些甚至干脆直接掏出票子,在风中暧昧地轻轻挥舞。

我是谁又从哪里来并不重要。我只是一个女人。一个穿着大红色衣服、独自走在这放纵的街道的年轻女人。

那地方,仿若大逆不道的叛教者,仿若光滑肌肤上一块不祥的玫瑰斑疹,仿若——这世界的任何一座百万人之城。

它如此突兀,又如此理所当然,如此晦暗,又如此浓艳夺目。

终于找到了舞蹈中心——仅一个红绿灯的转身,前面的世界便骤然退隐闭合。

我依然一袭红衣,但商店消失了、灯光消失了、香水味和呕吐物味消失了。

呈现面前的,只是一条清寂洁净的普通街道。我只是一个通常的、将围巾往上裹了又裹的寒冬夜行人。

但我终究还是被认了出来。

在某一天,普通至极的一个清晨,一节早已了如指掌的车厢里,一阵急促的马蹄声和冬不拉弹奏突然响彻耳膜。

身体随之骤然僵直,紧接着,毫无过渡的,双眼一片洇湿……

转过头,将脸埋进围巾。

车玻璃映着我的面容——如周边那些普通的、沉默的、淡然的陌生人面容……

音乐出自一个名叫《旅行者》的乐队。它跟许多其他音乐一起,很久以前就已存放在MP3里。可却为什么,那不知已听过多少遍的琴声,竟会在一个清晨,在短短的毫无防备的几秒钟,如同证人般将我一下指认出来。

"如果想成为一个真正的俄罗斯人,成为一个彻底的俄罗斯人,或许就意味着要作为(你们最终会强调这一点的)所有人的兄弟,即'世界人'……因为我们的命运就在于它的世界性……"

在普希金纪念碑揭幕典礼上,陀思妥耶夫斯基曾严正地说。

在这片遥远的西方大地,我终日面目陌生地来和去,如一粒尘埃般无足轻重、隐姓埋名,但其实多么的轻而易举——只一阵琴声、一个毛笔字,甚至只一丝绿茶香气，就道出了我的来龙去脉，就能触到这具单薄身躯后的辽阔东方。

二

冬夜寂静，我听到流水，以及流水的更远处——横穿整座村庄的伊萨尔河（Isar）。

早在罗马时期，伊萨尔河面就架起了不少木桥，以方便控制货运和税收。19世纪顶峰时期，每年将水果、香料、丝绸等从威尼斯转运到慕尼黑的商船木筏就高达8000多艘。

时过境迁，慕尼黑在二战中被夷为平地，而后又重建。但伊萨尔从没有因为历史而改变流向，也一如既往地冰寒。

伊萨尔之水是阿尔卑斯山之巅的雪水。

夏天的伊萨尔是整座村庄最宽容也最热闹的游乐场。特别是在慕尼黑大学边上的"英国公园"，不计其数的人躺在河边，阅读、交谈、遛狗、骑马、慢跑，或是什么也不做，就那样心满意足地待上半天一天。

一位怀有数月身孕的年轻母亲，肚子大得仿佛随时都可能生产。可她毫不犹豫地走进冰河并在其间愉悦地来回畅游。当她上岸，挂满晶莹水珠的身体如此丰腴清新，就仿佛刚从蚌壳诞生。

我也曾惊惶又心甘情愿地朝河中纵身一跃，然后顺湍流而下。我漂了那么久、那么远，直至在一个险要的落差口被麻绳果断截住——那里有着数个黑色禁止符。每一两年便会有一两个不幸生命从那里跌入、消失。

但人们从不退缩。那些朝气蓬勃的年轻人，身着连体滑水服，扛着滑水板，走过一片又一片草地，只为到达那里。然后，就在黑色的X号边，他们果断跳上滑板，在奔腾的激流间一次次冲击、跳跃、坠落。

一些林间空地则总是布满了赤裸身体，它们如弧度温柔的羽绒，如紧致坚实的黏土，或如使用多年渐起硬结的棉絮……一列列，一行行，在宽阔的绿地从容不迫地摊晾、翻晒，乳房和性器在明亮阳光下柔软微耸。这些纯然的肉体，形形色色却又如天造地设的自然之物般无所谓彼此。

河水流淌了多少个千年呢？我们的肉身，又已经历了多少次轮回？

我赤裸着从中轻盈穿过，不动声色，不扰一物。

现在是冬天。

我走在伊萨尔河边的森林。有鼓声响起。一些裸露的河床有熄灭不久的火堆。一群大雁在浅滩来回走动，那密麻的不时张开的灰白双翅如同一场提前来临的暴风雪。

远远的，一团黑影在堆满落叶的小道缓慢出现。那是个六十岁左右的女人，推着辆轮椅，上面坐着位与她年纪相仿的一动不动的高大男人。轮椅之后，绕满了管道和急救品。

他是一个"渐冻人"（肌萎缩侧索硬化，简称ALS）。只两年时间，从左手小指开始，他的身体一个部位接一个部位萎缩硬化，而今，除了眨眼之外，他全身僵化如枯树，连进食都只能依靠胃管注射。但意识却是清醒的，他明白一切——包括迫在眼前的冷酷残忍的死亡——很快，他将死于呼吸衰竭。

女人神情虚弱但平静。她亦明白一切。在家庭护士的陪同下，在这一年一度的盛大节日，她终于疲惫又坚定地推着他到这里：这具躯体已被无情冻结，再也无法跟她一起逛热烈拥挤的圣诞集市，然而正是这同一具身躯，曾几何时，在宽阔冰寒的伊萨尔河无畏地漂流过一次又一次。

十几分钟后，他们离开了。

那远去的裹得密不透风的毯子，鲜见的花色明艳，又因这明艳，显得无比悲伤。

又有黑色身影走过。

一个穿着传统鹿皮裤的男人提着一捆柴。他在附近很快生起了火。没人认识他，没人知道为什么他要在这样的河边孤寂地独自生火。看到有人靠近，他又往火里丢了几块柴。

鼓声又从那里传来，还有吟唱。人渐渐多了起来，差不多十个。

有人开始拿出酒，那是所有圣诞集市都不可或缺的一种温过的红酒。

"这不同寻常的一年……"喝酒的人说，然后把酒递给下一个。

"嗯，这不同寻常的一年……"接过酒的人回答。他留着极具特色的大八字卷须，戴着顶传统鹿须绒帽。

这种帽，一般为家族遗产。在曾经的岁月，巴伐利亚的高山上，猎人将一种体型巨大的鹿杀死并收集其胡须作为荣誉品装饰在帽檐。帽子一代代往下传，相应地，帽檐上的须束也一代比一代更繁密。

这不同寻常的一年。

想起了那些铺天盖地的报纸，还有不断在广播重复出现的词：Flüchtling（难民）。

我学会的第一个德语单词是"Libe"（爱），第二个为"Auto"（汽车），Flüchtling是第三个。

这个词，几乎在一夜之间将所有词语空间挤爆。

火车高密度地一辆接一辆轰隆隆驶来，那么多通过各种渠道不顾一切涌来的异乡人，他们从早晨来，从中午来，从深夜来。车间、体育馆、学校，空置的农场和宾馆……从城到镇，从镇到乡，从乡到村……一个月、一个季度、半年、一年……难民营如雨后春笋般源源不断从四面八方冒出。一些营地，从天而降的异乡人甚至超过当地村落人口。

可火车依然不断轰隆隆开来，异乡人依然低调又迅捷地分散又结集于各处。渐渐的，一些令人不安的新闻或传闻开始流传播散，渐渐的，持乐观和信任态度的人越来越少。同情、欢迎、困惑、担忧、愤怒……人们平静的外表下，各种情绪却不断跌宕起伏，一些人甚至开始关注捷克的黑枪购买行情——他们悲观地相信着，战争即将来临，自己的孩子将在自己的国土沦为难民……

再一段时间，Flüchtling这个词仿佛人间蒸发，人们不再怀着巨大兴趣购买最新日报，不再低声谈论和表达。他们神色淡然地拧开电视机和广播，稍微看看听听，随即转到其他节目。

生活在继续。

不管那些身携不可预知能量、潮浪般不断涌来的异乡人是真的无处容身还是乘虚而入，不管这势不可当的又一次人类大迁徙将在未来如何改变欧洲，生活都要继续。

"嘿，你从哪里来？圣诞快乐！"有人转向我，声音响亮。

"嘿、嘿嘿，圣诞快乐！"声音一个接一个，此起彼伏。

他们的口音是粗犷的下巴伐利亚方言。

拉开大衣，露出里面的巴伐利亚传统裙装——我是一位从遥远地方来的巴伐利亚新娘。

三

小溪仍在清亮流淌，河狸仍一夜又一夜地筑建新的水坝。

孩子们开始出现。他们拉着小雪橇车，爬上被白雪覆盖的小坡，找准最高点，坐好，然后像滑滑梯般疾速滑下。整个季节的寂静于是被欢乐猛然刺穿。他们红彤彤的小脸溅满雪花，眼睛霜露般晶莹透亮。

一些人手持滑雪杆，踩着长长的有如爱斯基摩雪靴似的滑板，泛舟般在雪地时疾时缓，他们从容地避开障碍物，如降落的鸟儿般优雅滑翔、收拢、迂回、轻跃。

天鹅从水面那端悠悠漂来，它们总是成双成对、不疾不徐，总是让看到的人情不自禁生出温柔并献上美好词语。还有潜水本领很好的白骨顶鸟，浑身漆黑，头顶却有一抹精确又醒目的白，仿佛是为了方便人们识别和记忆。还有个头很大的天不怕地不怕的乌鸦，数量总那么多，觅食时总那么肆无忌惮，有时人几乎都走到跟前了，它们也仅仅是往边上随便一跳，一副胸有成竹、懒得理你的样子。它们的黑使得世界更白。

公路却仍是忙碌的。

早在雪刚降下之际，路面便已撒满了除冰盐——公路因此洁净安全。车辆载着人们——那些上班的人、旅行的人、要赶到更寒冷的高山滑雪的人，以及迫不及待到酒馆喝上一杯的人……

一辆的士在路边停下。几个高大身影迈出车门，一个个神情欣快、目光迷离。

他们刚从安德希斯（Andechs）下来。那是一座古老的洛可可式修道院，有着德国最古老的祈祷蜡烛和据说某些来自耶稣的遗物。

但他们不是去朝圣的，或者说，他们的朝圣内容是另一种——啤酒。

德国最好的酒在慕尼黑，而慕尼黑最好的酒，在安德希斯。那里的僧侣们酿酒酿了500年。从黑啤到白啤，从春天到冬天。山顶那间可以远眺湖水和雪山的古老餐馆，其中一间房就是用来专门存放常客的大酒杯的。

冬天是真正的属于酒的季节。

人们从外面携一身寒气，推开餐厅或酒馆，把沉重的大衣和缀满雪花的帽子往墙上一挂，坐下，点一杯酒，肃穆的神色便一下子放松柔和下来。

当再出门，他们仿佛拥有了件隐形的保暖大衣，一个个脸色绯红，谈笑风生。

一个孩子远远地走来。

从很深很远的东方。那里的冬天没有暖气，没有挂满礼物的圣诞树，那里的冬天短暂却冰寒。

孩子安静地躺在幼儿园的小床。房间那么大那么黑，四壁破旧。几十个孩子因为寒冷而悄无声息。孩子整夜都睡不着，整夜都搂着自己的脚丫不断呵气。

隔壁的孩子也没睡——她生病了，一直在打恶心。凌晨时分，当夜巡老师离去，生病的孩子对搂着脚丫的孩子悄声说："我把吐的东西用力含住，然后又全部吞回去了。"她虚弱的声音里甚至有着几分骄傲，因为自己没把被子和地板弄脏。

孩子们害怕冬天的一切：寒冷、黑暗以及脾气暴躁的老师。

几天后，孩子回家，奶声奶气地告诉家人自己发明的取暖方式：把脚弯到胸前，一直吹气。泪水骤然从母亲面庞滑落，但她坚持说，妈妈哪会哭，是灰进了眼睛啊。

孩子于是安静下来。她伸出小手——冬天那么冷，妈妈的眼泪那么滚烫。

可孩子还是得住幼儿园，父亲母亲还是得在下班后挑着军大衣到河里清洗——每洗一件可挣上两毛钱。大衣又厚又重，浸湿后更是不堪负荷。但他们还是得一小时一小时地洗，一件又一件地甩拧，直至双手失去知觉。

洗衣的时候，他们的小女儿正在河对岸一间塞满孩子的黑暗大房里，蜷着身体不断向脚呵气。

终于，一个暴雨之夜，破旧的大房突然坍塌。所幸那晚是周六，屋里只有几十张空荡荡的小床。自此孩子再也不用住幼儿园了，她睡在家中拥挤的床，一双小脚被父亲牢牢地兜在怀里。自此冬天的夜便再也不会那样孤单又冰寒了。

再后来，孩子开始上学，父亲母亲也不用再整夜将手浸进河水。甚至，家里有了半自动洗衣机和收录机。

母亲买来黄梅戏磁带——《梁山伯与祝英台》。冬天的时候，母亲总是一边织毛衣一边跟着磁带哼唱。孩子则没完没了地翻箱倒柜，她将大人的衣服套在身上，脑袋缀满线团，脸颊涂满廉价胭脂，在炭火边第一百遍、一千遍地跟着戏曲狂热舞动⋯⋯

我推开酒馆的门。

外面的寒气和迎面扑来的暖流倏然相撞，浑身随之骤然紧张又立即松弛——父亲将孩子冰凉的小脚揣进怀里的一刻。

雪静静地下，玻璃窗里却仿佛盛夏。美丽的白色欧式窗帘下天竺葵仍在盛放。人们露着粉红色的粗壮胳膊，一边愉快地用刀叉分割盘中美食，一边轻言细语。蓬松的卷发和长睫毛被烛光投影到有着传统鹿皮壁灯的墙。身着传统长裙的中年女侍者，半裸着巨大胸脯，在温暖富足的空间里有条不紊地输送、收集。

这里的人们不会给寒冷任何入侵的机会，哪怕也许两百米开外，一只途经溪流的倒霉狐狸正被活生生冻成冰雕。这里的孩子从不会因为冷而独自无声哭泣，这里的相当一部分人，一生中甚至从没用冷水洗过一个碗。

物质过剩，设备先进——这里的冬，漫长却不需要忍耐。

"嗨，你是谁呀，你是从非洲来的吗？"

一声清脆落在耳畔。那孩子，最多五岁，身着可爱的天蓝色夏装。紧接着是一声温柔呵斥。一位棕发年轻女子起身，笑着说了声对不起，然后将孩子换到背对的另一张椅子。

酒杯映着一个无可指责、无可挑剔的冬天。

我却不止一次看到她——那个静悄悄倦在幼儿园小床的孩子；那惶恐又好奇地看着母亲红肿关节的孩子；那随着唯一的一盒黄梅戏磁带跳得满头大汗的孩子⋯⋯

那样的冬天竟从没被摒弃和遗忘吗？这头蛰伏在体内的熊，到底凭什么竟能如此长久地沉睡，又凭什么，几十年后，在世界另一头，由一个遥远而陌生的冬天惊醒？

而我毫无防备。

一只松鼠自窗前一晃而过,悄无声息,只余留一串小巧精致的足印。

一只猫从窗前一晃而过,悄无声息,只余留一串小巧精致的足印。

嘿,孩子,我不从非洲来,不从欧洲来,不从美洲来,甚至——不从亚洲来。嘿,孩子,这世界的村庄那么大,人那么多,发明和生产的东西那么漂亮丰盛。有人不经意地经过你——你童话般的童年。你明亮的眼睛看到她,清脆的声音问候她,你踮起脚,想给她一朵花或一碗干净的水。这就够了。你永不会也不需要知道那个从东走到西,从昼走到夜的异乡人是谁——直至将来的你,在某一天,也那样经过一个天真孩子并被问起,嗨,你是谁……

枝头的雪静静膨胀又扑簌坠下。

接着是粗重的靴步声,又渐渐变得轻淡、消逝。开门声响起,又关上。然后是亲昵的问候,食物的香气、苹果汁倒进玻璃杯、洗碗机自动循环……

天黑了,灯亮了起来,我又看到那个孩子——搂着脚安静地醒在冰凉的床。

一双温暖的手伸了过来。

孩子睁睁眼,笑了。她把脚伸直,翻了个身——她终于沉沉睡去。

世界那么白,床上均匀安稳的呼吸,那么辽阔宁静。

(原载《民族文学》2017年第4期)

药师黄文鸿

◎南　翔

一

唐诗中的五言与七言诗，多如繁星，收入历年小学课本的，多半有贾岛这一首五绝《寻隐者不遇》：

松下问童子/言师采药去/只在此山中/云深不知处。

很多年前，采药一行就渐趋式微了，慢慢地，只剩下诗歌与丹青中留存着青葱而古老的记忆。

中草药因了种植，保存了它绝大多数鲜活的野生基因；又因加工炮制，将它与西药拉开了距离，却常与国人的饮食切近。药食同源之谓，更是消弭了医药与饮食的界限，深深契合了国人对西药副作用与生俱来的怀疑与戒惧。

然而，且不说历史上不止一次有过中药存废之争，晚近一二十年，"中医亡于药"的大声疾呼，更因出于各地中医药专家之口，成了悬在中医药界头上的一柄达摩克利斯之剑。

缘此，我欲入"云深不知处"的心思便愈发强烈了。阳春三月，我来到江西樟树，冀望寻访几个老药师，一则这是我采写手艺人系列的应有之义——我一直认为中药加工炮制的行家里手，当然也是手艺之一种，二则我对于中西医自称毫无偏见，中西医结合或许最能体现绝大多数人（包括本人）的兼收并蓄。在前不久的一次老同学小酌的饭桌上，推崇与贬抑中医药的观点如楚河汉界，各执一端，当然也有几个"骑墙派"，我可算是其中之一。只不过我这个"骑墙派"觉得中西医各擅胜场，从未敢小觑过中医尤其是经验丰富的老中医，但从各种渠道得知的中药的危险处境，则一直萦系于怀，来到药都樟树也是想多方求证一下中药的来路与正途。

打车找到老药检所的宿舍区，杂乱的小院，斑驳的外墙，水泥地面，锈蚀的门窗，与我父母上个世纪七八十年代居住过的宜春某铁路单位家属区毫无二致。此时，已是2017年。一行数人上到黄老居住已久的二楼，老人已经在门口等候了。1937年出生的黄文鸿，今年80整，所谓耄耋之年，又称伞寿。冬衣尚未尽褪，身材壮硕的黄老，精神头儿很好，双目大而有神，耳朵一点不背，声音尤其洪亮，眼、耳、声及神情，都佐证了这是一个健康指数很高的老人。在得知樟树另外几位老药师身体都不同程度出现了一些状况之时，我更为今天能采访到黄老而心中窃喜。

事实上，黄老不仅身体好，善言谈，还堪称樟树中药界的灵魂人物。2013年的7月樟树被授予"中国药都"称号——此为国内唯一一家县级市的该称号获得者，自始至终，他都是其中最重要的策划者、撰稿者与汇报者。他在药材鉴别、药材炮制与药文化三个方面均有权威性著作问世，因此奠定了他在此三方面国家级的领军人物地位。黄老在中药领域的涉猎之广，钻研之深，成就之大，除了广博的兴趣、持久的耐心与超人的精力之外，实在难以赋予其他解释。迄今为止，他撰述与编著的中药相关书籍已达108种之多，这在当代中药界或也找不到与之比翼颉颃者。

二

1937年的秋冬之交，黄文鸿出生于樟树一个普通的农家。农村的一日三餐原本并不是赣抚平原农民的忧扰之事，国难方殷，一时却使全国都陷入了紧张状态。好在以"樟帮"传统带动下的医药行业，令方圆百十里的农民皆有兼业的喘息之路。从小便在药墟药坊中厮混的文鸿自然也不例外，他的从药条件除了父母亲挨近家门口开有乡村诊所之外，还有一干亲戚包括他的亲哥哥都在医药中讨生活。年不满12，他便去百里之外投靠大他十几岁的哥哥。哥哥在宜春横塘开有一家药店，那时候的樟树农家，孩子长大以后能够吃一碗药饭，便算是一个不错的出路，文鸿的选择向右看齐一般瞄准、靠拢哥哥姐姐们。

那个从樟树走去宜春的画面经典而艰巨：一个尚未发育的孩子，穿一双草鞋，背一个包袱、掖一把油纸雨伞，跟着一个挑着鱼苗的半生不熟的乡里人，沿着迤逦的山路，整整走了三天。第一晚歇脚在新余罗坊，第二晚寄宿在分宜，吃的粗茶淡饭，睡的是稻草垫子自不必说，一路上穿坏了几双草鞋才到达哥哥开的一个小小药店，匾额却十分震耳：裕隆中药店。学徒工的日子，从到达裕隆药店的第二天就拉开了序幕，一觉醒来，便带着满脚的水泡开始干活儿……哥哥黄开翼当年避走家乡，到分宜杨桥某私人药店做学徒，之后去宜春横塘开药店，主要是为了躲壮丁。旗幡猎猎、兵荒马乱之年，一旦被抓了壮丁，肯定凶多吉少。不为良相，便为良医。以岐黄之术安身立命并悬壶济世，原本是黄开翼不渝之矢志。他在自己的药店任老板兼坐堂中医六年之后的1953年，考入江西中医学院中医系继续深造，3年后毕业分配到洪都机械厂职工医院任中医师，直至主任中医师、中医科主任，其擅长男性不育等疑难杂症，与姚荷生、张海峰、万友生等驰名远近的名医一道，成为江西中医药的中坚力量。

学徒工，无事不做，除了认药、搬药、碾药……还要洒扫庭除，上山斫柴。第一个月学碾药，第二个月学切药，第三个月学炒药，各有其烦难，也各有其精妙。用力是其一，用心是其二。天刚泛青便起床，漫天星光才稍息，几年学徒下来，五六百种药材性状性味虽未必了如指掌，却也都得其大概。药店学徒，跟着师傅去买药那是常事，小本经营，常怀慎微之心。饶是如此，也还有看走眼的时辰。这让文鸿从学徒开始，便对药之真伪优劣，抱有强烈的剔惧戒备，亦为他多年之后执樟树药检所之牛耳，打下了厚实的根基。由他主编的《中药材真伪识别手册》于2006年3月出版，厚达56万字，按药材来源分为植物、动物、矿物、藻菌、树脂与加工五大类，所涉及的药材商品共2851个。其中正品973个，伪品719个，伪制品169个，混淆品722个，习用品257个，新品种11个，详述各种药材的识别之道。此书堪称晚近二三十年国内中药材真伪识别的扛鼎之作。

采访黄老之前，孤陋如我，只知道药材有真伪，却不晓得还有如许之多的名堂，于是就近请益：何为正品、伪品、伪制品、混淆品与习用品？黄老一笑后道，正品顾名思义，就是正宗的药材，讲究基源、种子、产地、栽种与成熟期等，不能是引进的种子。伪品就是家族与产地都非正品的药材，如冬虫夏草的正品产地是西藏与青海的部分地区，其他产区的基本上是伪品。有的伪品不是不能用，但是价值要大打折扣。如白芷的正品有川白芷、杭白芷、祁白芷、禹白芷等，而滇白芷、野白芷等就是伪品。如果说伪品需要提防，那么属于劣药的混淆品就更需小心,例如山药的正品是毛山药、光山药,主产地是河南古怀庆府,故习惯称为"怀山"(有人以为是安徽之"淮山",谬也),山药的伪品有木薯、甘薯、番薯等,混淆品则有天花粉、参薯、山薯等。在三类伪劣药品中,最需警惕的是伪制品——这也是售者最无道德,病家最为害怕的一种,如阿胶用塑料伪制,虫草用淀粉伪制,犀牛角用塑料或动物蹄甲伪制;商陆根伪制成高丽参,莪术伪制成田七,杂木伪制成沉香……花样繁多,令消费者眼花缭乱、防不胜防。黄老的话使我记起七八年前,我随深圳市政协一行去西藏,在虫草产区的那曲路边买了一些虫草,回家打成药粉,冲服了一次便觉天旋地转,自办公室叫来救护车送去医院急救……第五种习用品,也就是代用品。譬如牛黄的正品是天然牛黄,为牛科动物牛的干燥胆结石,得之不易,贵超黄金,代用品为人工牛黄。市售安宫牛黄丸便分为天然牛黄与人工牛黄两种,价格悬殊。人工牛黄也可说是一个新品种,系用牛和猪的胆酸、胆甾醇、胆红素、无机盐等制成。还有一个新品种:人工培植牛黄,系用纱布包棉花放入牛胆内,刺激产生胆结石。一年之后取出棉花纱布,溶入沸水蒸干,再烘干。此品呈淡黄色,粉末状,能挂甲("挂甲"是中药鉴定牛黄的一种方法,是指取牛黄少量,加清水调和,涂于指甲上,能将指甲染成黄色)。

按照黄老的说法,别人写的此类书,着重在说真,他则着重在辨伪。群假毕现,真始出焉。

一般学徒三年,文鸿两年半出师,获得乡一级考核合格证书。毕竟还是翩翩一少年,1952年回到樟树中学继续读书。樟中是一所省内统招的联合中学;两翼的新余与丰城皆无像样中学,优秀考生一并到这里来住校就读。他此前没有学过数学,凭借颖悟超群与挑灯夜读,得以迎头赶上,为校长石杰以及学生会所青睐,担纲学生会总值日,掌管最为吃重的分饭之事。物质匮乏的年月,平衡一日三餐的矛盾,一点不比提高成绩轻松,面对每天吃饭带来的群议汹汹,文鸿想出一个点子:改变以往的分饭模式,同学自己排队盛饭,吃得快的可以再次排队打饭,吃得慢的自己负责。结果食量大的同学第一次只盛半碗,边吃边排队,等待第二次加饭,食量小的同学一碗而足。如此一来,既节省了人工,也平息了矛盾。

1955年以优异成绩中学毕业之后,文鸿为樟中保荐上了1951年创办的江西药科学校，这是目前江西中医药大学的前身。原本两三年的药店学徒得到很多辨识药材的直接经验，中学三年的文化课是基础的夯实，药科学校的三年就读则将经验与理论用一根柔韧的红丝线串联。当一个人的兴趣、视野、学业与岗职不谋而合地站在一条直线上，想不作为都难哪！毕业后分到丰城县卫生院，药房工作三年即任药剂科科长之职。检点文鸿的工作步履，那头几年恰是神州大地风云翻卷，国计与民生皆在剧烈的动荡中颠簸而行。如果说，比他大几岁的知识人，印象最深的是一波才息一波又起的应接不暇的运动，那么他甫入社会不久，印象更深的是匮乏。在医院药房做管理的身份，使他暂避了饥寒之苦，却无法避见史上或许最峻严的饥馑：素有鱼米之乡称谓的赣抚平原上，驰目都是被剥光的树皮，被深挖的草菀。寒鸦野犬，声声凄清。身处医院，走廊上鱼贯进入的都是面无血色、形销骨立之躯；浮肿病在蔓延，络绎不绝送来的病人，腿上、身上，一按一个坑，此病说难亦易，一言以蔽之：营养不良。在大面积的饥饿肆虐下，营养补充就是钢铁一般朴素又坚硬的道理。

与粮食的极度匮乏一样，医院同样十分匮乏营养品。素喜动脑，且心怀恻隐的文鸿，即使自己还不至于挨饿，却无法坦然面对众多骨瘦如柴的乡里乡亲。他看见水塘里的浮萍等水生植物，想起家禽家畜能从中觅食，必定是有营养物质，便找寻了一些相关资料做参照，带领同事们一起人工培植，先是在医院挖水池移植，摸索着怎样施肥，促使迅速分蘖发菀。小球藻繁殖获得了成功，培育一周即可食用。据资料："小球藻（Chlorella）为绿藻门小球藻属普生性单细胞绿藻，是一种球形单细胞淡水藻类，直径3～8微米，是地球上最早的生命之一，出现在20多亿年前，是一种高效的光合植物，以光合自养生长繁殖，分布极广。"当今高科技时代精细加工的小球藻如同多种维生素一样，成了一款保健品，当年粗陋的生产条件，小球藻其实只是为匮乏的饲料增加了一个来源。检索那个时代的权威媒体报道，多半是这样的：1960-01《为高速度发展养猪事业提供精饲料温州专区农村大量繁殖小球藻》，1960-06《全民生产小球藻——瑞安县大面积繁殖小球藻运动风起云涌》。那些年，国外也有相关报道人食小球藻的研究：《小球藻代替粮食：日本科学家研究已有成效，"水中猪肉"营养丰富，繁殖极快一日长百倍》，《解决人在宇宙旅行中氧和食物的供应问题：苏科学家加紧研究小球藻》。

重要的还不是人与猪是不是可以同食一种植物，乃是这种粮食代用品，在树皮草根都可以果腹的饥荒年代，不失为攀附了一根救命的稻草。

三

历数文鸿的职业生涯，从事最久的当数药检一途，从1979年到1997年——该年退休继续留用至2003年，首尾二十四年，其中长期担纲樟树药检所负责人。药检就是监督，监督之职，烦难、琐碎、沉重，压力大，得罪人。

他居然一干二十多年，站住了，没有被扑面而来的风霜雨雪、不可胜数的药商药贩用软硬刀棒所击倒，这不能不说是一个奇迹。而他内心一直尊崇的药德，便是物质世界泥沙俱下中的砥柱中流。

写此稿中的一天，彼此在电话中长聊，我问他，所谓药德，能否用最精简的话语概括？

他毫不犹豫地回答：不卖假药。

这使我想起在上海，途经国家会计学院看到的一条或许是最短小的校训：不做假账。

同斥一个"假"字，如果说，后一个假，导致了税收流失，前一个假，轻则耽误疗治，重则危及性命。

药检所的岗职，宛如一把银光闪闪的钢篦子，篦出真药，挡住形形色色的伪品、伪制品与混淆品。

众所周知，驴皮所制驴胶尤其阿胶，是名贵滋补中药，市场需求很大。犹记当年，一个河南客商送来樟树两卡车整整10吨驴皮。一见他犯疑的眼神，客商便掏出一个大大的红包，显然是有备而来。这更加引起文鸿的怀疑，驴皮伪品有马皮、骡皮、小黄牛皮、小水牛皮、山羊板皮、绵羊皮等，但以马皮、骡皮、牛皮混入者较多。此时的他对驴皮的真伪没有把握，遂星夜联系省农业大学兽医系的一位教授，次日抽取一张驴皮去南昌鉴定。兽医系教授告诉他，识别可以从皮色、毛色以及毛的旋转方向等着手：完整的驴皮略呈长方形，驴头皮较长，耳大且较宽，耳长12—25厘米，耳内侧呈灰白色或有血红色。较光滑，鸭唇、眼圈部多呈灰白色；在两鼻孔之间偏上有一毛旋，多数后腹部两侧无毛旋，极少数有毛旋，且不明显，腹部多呈灰白色，少数肚皮部有毛旋。综合判断，客商送来的是马皮。当天赶回，客商仍然赖着不走，又欲向他夫人行贿，被夫妇俩呵斥出门。

平时鉴定，情况五花八门，既需原则性，又需灵活性。譬如，有时查到混淆品就不能统统一棍子打死。一次，某药厂误将山羊角当作羚羊角收购了一大车。正品羚羊角是牛科动物赛加羚羊的雄羊角，混淆品有藏羚羊角、黄羊角、盘羊角、黄牛角、斑羚角、绵羊角、山羊角等十几种之多。山羊角也是药材之一种，羚羊角上半段有一条隐约可辨的细孔道，直通角尖，俗称"通天眼"，山羊角就绝无此"通天眼"。如果说羚羊角是治疗惊痫抽搐，妊娠子痫，高热痉厥，癫痫发狂、头痛目眩等的名贵中药，山羊角也有清热、镇惊、散瘀止痛之功。为了减少药厂的损失，这一回没有做销毁处理，而是上报申请，按照真实药材加工处理。

面对很长一个时期以来，"中医亡于药"的大声疾呼与峻切现状，我征询黄老的看法，他眉头紧蹙，凝重地吐出五个字："医准药不灵"。深入探讨，大致有如斯原因，一是国家投入不够。泱泱几千年华夏文明，留下可用中药材名录凡5000余种，进入国家药典的才500多个，这就意味着还有4500余个待领出生证。药材等待制定国标，一年才通过一个，太慢了！没有标准，不仅进入不了国际市场，国内制药用药也名不正言不顺。黄老还记得樟树的道地药材枳壳做国标，那是十多年前，他也参加了，费时整三年，才拿下这么一个，耗资不菲。没有大投入，就难以在可以看到的未来，一个个拿下逶迤如长龙的中药材标准。其二是监管形同虚设。国家以及各级政府严格的药检药监，是保证药材药品安全使用的最厚实的屏障。10年前的2007年，北京市第一中级人民法院对国家食品药品监管局原局长郑筱萸受贿、玩忽职守案作出一审判决，郑筱萸依法被判处死刑，剥夺政治权利终身。此消息曾经震动全国，因药品与食品监管的严重失职，直接危害到全民的身体健康。不仅监管缺失，药厂也有很大的利益驱动，同一种药，花个几万十几万元，过一两年申请换一个剂型或药名，价格翻倍。常见药厂代表，鱼贯而入各个大小医院，层层分肥，受害的便是广大消费者。我想起前几年媒体曝光的"血燕事件"，无远弗届，甚至殃及到国内一些著名的医药老字号。当时在香港看到鳞次栉比的药店，一排排药柜摆满了燕窝，一个朋友嘲讽道，就是全世界的雨燕与金丝燕都跑到这里来吐涎水、筑老巢，也不会有这么多燕窝吧！"血燕事件"之后，香港原本琳琅满目的燕窝锐减，可见行业如果不自律，最终受害的不仅有消费者，噬脐莫及，也必定殃及商家药家自身。

我问黄老，在全国的一些大的药材集散地都能看到遍地的冬虫夏草，那都真的吗？黄老断然回答，你所看到的，没有一根是正品。现如今到处都生产虫草，这就是利益驱动。黄老的回答，使我想起多年前遇到的一个地方官员，他酒后告诉我，地方政府讲GDP排名，讲财政收入挂帅，如果某项收入占据了该县市十分之一、五分之一的财政收入，只有傻瓜才会跟自己过不去；时不时的打假与检查，只能是做做样子，走走过场，蒙混过关。我问他，如果是药材食品造假呢？这不会殃及到你及所有人的家庭吗？这就是所谓"经济互害模式"，商品经济时代，卖家不可能不同时又是买家，岂能效仿自然经济时代，人人追求自给自足？他面红耳赤地燃了一支烟，沉默了许久道，目光短浅，饮鸩止渴。

我相信这位地方官的概括，一针见血。但是厚实且傲人的华夏文明积淀至今，我们就没有办法打破这个魔咒，走出这个事关全体国民健康的黑洞里的循环吗？问题或许还不仅于此。

想起二十多年前，我的大舅从台湾回到他老家湖南汨罗省亲。长年的劳心劳力，大舅患有肺气肿，但见他用的是漂亮的有机玻璃盒子装的中药，一丸一丸，黑亮黑亮，他说是日本产的汉药。刚想劝说他带一些国内的中药材回去，他就说，日本的汉药质量周正，服用也方便。老字号的同仁堂有一条古训，如今也成为全国各同仁堂分店的门联：炮制虽繁必不敢省人工，品味虽贵必不敢减物力。黄老参与主编了《樟树中药炮制全书》，中药材除了是否正品，还有很重要的一道工序：加工炮制。中药材的炮制，果然是繁难百出，光一个"火制法"就有炒、烘、煨、煅四种，炒又分不加辅料炒与加辅料炒两种，不加辅料炒，即有微炒、炒黄、炒爆、炒焦、炒炭五种，加辅料炒则多至砂炒、米炒、土炒、麦麸炒、酒炒、醋炒、盐水炒、姜汁炒、蜜炙等九种。

见我听得入神，黄老猝然问我，熟地与黄精要经过九蒸九晒，你说现如今还有谁能坚持做到？

在药都樟树采访的一个饭桌上，原任该市中医院院长的孙国如，谈及以前的用药与现在的用药量，语出惊人：以前我开六味地黄丸，几瓶几瓶地开，现在一开就是一箱。

炮制流程的一丝不苟，是中药材卓有效验的一道护身符，偷工减料理应成为中药界严格自律的一道灼目的红线。中药不像西药，每一成分，都能细分到毫克。在科学与经验的交叉地带繁衍生息的中药，与中医的经络与穴位说一样，还蒙着许多层待揭开的面纱，唯有更严的自律，才有更高的跃升。

再往下捋，一些名贵中药材的竭泽而渔以及与生态环境的扞格，也令人触目惊心。

如麝香号称中药材中的第一瑰宝，可是它的严重不足早在二三十年前就现出端倪，一直威胁着中医药的进一步发展。到目前为止，人工养殖所生产的麝香不足国内需求的百分之一。前些年见到报道，在杭州最负盛名的胡庆余堂百年老店里，曾经几年未进过1两麝香。流传了120多年看家妙药"避瘟丹"，74味药中也因缺1味麝香而停产。更为严峻的现实是，有"百药之王"称誉的麝香一旦消失，它将导致270多种传统急救中成药停产，有人说，那将是整个中成药精华部分的"雪崩"。事实也是如此，很多名贵中成药如片仔癀、麝香救心丸、六神丸、麝香虎骨膏等，都离不开麝香，一旦离开麝香就药效锐减。"国宝名药"片仔癀，意为"一片即可退癀（消炎）"。据云越战期间，因片仔癀对使用抗菌素疗效不高的枪伤刀创、恶疮虫毒有惊人的疗效，令西人刮目相看，美军曾大量采购片仔癀，作为将士在丛林中作战的军需。

动物类药，除了麝香，还有很多都相关动物伦理与福利，同时也相关生态保护，譬如蛇胆、熊胆、穿山甲、虎骨、玳瑁、羚羊角等。我接触过亚洲动物基金会的成员，他们为避免活熊取胆——对活熊而言取胆之痛苦不亚于酷刑，做出了令人肃然起敬的诸般努力。我也曾在《参考消息》上读到一篇报道，说是非洲的莫桑比克东南部有一个名为伊尼扬巴内的著名潜水区，那里有世界上最大的蝠鲼种群（俗称魔鬼鱼），可是因为得知蝠鲼的腮巴可以入药，在十多年内，蝠鲼断崖式锐减了百分之八九十。

如此，则日益稀少的名贵中药的人工培育或替代药研究，理应尽快成为中药研究界的重中之重。

再就是偏方验方的搜集、整理、研究与提升。不少民间经验方，随着当事人的逐渐老去，极易失传。

四

在采访黄老的过程中，说到一个由他首创的荷包金龟的炮制加工方法及用药效果，我很是有兴趣，因为他说到的荷包金龟，是一味治疗肝癌的君药。中国是原发肝癌的大国，乙肝病毒携带者高达9000万之多，肝癌占全球的百分之五十四。东晋葛洪（284—364，著名中医药学家、丹术家、樟树尊称第三代药王）在樟树阁皂山著《抱朴子》（内篇）中记载："金龟者，产于樟树阁皂山之山龟，其壳上左右二边肉裙上镶有金黄色花纹也，传说是治肝癌之良药。"其炮制工艺与临床疗效远在东晋葛洪年代，也只有传说，在全国尚无实例。黄老经过摸索实践，炮制成功，资料记载：2015年11月20日购买金龟一只（一斤多重，确认二边肉裙上镶有金黄色花纹）及工具等，21日上午在省委宣传部、省电视台《千年药都话樟树》（纪录片）编剧欧阳娟、导演黄文峰、摄影师等一行十余人和观众30余人亲视黄文鸿操作的全过程。由于黄先生基本功扎实，火候掌握到位，煨、煅、焖全部在炉火中进行，肉眼看不见，全凭听声音，其煨、煅、焖、炒、淬一环扣一环，约一个半小时结束，炮制结果非常成功："一掰就开、一摔就散、一折就断，色、香、味俱佳（详见纪录片）。"宜春某校患者曾老师服用他炮制的荷包金龟一只，配有中药10味共10帖，临床显效，患者生活能自理，食欲、睡眠正常，可下楼（二楼）散步。

近来我在深圳的一位朋友，因为患肝癌多年，发展到肝腹水，辗转香港、上海等地求医，西医束手，诊断结果既不宜手术，也不宜化放疗。朋友从不信中医，此时怀揣一丝希望，期冀中医显灵。我给黄老电话，黄老回答，一则年事已高，再来操作金龟炮制，力有不逮；二则他后来从事药业工作，已无行医资格，目下中医处方也要求严格，不宜违反。但是他愿意寄来纪录片及相关资料供病家参考。考虑到门外汉操作的种种难处，该朋友已就近听从中医师的医嘱，改为服用野生灵芝。

由之我想到，古往今来，岐黄之术，无论在典籍，在庙堂，在乡野……浩如烟海、良莠杂陈，先行记录、整理，乃至录音录像，都是紧要。尤其是生者的辨伪之术、炮制之经、效验之方，都需及时记载，毕竟他们年事已高，倘若哪一天他们走了，带走的遗憾就不仅仅属于他们，更属于子孙后代。我还想到，类似樟树这样有"中国药都"之誉的城市，要十分珍惜已有的药文化基础，十分珍惜类似黄文鸿这样经验丰富，能说能写能做的药都灵魂人物，倾听良知存焉者的吁请与箴言，在正视自身渐渐放大的医药荣光的同时，也要十分警惕商业至上、利润至上、GDP至上的浸染与锈蚀，使"中国药都"的牌子不断刮垢打磨，绽放出令人崇仰的星月之光。

我情知这个要求对一个县级市来说，或许太高了，但是中医药的起死回生也好，重振雄风也罢，不正是需要这样一种始于足下的踏踏实实的百折不挠的恒久努力吗？

黄帝曰："余闻上古有真人者，提挈天地，把握阴阳，呼吸精气，独立守神，肌肉若一，故能寿敝天地，无有终时，此其道生。"（引自《黄帝内经》）寿命与天地相始终，这是自古以来的美好愿望，却也是人类的一厢情愿。然而，健康地活着，离不开良医佳药，此乃生活常识。

"众口铄金，积毁销骨"，药业、药都与药师们，能不慎乎！

（原载《随笔》2017年第5期）

藏茶越过千山结缘

◎丹　增

千百年来，生活在雪域高原的藏民族与茶结下了不解之缘，堪称嗜茶如命，他们同样把茶融入了生命，融入了文化，还积累了丰富的饮茶经验，创造了独具特色的茶文化。

一

藏族民间有个谚语："宁可三日无肉，不可一日无茶"，说的是，茶不仅是日常生活的必需品，更是高原生存的必备条件。古时西藏不产茶，茶叶何时进入西藏，尚无确证。古代汉语把茶叫"槚"，藏语时至今日还把茶叫"槚"。

藏族民间流传着这样一个故事。吐蕃松赞干布的曾孙都松芒布杰，继位后得了一场重病，请了很多名医都没有医治好。一天，他正在王宫里一筹莫展，一只口衔绿树枝的飞鸟停在王宫的窗台上。藏王十分惊奇，待鸟儿飞走后，派人取来树枝仔细端详，西藏高原从来没有这样的树枝。他摘下一片绿叶，嚼在嘴里，满口醇香，病也轻了许多。于是他派出使者四处寻找这种宝树，最终被一位大臣在东方汉族地区的一个绿色密林中找到了。在一只聪明轻捷的马鹿和一只稳重矫健的大象的帮助下，将宝树运回雪域高原。都松芒布杰看到直挺挺的树干、深绿的叶子，问："这叫什么树？"大臣回答："汉地人叫槚，泡着喝能治小病，煮着喝能治大病。"这个故事记载于500年前出版的藏文典籍《甲帕伊仓》中，这与当代茶学家庄晚芳等人编著的《饮茶漫话》中的故事十分相似。这说明，茶叶最早不是用来生津止渴的饮品，而是用来治疗疾病的良药。

元代，藏族高僧塔巴杰中，30岁时，怀着一颗慈悲之心，以惊人的求知欲望，离开西藏前往巴蜀、滇南，一边游览名山大川、朝拜佛教名寺，一边学习考察与藏民族息息相关的茶叶。他目光注视，心灵感知，亲身体验，掌握了大量有关茶叶的第一手资料。40岁后返回西藏，撰写了藏族第一部茶经《甘露之海》。书中详尽巧妙地介绍了茶之类、茶之具、茶之烹、茶之礼、茶之益,和陆羽的《茶经》有许多不谋而合处,是古代藏族传播和发展茶文化的权威著作。

二

蜀滇是茶的发源地、生产地,与西藏相隔千万里。但千山万水、艰难险阻挡不住几近狂热的需求,被称为黑色黄金的茶叶,从川滇源源不断地进入青藏高原。

历史上,中央王朝最初派往拉萨的官员,馈赠礼品多数是茶叶,茶成了不可多得的稀世珍品。随着中原地区对马匹需求的增大,出现了"茶马互市",藏族人赶着大批马群,到边州交换茶叶。后来,分散的贸易方式被官府统管起来,分别在兰州、雅安等地,设置了十几个茶马交易中心,对茶马价比、交易数量实行统一管制。

川茶最早进入西藏各地。当时茶马交易中心的茶基本是蜀茶,随着川蜀茶叶不断运来,储备茶的仓库不断扩建,茶马交换的规模不断扩大,茶叶从西藏王公贵族的独享饮品,扩展到普通大众的喜爱之物。中央政府随之加强对西藏的管理,藏区的宗教领袖、土司头人纷纷入朝觐见,授官职封爵位,他们进贡马匹之外,还有红花、麝香、氆氇等土特产品,得到的赏赐品除茶叶之外还有锦缎、丝绸、瓷器,获得的大大多于进贡的。他们将不便携带运输的物品在市场交换成茶叶,朝贡互市变为茶马互市的另一种形式,巩固了西藏地方和中央政府的臣属关系。

滇川的茶商看到了西藏的茶叶市场,专门制作了运输方便、形状耐看、品质分级的茶叶,取名叫"边茶",把茶叶囤积到固定市场,单纯的茶马交易变成了边茶贸易。后来,西藏大的寺院、贵族、商户,组织起庞大的骡马运输队,越过积雪的高山、湍急的江河,在世界最艰难的路途上长途跋涉,把茶叶运回西藏。元明清三朝形成了从滇川到西藏的"茶业之路""茶马之路""茶马古道"等多条贸易通道。茶马贸易兴盛时,仅从拉萨到雅安的商队,每年藏历三月出发,少则百人千匹骡马,多则千人万匹骡马,浩浩荡荡,风雨无阻,防着盗匪,风餐露宿,日复一日,年复一年,一趟来回约一年有余。内地商人,也看上了藏地药材、皮毛、马匹等特产,擅长经商的滇人组成马帮把茶、糖、铜器,运到拉萨,因往返路途太远,就在西藏租商铺、建客栈。滇茶有悠久的历史,茶质得天独厚,但烘焙技术较差,丽江的木氏土司,知道纳西族和藏族同有嗜茶的习俗,在滇藏接壤的永胜、维西建立了茶马互市贸易市场,鼓励商人到西藏经营茶叶。

  清初,纳西族商人李悦经营以茶叶为主的滇藏贸易,成为著名富商,清末滇茶在西藏的销量超过川茶,当时来往于丽江和拉萨的藏族商人马帮有马1万多匹,双程运量约2000吨。可以说,茶是藏汉友谊的纽带,也是藏汉团结的象征。近代,英国在连续入侵西藏时,看到茶是汉藏离不开的因素之一,策划了印茶入藏的阴谋。他们以探险家的名义组织了马队,把印茶从印度的大吉岭运到拉萨,途经锡金、亚东,只有十多天的路程。企图用印茶垄断西藏市场,截断西藏与内地的联系。印茶性热苦涩,色泽又黑又浓,制作松软易碎。藏族人宁愿舍近求远,再累再苦也要赶着马帮到内地驮回汉茶。

三

  雪域高原,巍峨壮丽,气宇轩昂,是苍穹下的净土,是大地上的丰碑,令人无限神往。但是,要在这地势高峻、气候寒冷、空气稀薄的地方,生存、生活、繁衍,一要有抵御高寒缺氧的身体素质,二要有迎接自然风险的生活智慧。藏族民谣:"茶是命,茶是血","人人离不开茶,天天离不开茶",道出了生息在高原上的藏族人对茶的需求。

  辽阔美丽的藏北草原,海拔4500米,生活在这里的藏民,依靠天然牧场逐水草而居。他们生产的是高脂肪、高蛋白的牛羊肉、奶制品,生活中必须靠茶解腻、助消化。沟壑纵横的藏南谷地,曾是西藏农业文明的发祥地,海拔3400米,他们种植高原特有的青稞,由青稞加工的糌粑是他们的主食。糌粑无论怎么食用,都离不开茶水相伴。在西藏,糌粑、酥油、牛羊肉和茶叶是饮食的四要素,也是生活的四要素。

  藏民族把生存当作文化,把生活当作艺术。藏族文化表现在融入内心的修养、无需提醒的自觉、约束行为的自由、养成习惯的善良,在日常表现出来的是豪放、诚实、热情。风情习俗是民族文化的标识和徽记，西藏茶文化折射出民族生存繁衍中的心理、性格和风情特征。

藏胞家如果进来一个陌生人，首先敬你一杯色泽淡黄、香气扑鼻的酥油茶；如果你是来做客，还要给你献上一条洁白的哈达。亲友出门远行，一家人或全村人提着酥油茶前来送行，献上一条哈达，喝上三杯酥油茶，一路吉祥如意。婚姻中从男方家提亲、择日订婚，到迎接新娘、举行婚礼，缺了茶、酒、哈达一事无成。起居礼俗中，建房奠基，破土动工，上梁立柱，封顶竣工，乔迁之喜，茶酒哈达是必须的物品。新起灶，点火煮的第一锅是茶；搬新房，先入屋的第一件物品是茶；求贵人帮忙，要送的礼物首选是茶；每逢藏历新年，在佛龛前摆放的是茶、盐和酥油。

藏族还把茶叶当作圣物，新塑的佛像，装藏时除了金银珠宝、五谷圣物，还必须有茶；藏民家里的积福箱，除了家族历史相传的宝物，还要装上一块茶叶。藏族把茶和盐比喻为友谊和爱情的象征，有一首歌唱道："来自汉地的茶，来自藏北的盐，在酥油桶内相聚，融合而成的酥油茶，芳香又甜蜜，那是圆满俱佳的姻缘。"300年前，一位高僧写了一篇颂茶词："茶是人类的救星，以节省自己的时间，延长人的生命，人与人相互照顾，茶与水需要融合，最好的水在最高处，茶叶越过千万山，要与碧水结缘分。"在草原放牧的，田野里耕种的，商道上赶马的，山路上朝佛的，到了午时，搬来三块石头，支起大小茶锅，舀上清泉溪水，扇起皮风袋，茶气飘四方，人们开始围着茶锅席地而坐，谈笑风生。这是一道亮丽的高原风景，无不渗透着茶文化的精神享受，即便这种简易的熬茶，它的水源选择、煮茶火候、石灶方位都是精心筹划过的。这时煮茶讲究的是火候要够，柴烟要高，茶沫要足，茶气要浓。

四

藏族人除了白天骑在马上、夜里睡在床上之外，都和茶在一起。从外地到西藏旅行的人，无论在农村、牧区或城镇，随处都能看到茶的身影、闻到茶的飘香。除了酥油茶，城镇最盛行的是甜茶。锅里煮上红茶粉，要看色泽变金黄，加进牛奶看浓度，不稠不淡再加糖。上世纪80年代初，拉萨人口不到5

万，城里的甜茶馆就有100多家，进了茶室，人人一律平等。这里的客人喝茶，好像读诗、品画，又像是谈心、辩论。这里是新闻中心，国事家事，世态人生，正史野史，悲欢离合；这里又是交易中心，查货验货，讨价还价，玩笑逗乐，无拘无束。邻里不和睦，朋友有隔阂，到茶馆喝上半天茶，仇怨烟消云散，重归于好，握手言欢。有句古话：不能敬我以茶，还之以水。

"能行千里的好马，必须配上金鞍，来自汉地的好茶，必须盛在玉碗。"藏族人除了住房，最讲究的是茶具，茶锅茶桶，茶壶茶碗，号称四大茶具。造型美观的铜锅，轻巧方便的铝锅，精致光亮的陶锅，熬出醇香的清茶。

最小的铝锅能装一升水，煮出的茶够两个人喝。最大的铜锅口径两米宽，深度1.8米，熊熊火焰烧开滚烫的开水，十多斤的砖茶放入水中，熬成琥珀色的茶汤，可供千人饮用。据估计，这样的茶锅在西藏的哲蚌寺、色拉寺、甘丹寺和青海的塔尔寺，有数十个。茶桶是酥油茶的加工工具，茶汤、酥油在桶内搅拌而成酥油茶。红桦木、青栗木、核桃木是制作茶桶的首选材料，不易开裂，适合当地干燥的气候。藏北普通牧民家使用的常常是简易的竹筒，粗壮的主干，打通竹节便能成为酥油桶。至于茶壶茶碗，最高档的是金杯银壶、银杯金壶，普通的是铜壶铝壶、玉碗瓷瓶。我在布达拉宫看到的最早的瓷茶碗图案是：鸟儿衔茶、金鹿背茶、长寿罗汉。藏地最普通的茶具是木碗。藏族人喝茶，最讲究的是夫妻不共碗，子女不共碗，每人一个木碗，人走碗随，形影不离。百年前，上自官界要人，下至街头乞丐，都随身带着喝茶的木碗。拉萨的达官显贵腰上挂着两样物品，一边是碗，用来喝茶的；一边是小刀，用来吃肉的。缎制的碗套从七品到三品式样不同、做工不同，从碗套可以识别官阶，每次开会或办公，不管急事缓情，首先不慌不忙地从自己的碗套里拿出木碗，从从容容地喝上三碗酥油茶。

拉萨四周的大寺院，各自的茶碗形状也不相同，哲蚌寺的是钵式茶碗，甘丹寺的是梯式茶碗，苍古尼姑寺的是平底茶碗，看茶碗就知道是哪个寺的僧人。伴随着藏地饮茶的历史进程，饮用不烫嘴、盛茶不变味的木碗，成为外出时的必备之物。现在木碗的制作越来越精美，式样越来越华丽，推动了西藏工艺品的发展。一些藏族的说唱艺人，也有自己专用的木质茶碗，小的大如羊头，大的几乎和牛头相等，一个五磅热水瓶的酥油茶全倒进去还装不满。近代西藏最好的木碗来自藏南措那达旺镇，那木碗薄如瓷碗，轻如纸杯，绵如薄铝，是用硕大的树瘤抛光打磨做出来的，看木头的纹路能分出木碗等级，当年一个猫眼纹、磷火纹的木碗价值七八头牦牛。新生儿起名之后，老人就送一个木碗喝茶用；老人凌晨起床，主妇把盛满酥油茶的木碗端到床前；老人离开人世，家人把他盛满茶叶和食品的木碗抛进江河。

我在云南已经生活了16年，以虔诚的心朝觐过六大茶山。古老的茶树一到春天，繁茂着自己青春的枝叶，茂叶风声瑟瑟，紧枝月影重重。新建的茶山，一棵棵茶树一个挨着一个，排成一条条绿色的彩带、一层层绿色的波纹，温柔恬静。我也走过茶马古道，一条条蜿蜒于群山间的古道，用光滑的青石铺筑，石块、石条、石板，百里、千里、万里，石路像一条不见首尾的巨蟒，卧伏于起伏连绵的崇山峻岭中。这条路有时像悬在半空中的栈道，有时像直通天上的云梯，有时像穿越峭壁的羊肠小道。

茶是历史，路是历史，历史是人类进步发展的记录。我的生命在一个艰险的空间，勇敢闯冲过，靠的可能就是这条历史的路。

（原载《人民日报》2017年4月27日）

私人食单

◎乔 叶

饼的事

年近四十岁的时候,我学会了做鸡蛋饼。只在早晨。

一点儿面粉,一点儿盐,一点儿水,把这些搅拌成均匀的面汁,打一个鸡蛋进去,继续搅拌成微黄的鸡蛋面汁。然后开火,放上平底儿煎锅,倒上一点儿油,把鸡蛋面汁摊到锅里。面汁起初不会流淌成自然的圆形,厚薄也不一致,这都没关系,待它们在锅里稍微定型之后,持起锅柄,高高低低左左右右地让锅侧转,还没有凝结的厚面汁便因器随形地流淌着,终会成就出一个相对完美的饼状。而原本微黄的颜色也因逐渐升高的油温的激发,变成了赏心悦目的金黄色。

再然后,翻到另一面。此时的饼已经八成熟。把火调小,侧耳倾听儿子在卫生间的响动,让饼的进程和他的进程保持同步。待听到青春期男孩子以特有的强大力道发出的响亮的咕嘟咕嘟的漱口声,知道他的洗漱工程即将完毕,便撒上一点儿极碎的小葱叶儿来调色,之后将饼出锅,盛在白瓷盘里,端到餐桌上。当然,不能忘了在调味碟里斟上一点儿醋一并呈上。凌晨六点,食欲也还在休眠中,这点儿酸能有效地把味蕾唤醒。

一张这样的饼,配上大米粥、小米粥或者玉米粥,以及一份翠绿的凉拌黄瓜,这是我这个愚笨的母亲能给儿子拿出的最日常的早餐。在这份早餐里,粥里的水分太多,菜呢毕竟是菜,相比之下,饼就成了最重要的能量担当。

还有一种鸡蛋饼,是我怎么学也学不会的。它的全称是鸡蛋灌饼,被人们简称为鸡蛋饼。省略的这个灌字,就是它的核心技术。在河南,据说做鸡蛋灌饼最好的名号是开封的"王馍头",他家的小吃三绝就是拉面、菜盒、鸡蛋灌饼。人们都说,在开封,如果谁没听说过王馍头,那他一定算不得一个真正的老开封人。

他家的鸡蛋灌饼绝在哪里？无他，就是这个灌字。我去吃过。别的只能灌在中间，王馍头的鸡蛋灌饼却能一直跑到饼的最边边儿上，那个分寸太微妙了，稍微过一点儿就无法保持，可是人家就是一点儿也不会过，且外皮焦脆，内里软嫩。

在我们豫北，午餐基本是面，饼便是早晚餐最重要的面食，是另一种意义的馒头，只是比馒头要奢侈。因为：一、馒头一旦蒸好，是可以放上几天而不改其味的，饼则是即做即吃，即吃即好，一旦迟滞就会失了美味。二、饼需要用油。幼年时候，家境清寒，油是贵重之物。有俗语云"庄稼一枝花，全靠肥当家"，被主厨的祖母篡改成了"饼是一枝花，全靠油当家"。一年里，她老人家便很少做饼。无论是葱油饼还是千层饼，都很费油，她舍不得。

当然，也有无需用油的饼，那饼就是最朴素最简单的白面饼。

饼还分烫面饼和死面饼。一位擅长面点的河北朋友就曾如此活色生香地对我教诲过烫面饼的做法："……昨儿我做了个烫面饼，可好吃。烫面饼好啊，好消化，对胃好。咱这边不都喜欢用冷水和面么，那就是死面饼。死面饼硬，不好消化，对胃不好。烫面饼呢就是用开水和面，放了开水，放了面，用筷子搅啊搅啊搅啊……"用手和，那不得把手烫了？不成烫面饼，成烫手饼了，呵呵。

烫面饼对胃好，不过这也是河南人的吃法，我河北娘家那边都是吃死面饼。他们为啥吃死面饼，又有一说。他们吃死面饼不是为了吃死面饼。每次做饼，他们都做得可多，就是没打算吃完，剩下的怎么办？做炒饼啊，烩饼啊，焖饼啊。做炒饼的最多。圆白菜切成丝，青红椒切成丝，绿豆芽也是黄金搭档……

饼还分发面饼和不发面饼。发面饼是需要放酵母粉的，最好再放点儿白糖，用温水和面。这样做出的饼松软酥香，也很好消化。

——发酵粉，这让我想起那部电视剧《我的名字叫金三顺》，这是我最喜欢的韩剧。金三顺，这个来自底层人家的平凡得掉渣儿的女孩，这个三十岁的职业蛋糕师，性格粗线条，刚刚被相处三年的初恋情人抛弃，又被年轻的老板拿来当爱情炮灰……她似乎一直都是别人的笑料，但是她勇敢、天真、乐观、简单、倔强。正如与她假戏真做的钻石王老五玄振轩所言:"她是用自己的双手努力实现梦想的女孩。她知道自己的处境,她知道在这世上自己该做的是什么,以后该怎么活下去。她有着健康的价值观和思考方式,是个明快的女孩。"正因为金三顺如此的人格魅力,玄振轩才毅然斩断了与前女友熙真的旧情,投入了金三顺的怀抱。当熙真说:"她现在闪烁着光芒,可过一段时间你就会忘记,像我们现在这样。那你也还要去爱她吗?"他的回答是百分之百的金三顺风格:"虽然人都知道自己将来一定会死,但是现在也还是一定会好好活下去。"

关于面粉,金三顺曾在工作日志里如此自白:"面按用途分为两种:放发酵粉和没放发酵粉,放发酵粉的面粉会很快发酵,而没放的时候面粉会自我呼吸……我要做没放发酵粉的!"

嗯,如果我的人生没有福气获得发酵粉——回想起来我获赠的发酵粉还挺多的,这个假设真有点儿矫情——那么,我也要表一点儿励志的态度:没有发酵粉的人生,我也会努力经营的。

十几年前,在县城生活的时候,家附近的小巷口有一家卖烧饼的小店。因为经常打交道,烧饼店的女老板和我很熟。她的烧饼口碑很好。面揉得很筋道,烤得也金黄焦脆、香气十足。更让我留恋的是她煎的热豆腐串,一块钱两个,夹在烧饼里吃,简直是让人百品不厌。每次去买烧饼,我都要买上一个热豆腐串。

买过烧饼,我便和女老板照例扯一会儿闲话。正说着,一个收破烂儿的老人在我们身边停了下来,递给女老板一张皱巴巴的两元钞票。女老板很快给他装好了一摞烧饼。他拿在手里,打量了一下,似乎想查一查数。

"别查了,老规矩,九个。"女老板笑道。他笑了笑,走了。

"你多给了他一个呀。"我犹豫了一下,虽然觉得收破烂儿的挺可怜,但转念一想,他又不差这一个烧饼,于是还是忍不住提醒女老板。

"每次我都多给他一个。"没想到女老板很平静。

"为什么?"

"多给他一个烧饼,你也眼馋?"女老板开玩笑。

"那当然。"我也笑了,"一样都是消费者,为什么优惠他?"

"不仅是他。所有干苦活儿的人来买，我都会多给一个。"女老板叹口气，"他们不容易啊。"

"我也不容易啊。"

"你要是真不容易，就不会每次都吃热豆腐串了。"女老板白我一眼，"你每次都吃，那是你觉得一块钱不算什么。可是在他们眼里，一块钱的热豆腐串可没有一块钱的烧饼实惠。他们绝不会拿这一块钱去买热豆腐串，只可能去买烧饼。因为这一块钱是他们打一百块煤球、拾二十斤纸才能够挣来的——所以，在他们面前，你可真是没有资格说不容易。"

在她的申辩声里，收破烂的人已经走远了。我也笑着告辞。握着手里温热的烧饼，我心里充满了一种无以言说的感动。女老板话里所含着的朴素的道理和朴实的逻辑，让我不但无条件地认同，并且还有一种深深的喜悦。

"多一个烧饼，你也眼馋？"我又想起了女老板的话。不，我不是眼馋，而是心馋。我甚至有些嫉妒。我羡慕这种底层人与底层人之间所拥有的高尚的怜悯、同情和理解。我在意这种不为任何功利所侵入的馈赠和关爱。

如果，将来我遭遇到了生活任何形式的打击和颠覆，但愿我也会拥有这样一个珍贵的烧饼。当然，它的形式决不仅仅限于一个小小的烧饼。

还听过一个油饼的故事，是一位文学前辈老师讲给我听的，发生在他出生那天，而他又是从他的祖母那里听来的，老太太讲得实在是好，容我转载如下：

"那天（1943年1月8日）天刚亮，外头就有人喊'鬼子来了，鬼子快进村了！'真是晴天霹雳啊！无恶不作的日本鬼子从据点出来就是扫荡啊！小鬼子是野兽，没有人性啊！到哪儿都是'三光'（抢光、杀光、烧光）啊！该杀千刀的鬼子怎么这时候来了啊！正是你要出生的时候。家里只有我和你娘。我怕你的小命要葬送到小鬼子的手里，我更怕你娘月子里有个好歹。听说鬼子已经从村东头进来了，你娘紧张、害怕，我更紧张。就因为紧张，还没准备好，你呱呱地落地了。这怎么办呢？日本鬼子是什么都能干得出来的啊！得跑啊！再怎么也得到野坟地躲一躲。可十冬腊月，你娘俩受了风寒怎么办啊？真是左也怕右也怕。但思来想去，走一步说一步，先躲过鬼子的刺刀再说。也是急中生智，也是没有办法的办法，我急急忙忙烙了两个又厚又大的油饼，用蒸馍的笼布包起来，让你娘前胸贴一个，后背贴一个，然后用带子勒上。用它抵御腊月里野地的风寒，也能用它来挡饥。就是这样，我们抱着你，在野地坟间冻了一天一夜。直等到看见日本鬼子驮着粮食，赶着牲口，狼烟动地地出了村，知道那是扫荡完了，然后才回到家里。幸好你的命大，活了下来。可你娘从此落下了毛病。"

每当想起那两张油饼，我都觉得，它们一定是这个世界上最珍贵、最温暖和最愤怒的油饼了。

一碗挂面

一位女友远嫁外省，久无音信。有一天突然来了电话，报告说怀孕了。待我道过喜，方才悠悠道："来点儿实在的。"

"请明示。"

"给我寄点儿挂面吧。白象牌的，最普通的那款鸡蛋面。这边超市买不着。"

我莞尔。是啊，换作是我，可能也会如此。既然活色生香的家乡面在千里之外，可思而不可得，那挂面也算是退而求其次的选择，可以稍稍安慰思乡的肠胃。

——忽然想到退而求其次里的那个"次"字，觉得像一个小小的疙瘩。如果挂面有知，会不会觉得刺心呢？

曾经以为挂面是近现代以来才有的新鲜物事，查了典籍才知道，原来它竟然颇有年岁。想来也是。中国内地发现出土的小麦，最早在三千多年前的商中晚期。及至汉代，在《汉书·食货志》里就有了小麦在北方大规模种植的记载，到明代小麦种植已经遍布全国。有了小麦就有了面粉，有了面粉就有了面条，有了面条就有了挂面。学术界便认为成书于元代的《饮膳正要》所记的挂面，是中国有关挂面的最早史证。清朝大臣谢墉《食味杂咏》言："北地麦面既佳，而挂面之入贡者更精善，乃有翻嫌其太细者。"这种入贡的"太细者"，还有一个闪闪发光的别名：银丝挂面。想来，银丝这种具有富贵之气的爱称去配天家皇权，却也甚是相宜。

那时候的人们是怎么做出挂面的，当然已经是无从知晓。有一次偶然的机会，我去了一趟挂面厂，因此弥补了想象力的空缺，这是一家小挂面厂，在轰隆隆的机器声里，技术人员声嘶力竭地给我介绍着工艺流程：面粉、食盐、回机面头和其他辅料要按比例定量添加；加水量是根据面粉的湿面筋含量确定；和面设备是两种：卧式直线搅拌器和卧式曲线搅拌器；压片的方式也是两种：复合压延和异径辊轧。切条成型由面刀完成，面刀有整体式和组合式，形状多为方形；最重要的工序则是干燥，这是整个生产线中投资最多、技术性最强的核心部分，主要有三种：高温快速干燥法、低温慢速干燥法和中温中速干燥法。面头处理呢，湿面头应即时回入和面机或熟化机中。干面头可采用浸泡或粉碎法处理，然后返回和面机……

  不得不说，虽然大开了眼界，但是，也非常失望。从厂里出来的时候，我的脑袋都是疼的。

  作为北方最典型的干粮之一，挂面也是我家中常备。因比方便面要健康，比现擀面要省事，比鲜面条易存放，所以不想出去买食材的时候，没时间去做精细吃食的时候，又厌恶了叫外面的时候，吃它是最适宜的。只要你有最简单的锅灶，你就可以享受它，随取随用。如果不取不用就随你一年半载地放着，简直就是食品界最贴心的存在。它是面条家族里的备胎，像偶像剧里悲催的男二号，永远不是女一号最心仪的，但又永远是忠心耿耿在为她垫着底儿，于是总是让人想起他的时候，不是喜欢，而是心疼，觉得这哥们儿不容易，挺委屈。

  总而言之，挂面是忙人面，也是穷人面，往根子里说，本质上就是懒人面。不过，有意思的是，手工制作这种懒人面的人，却是格外勤谨的劳作者。

  今年五月，暮春时节，到了陕北榆林的吴堡县。印象最深刻的有两样，一样是窑洞，另一样就是张家山的手工挂面。窑洞很多，多到漫山遍野，但很多都因空置太久而废弃了，显得萧瑟荒凉，张家山的人们住的也是窑洞，这里的窑洞却生龙活虎。因著名的《舌尖上的中国》摄制组来这里拍过传统的挂面制作工艺，这里如今闻名遐迩。现在，这里每家每户每天都在忙着做挂面：和面、醒面、搓条、盘条……工序异常繁琐，却每一道都马虎不得。

  教游客做挂面也是他们的一种日常。比如此刻，面已经成了小拇指般的粗条，一圈一圈地在盆里窝盘好，两根长木棍一左一右伸在我的眼前。我学的环节是像纺线一样把面缠上架。婆婆们缠得轻巧敏捷,看着容易。我有样学样,分明是小心翼翼,却做得破绽百出。总是用力一过,面就断了。这面,需得不徐不疾、举重若轻——想来,就轻和重而言,举轻若轻、举重若重和举轻若重都是容易的,难的就是举重若轻啊。

缠好的面还要挂在廊下,再抻细,让它阴干。《舌尖上的中国》里的画外音如是说:"……撑面杆从中间精准分开,面的柔韧与重力的合作恰到好处。一百六十根一挂,能拉长到三米,银丝倾泻,接受阳光和空气最后的塑造。"

最后的塑造之后呢?裁长为短,包装为挂面。

廊下的架子高高的,像晾衣架。他们把面挂上,我能做的就是把面抻细。这可是一个有趣的活儿。我把撑面杆横穿在面的底部,往下抻。他们让我使劲儿,我就使劲儿。有多大劲儿使多大劲儿。

好吧,使劲儿,使劲儿!我的劲儿使得越来越大,面也越来越长,越来越细。你能想得到么,它已经这么细了——每根直径只有一毫米——可是等到完全晾好之后,居然是空心的。这奇妙的空心,是面在持续发酵时内部产生的中空。

干完了活儿,我和挂面合影。发到朋友圈里的闺蜜小圈。

闺蜜甲问:你摸的是帘子吧?什么材质的?

我再发一张,是挂面特写。

闺蜜乙评:乍一打开,还以为手机屏坏了呢。

我乐不可支。手机屏坏的症状之一可不就是密密匝匝的细条吗?

谜底揭开,她们惊叹着,问我这么细的挂面摸起来是什么手感?

我答:如丝绸。

怎么会?!

你摸摸就知道了。

——真的。如果凭着想象,你永远也不可能知道,这刚刚挂出来的挂面,有着如此让我怜惜的温柔、湿润、细腻和光滑,如这世界上最美的少女的皮肤。

吃完饭,主人希望嘉宾签名。我们推选了一个诗人,他写的是:"面可空心,人要实心。"

两个月后,我收到了一个沉甸甸的快递,里面是一箱子挂面,足有十斤。

挂面包装袋上写着:"老张家手工空心挂面。"文字介绍只简单且郑重地强调,这面已经是陕西省的非物质文化遗产。是"农村老传统手艺""每一根面都经过十二道工序完成"。

寄面的是吴堡的朋友。我发短信向他表示感谢,他回说本来走时应该就送的,可是觉得我路上拎着累,不如快递。又仔细叮嘱:"煮面的时候,用旺火,水要宽。水开了再下,用筷子搅拌,别盖锅盖。"

据我所见,郑州市的每个居民小区附近都会有一家或者几家鲜面条小店,这样的小店照例都是粉扑扑的,因他们的主业就是开着轰隆隆的压面条机来压面条,毛细、二细、担担面、杂面……各种款式,面面俱到。而在这样的店里,也必有几根高悬的横杆,横杆上挂的就是细长的挂面。

老板告诉我,买挂面的人很多。因其不仅是自备而食,也会用来送礼:婴儿满月或者老人生辰,都可以送一把挂面,送礼的面叫长寿面。因何得此名?因挂面长瘦啊。

这么多人家都有挂面,他们又是怎么吃的呢?有时候我会好奇这一点。没有跟别人交流过吃挂面的心得,以我有限的私人经验,吃挂面的要义就是素淡。煮得将熟未熟之时,放一把青菜,有青有白,这就够了。若在出锅时再滴两滴香油,放些微香菜末,那就是奢侈。更奢侈的是再放一点儿红艳艳的辣椒油或者辣椒酱。红呢,是添了几分欢悦喜感。辣呢,是用来开胃的,是清素的饭食里,那一点点珍贵的热烈。如果还有鸡蛋,再在面里卧上一个圆溜溜的小太阳,那么毫无疑问,这碗面已经是顶尖的豪华。

煮挂面时,我还喜欢放一点点粉条。窃以为粉条和挂面是很相配的,因为它是另一种意义的挂面。我放的粉条分两种,一种是红薯粉,另一种是土豆粉。它们煮好后几乎是透明的,如柔韧的雨丝。这些浅灰的雨丝和雪白的挂面绞缠在一起,无论是颜色还是口感都更为参差有致,别有趣味。

——趣味?

是的。趣味。我必须诚实地说,不是美味,事实上,一想到要去评价挂面的味道我就有些为难,就开始纠结于一个吃货的伦理:虽是面,却没有现擀面新鲜。吃起来也筋道,却没有那么筋道。佐料入味的分寸呢,若是深了,面就烂了；若是浅了，就在面的表层浮着……总而言之，若说它美味，这有点儿违心；若说它不美味，又不忍心。

忽然想起两年前，我和朋友们去俄罗斯旅行。很多天没有吃到面，每个人的神情都是嗷嗷待哺。那天，终于在彼得堡找到一家中餐馆，老板说只有挂面。

"挂面也好，挂面也好。"大家异口同声。

如春苗盼雨般，挂面终于来了，一大汤盆。卤是鸡蛋西红柿，口味寡淡极了。但没有人介意，只见群筷齐扎，瞬间，偌大的汤盆里，汤至清而无面。

我看着自己抢到碗里的那点儿可怜的面，深刻地明白，在不和别的面比的时候，在具有独一无二的存在性的时候，此时的挂面，岂止是也好，它就是最好啊。

忽然又想起在张家山吃的那顿饭，主食是"炒挂面头"。手工抻面的时候使的劲儿不是很大吗？就会抻断一些面。当地人的做法是把抻断的面头捡起来，直接下锅煮个半熟，再拌上肉和洋葱炒一下，这就叫"炒挂面头"。这饭的样子不悦目，挂面头长的长短的短，但吃到嘴里却口感醇厚，回味悠长，着实惊艳。想来这应该是我吃过的最好吃的挂面了。可是，这没有被挂起来的挂面，能算挂面吗？

（原载《朔方》2017年第4期）

人民大学的胡辣汤

◎阎连科

记得《古拉格群岛》中写到苏联作家被流放到古拉格的冰天雪地时,因为饥寒交迫,对食与暖的渴望,犹如谁都不愿自己的指甲生生被从手上揭去样,于是在一个漆黑的夜晚,劳作行走,看见了远处的一滴灯光;由那灯光,进而想到了面包的香味。于是,脚步加快了,人就滑倒了。这一倒,作家再也没从雪地爬起来,但他在死的时候,心头却是飘着面包浓浓的烈香。

杨绛先生在她的《干校六记》中,写到她与钱钟书在河南驻马店的农场劳动改造时,于极度饥饿间,意外得到了一块烤红薯。由于这块烤红薯,丑陋、残酷的世界,因此就变得美好而温暖,"改造的日子也像过年了。"

杨显惠在他的《夹边沟记事》和《定西孤儿院》中,都写到了人在饥饿绝处更为可怕的事。那种不可言说的可怕,如同作家的稿子把钢笔吃掉了,稼禾里的豆秸把豆粒烧尽了,而荆草,则把生孕它的田地活活吞进了它的叶脉里。

很久以来,源于出版的缘由,我内心总是有一种写作上的压迫感和饥饿感。因为对文学的渴求和饥饿,心就颓到每天都想骂骂人;对流氓的向往,像所有的作家都崇拜托尔斯泰样。可又因为自己窝囊而怯弱,真要在大街上遇到一个带刺的人,不要说以牙还牙,横眉冷对了,就是人家狠狠瞪我一眼睛,我也一定、并只能对人家点点头,微笑着说声"你好!"后,再缓慢拔腿、脚步急快地从那冷眼中跑出去。

全身而退——明明是懦夫的怯根,可在很长时间里,却会成为我的理想,并在为实现这种理想而努力。为多少实现了这种理想而庆幸。可是回到家,又因为内心的怨怼无处渠泄和流疏,就会对妻子和儿子发火或找事,无端地瞪眼、拍桌和摔东西,直到有一天,妻子终于说,"你不写作我们家不是过得很好嘛!"儿子对我说:"爸,你没事了就去找你的朋友喝酒聊聊天。"

我听出那话的直言曲意了。

听到了弦外之音在我耳边的轰鸣声。

终于开始在家里变得温和而忍耐，平静而勤快。没事了就到楼下街边站一站；再没事就立在三环路的立交桥上查数儿，看上班高峰时，每分钟三环的单向可以流过多少车。直到极度无聊了，就沿着三环的辅路走，步行四十分钟到人民大学的校园里，这转转，那看看，和这个无来由地点点头，和那个无来由地站在路边说上一堆话，然后就在这学期写作班开学的第三天，到校园南侧的集天食堂边，看到一条横幅和一张广告说，这食堂新增卖河南胡辣汤——因为一个叫王孟楠的厨师小伙子，把河南他周口老家的胡辣汤带到公司进行菜品厨艺大赛时，名至实归获得第一名。

因为这个第一名，他追求的姑娘欣然答应嫁给他；因为姑娘同意嫁他和那个第一名，他的家里出资三万元，要请在北京的河南人和人民大学所有的师生都免费一月到集天食堂去喝胡辣汤。

是百无聊赖把我带到了那个食堂去。

百无聊赖让我在一片惊异的目光中，也排队要了一碗免费胡辣汤。到几排桌子最靠后的墙角上，坐下来看着那碗酱红、透明、辛辣和肉香混在一起的味重味鲜的胡辣汤，我想到的不仅我是河南人，全家人都爱这异味美食胡辣汤，还竟就莫名其妙的溅情着，想到了如果当年古拉格的群岛上，没有粗面包和干劈柴，却有这辣热味重的胡辣汤，那古拉格的情况会是怎样呢？杨绛和钱钟书，及成百上千的、那时待在河南驻马店干校的学者、作家、艺术家，能在那个年代的"牛棚"里喝一碗这样的胡辣汤，那杨绛又会在《干校六记》中怎么写下她对河南和河南人的印记及她最为淡泊有力的散文呢？

当然了，还有在甘肃夹边沟的沙漠里，那更为可怕到如钢笔吃稿子、稿子食作家的事，如果在酷冬中有这么一碗免费的胡辣汤，是不是人就还是人，人性就不至于暗黑到让今人不解和不齿？而文学，也不至于在如此的面对历史与现实时自卑和羞愧，使作家想到自己的写作时，总有一种有意无视的耻辱在里边。

实在是一种溅浮的思想和自作多情的忧忖及联想，连喝一碗胡辣汤也要这样那样的历史与现实，难道你的写作真的走进了一条死胡同？难道世界的光明没有照到你的书房吗？难道一碗胡辣汤和一对恋人的故事就不是文学美味的材料和绿植？难道这个丰富、杂乱，善恶同举、谎言与真实同在并同样深刻的现实世界，在你的眼里只是简单和被你的简单、简化去的筛选和清理吗？

胡辣汤是被胡人入宋时带入中原的，现在连历史中的草原胡地都没有这碗深红、酱黄的辛辣异香了。它成了中原食文化的一部分。这不知是河南人改造、留存了胡人的胡辣汤，还是胡辣汤滋养、延生了那些酷爱辛辣的河南人。在我们的现实与历史里，不知是历史永远是现实的一部分，还是现实永远、全部都是历史的重演与再现，才导致我们今天在现实面前其实永远是在历史里。

回到当下我们的文学中，到底是作家应该塑造现实呢？还是现实应该塑造作家呢？再回到自己的写作上，才尽、瓶颈、阻塞，一切出版与写作的顺利与不顺，是不是都缘于自己太易把胡辣汤和古拉格联系在一起？如我们总爱把北宋、南宋称为宋，也因此就追根溯源把杭州和胡人嫁接在一起，就像吃一瓣橘子就一定要想到桃的味道样。

一碗免费的胡辣汤，两个不免费的肉夹馍和两份没有便宜可占的河南水煎包，吃不完的提在手里回家去。到家里，我三岁的孙女抱着我，用一句"美的不可能"的童言把文学真谛告诉了我，把我所有关于文学的纠结、结节轻轻巧巧打开了。

她说道："爷爷，我爱你。咱俩结婚吧？"

多么美，多么不可能！原来文学所有的来路和去处，都如从胡地到汉群里异变后的胡辣汤；而所有文学的美，就在它的不可能！

(原载《大家》2017年第4期)

茶心如雪

◎董小酷

人过四十之后,便真切地喜欢起冬天来。

北方的冬天,草木歇息,寒风吹过大地和雪野,凛冽中有一种沉潜的静气。而冬日饮茶,又自带几分禅意。窗外寒风呼啸,窗前水沸炉暖,茶香因为寒冷的映衬,愈发清冽,直抵心源。

有人说,若要体会冬天的妙处,必经时间的淘洗与打磨,如同体会茶气一般,必要走过高山与峡谷,看尽湖泊与激流,从盼望"晚来天欲雪,能饮一杯无",到"快日明窗闲试墨,寒泉古鼎自煎茶",酒茶之间,岁月酿出了酒香,日子氤氲着茶气。平淡天真里,是静穆,是微笑,是禅意在吹拂。

酒是寒冷的友伴,而茶是冬天的知音。且不说各种以"雪芽"命名的茗茶,泉水也大多与雪、冷、寒结伴。泉水以从石出者为佳,石出者水质清冽,甘寒滑爽。文人最重石泉,也多吟咏:"寒泉自换菖蒲水,活火闲煎橄榄茶""小石冷泉留翠味,紫泥新品泛春华""啮雪饮冰疑换骨,掬珠弄玉可忘年"。水是茶的载体,好水必寒。清代袁枚在《随园食单》上说到茶时,开头就说:"欲治好茶,先藏好水。"可见水的重要。乾隆皇帝为此钦定了天下第一泉,而且认为雪水比天下第一泉更好,"遇佳雪,必收取,以松实、梅英、佛手烹茶,谓之三清"。如此,说茶是冬天的知音应不为过。而宋人品茶的一大特色是以声辨水。因为宋代茶人煎水用的是细的瓶和铫,口小不容易观察,只能依靠听觉,根据水的沸声来辨别候汤。故蔡襄《茶录》中说"候汤最难"。黄庭坚在《煎茶赋》中描绘听水声时有如"汹汹乎如涧松之发清吹",在《双井茶》中更有"不嫌水厄幸未辱,寒泉汤鼎听松风"的诗句。将煮泉时的水响声称作松风,借山中松涛声助兴水沸的声音,泉寒茶热,松涛阵阵,一冷一热,极致之间,茶气凛冽。

而茶之仙骨,其色也讲究冷如雪。宋代文人中有不少茶道高手,在蔡襄、黄庭坚、苏轼兄弟、陆游等人的诗文中都能看到他们爱茶、嗜茶、品茶评水的功力。宋代的点茶法是把团茶碾成粉，再将沸水注入茶盏，将茶粉打成沫来喝。因为打出的茶沫是白色的，所以"茶色贵白"，以茶汤"白沫重叠，积聚水面，状如积雪"，着盏无水痕而又能耐久为佳。因之，衬托茶色之白的黑釉茶盏得到了最为充分的发展，其中产于建州的建盏最为有名。建盏在烧造时发生窑变，变化出各种花纹，其中有一种均匀细密的条状斑纹，在黑釉的衬托下银光闪烁，状如兔毫，被称作兔毫盏，最适合于斗茶，一时成为风尚。斗茶风尚之盛，连大宋皇帝宋徽宗都直接参与其中。他不但亲自点茶，还专门写了一本关于茶的论著《大观茶论》。黑色的茶盏与白色的茶沫，在运筅击拂的瞬间，动静相济，给人带来无穷乐趣。以至于晚年的蔡襄"老病而不能饮，日烹而玩之"，让人想起宗白华在《美学散步》里说，"禅是动中的极静，也是静中的极动，寂而常照，照而常寂，动静不二，直探生命的本源"。茶与盏、动与静，茶中禅味，隐逸里有真切。

茶香梅韵，也是文人在茶事上追求的文化格调。"寒夜客来茶当酒，竹炉汤沸火初红。寻常一样窗前月，才有梅花便不同"，以茶当酒，月下赏梅，宋人杜小山的《寒夜》诗，将茶香与梅韵交融一体。而明代画家沈周则以梅比茶，"香中别有韵，清格不知寒"。到了清代，各抱才艺的"扬州八怪"正式将茶与梅联姻，他们痴梅嗜茶，爱梅画梅，嗜茶如梅。"八怪"之一的汪士慎曾云"知我平生清苦癖，清爱梅花苦爱茶"。清代著名学者厉鹗在汪氏的《煎茶图》上题诗赞曰："先生爱梅兼爱茶，啜茶日日写梅花。要将胸中清苦味，吐作纸上冰霜桠。"梅情茶心，高洁清远，人生，原来也是一种审美的姿态，一种审美的状态。

而最能让人气静神凝的，当数旷野山林间的一壶茶。明代以后，制茶饮茶的方法发生了很大变化，泡茶法流行开来。泡茶的流行，催生的是另一样茶具，紫砂壶。而泡茶的简单易行，也令饮茶的场地有了极大的自由度。明清文人山水画兴盛之际，也正是文人墨客热衷于茶艺之时。喜欢在山水间游历的明清文人，也将他们在山中的一壶茶引至笔端。观文徵明的《惠山茶会图》，唐寅《事茗图》《品茶图》《烹茶图》，画面大多在广阔幽静的山水之间，置一小亭，亭内茶壶醒目，有人煮茶品饮，或独啜或对饮，或静思或清谈，静谧安详。然而，在泉石松竹的空灵寂静里，在炉下烹茶的人间热气与山间溪边的空灵之气间，人又感受到一种巨大的充实，与空灵相伴生的充实。这充实所来何处？我把它归功于茶。一壶茶，在画幅广大幽远的空间产生了幽微的弥漫感，与天地自然圆融合一。这恐怕就是清代画家恽寿平所谓"画至神妙处，必有静气……画至于静，其登峰矣乎"。静气，是一种心理状态，是古代士大夫在心灵管理能力上追求的最高境界。如果没有这一壶茶，也许人就少了一份温情的驻足，对于隐逸也少了一分向往之心。

（原载《人民日报》2017年2月11日）

隐逃的倭瓜

◎蒋建伟

人会隐藏，瓜，也一样。

可能是长得不好看，圆圆的扁，弯弯的长，也就是圆不圆、扁不扁、弯不弯、长不长的，一副窝窝囊囊的样子，就叫它"倭瓜"。也可能它有自知之明，从夏天的开花结果开始，一直隐藏在浓密肥大的叶子丛中，时刻寻找着逃跑的机会，不想让你逮住它。可惜冬天快要来了，万物开始枯萎了，但，掀开这一丛那一丛的瓜秧，"呀"，瓜秧上、黄叶子背面的许多小刺儿一下扎住了手，但，还是阻挡不住突然的惊喜："倭瓜！满地跑的大倭瓜！"瓜秧上的倭瓜们胆小，立马现出原形，大小老少，慌不择路，东西南北地满地乱跑。黄灿灿的，橘黄黄的，黄绿绿的，那一丁点的绿啊，过不了几天也会变黄的。摘倭瓜的当儿，如果怕遗漏掉，只要你猫下腰，找到老根子往上一搂，"啪啪啪啪"，瓜蔓下的嫩根子一阵乱响，叶子也乱响，黄的绿的"窸窸窣窣"的尘土惹了一身，直直腰，阳光正毒，大汗"稀里哗啦"地乱淌，湿漉漉的衣服和皮粘在一起，有点痒痒，可，一看见瓜秧上悬挂的金灿灿的灯笼们，这点脏算什么？只是纳闷：它们，到底是如何隐藏了一夏半秋的？

倭瓜的狡猾远不止这些呢！它常常藏在叶荫浓密处，也就是倭瓜叶子最浓密的地方，一动不动，一直潜伏，悄悄地长大，悄悄地……让你找不到，或者让你找得失望透顶，彻底放弃不再寻找了，只留下它一个个暗地里傻笑。直到摘的一刻，它们不得不哆哆嗦嗦站出来，老的，半老的，少的，嫩的，小小的，大拇指一般大的，从许多肥肥大大的叶子当中出列，集结。好家伙，收获了60多个瓜，沉甸甸而归。老的、半老的摘了也就摘了，但，剩下那些小小嫩嫩的，摘下来多可惜，它们可是还能长大的呀，它们头顶的叶子还积蓄大口大口的营养，太阳还可以勉强毒辣十几天呢，它们都是可以长大的、长老的，这当儿却无路可逃，被判了死罪，唉，太可惜了。除了发黄的叶子，单单看绿得淌油的倭瓜叶子这么多，一片片闪烁着希望，将来，这瓜一准小不了。

倭瓜的叶子，是瓜果类植物中最大的。秋风刮得勤，倭瓜叶子一天比一天刮薄了，所以变成了肥肥大大。其实，叶子们肥肥厚厚的季节不是没有过，比如夏天。

夏天里，瓜秧有节，蛇似的向前爬呀爬，一条两条许多条。节只要贴住地皮，都会伸出五六个嫩根子，像脚，像手，牢牢抓住一小团一小团的泥土、腐草，一节节地获取更多的营养，支持上边的叶子生长。奇迹天天都在发生：一枝发四个杈，吐叶，开花，结果。叶子们长得更不像话了，迎着各自方向的太阳，一片片唱着歌儿，昂起脑袋，扯直嗓子唱，从倭瓜秧上拼命高举起一枝，爬过其他的枝枝蔓蔓，再被别的竞争者爬过去，自己再爬上来，如此反复，一只一只的绿色大手，捧出了一个浩浩荡荡、郁郁葱葱的天下。这是怎样的一只大手呀！朝阳的手面上，是"心"形，七个角，相当于两个手掌加起来的面积大，长满了密密麻麻的小刺儿，好像谁谁谁身上的毫毛；朝阴的手背上，凸起一根根墨绿色的经脉，和主脉络交织成一个网、一棵树、一条爱情船，网结上的每一个点，也长了一根毫毛，只不过有些纤细，不扎手，好像刚刚从某个女孩脸上掉下来似的，有一点点的害羞。即使这样，你也不敢随随便便去摘倭瓜花儿，想想看，哪一朵花下边不是一大片叶子？哪一片叶子浑身上下不是长满了小刺啊？

可是，你咬咬牙决定，哪怕扎手也要摘花儿，一种谎花——说谎的花儿。花儿为什么要说谎呢？这因为，倭瓜开两种花儿：第一种花叫谎花，只开花、不结果；第二种不说谎的花儿，先结果、后开花。所以呀，谎花要想假装成一副不说谎的样子，打开自己的花蕾，怒放全身的金黄色，释放出满世界的暗香，一下子抓住蜜蜂们的眼球，吸引它们纷纷前来采蜜。当然，你也会来采花儿，下厨热水焯一下，小葱蒜泥凉拌，下酒就饭；也会把谎花儿掺和粉芡鸡蛋，油炸，放进冰箱冷冻储存，留到过年时，做一盘反季节的烩菜；也会把谎花儿直接晒干，放到厨房阴凉处，该吃了，就拿热水泡开，跟肉块、排骨一起烩炖蒸炒，横竖都叫一个好吃。也有吃倭瓜叶子尖儿的，叶子尖儿就是朝着太阳昂头最厉害的那一枝，嫩，鲜，滑润，热水一焯，精制凉拌，那些个小刺都软了，细细嚼起来，脆、爽、香、咸、苦、辣、涩、甜各味逐个叩开心门。大自然的这类纯绿色食材，就在眼前，你还上哪儿找啊？

不说谎的倭瓜花儿，其实就是小倭瓜，瓜纽纽儿，纽扣一样粗的小小瓜儿。无论开花的，还是不开花的，是谎花儿，还是瓜纽纽儿，你往倭瓜地里一站，立马就看得一清二楚。大自然讲究优胜劣汰、弱肉强食，并不是所有的瓜纽纽儿都能坐果，长个儿。倭瓜也一样。无论是哪一条的秧子上，结的瓜纽纽儿的数量都差不多，但哪一条瓜秧上的叶子肥厚且稠密，嫩根子扎得多且深，就决定了倭瓜的大小、多少。有时一条秧子发四五个杈，能各自结两个瓜，有时一条秧子的几个杈之间只有一个大倭瓜，一个人抢走了整条秧子上的营养，有时一个杈上的瓜纽纽儿长着长着就没了下文，有时一个拳头大的瓜纽纽儿头顶上突然长了个黑心，好瓜变成了坏瓜，实在让你接受不了。真正坐果之后，那些瓜纽纽儿哟，好像吹小气球似的，从瓜屁股开始长，从大屁股开始长，从细腰、粗腰开始长，一鼓作气长到头顶，一天比一天大，十来天的工夫就可以变成一个篮球、一只暖水瓶、一条土豪胖子的大腿、一个弥勒佛的大肚子、一个有着喜怒哀乐的梦中人。它们，该会做什么梦呢？

是绿意萌动的春天？那，才是它们小时候的梦呢。

三四月里，童年的小倭瓜们，身上弥漫着叶子的味道，春风春雨春光，随便做一个深呼吸，啊，满肺腑里都散发着浅浅的甜甜的空气。刚刚钻出大地上的叶子，起先是小小怯怯的两片——鹅黄嫩绿，再是小小而后变大的一片——油绿，然后是一片一片，一片比一片变大，变肥厚，墨绿墨绿的，大口大口地喝着阳光，喝着雨水露水和风，大手拍着小手，"啊啊啊啊""啦啦啦啦""哟哟哟哟"，赞美着每一天的幸福生活。这当儿，瓜秧子是嫩嫩的呢，叶子还是小鼻子小眼睛的呢，连浑身上下的小刺儿都那么水嫩，风吹来，步子不稳，细细的腰儿怎么也站不直，满世界的嘲笑声一下灌满了两个耳朵。可是，有什么可嘲笑的呢？大地上万物复苏，绿意星星点点的，不成什么气候，再没有什么小草的叶子比它们的大了，其他的瓜类也没有，大家都在生长，理想起起伏伏，谁笑谁都没有什么意义，那么，干吗老嘲笑某一个人？这样一想，它们开始争气，男男女女变得有了骨气，有了思想，有了理想，它们的理想就是长大，长高，把自己所有的叶子都高过嘲笑者们的头顶，让阳光从此只拥抱它们！才几天，无论或抢或扛，或挤或爬，还是彼此擦肩而过或者拥抱取暖，生生抢走了周围瓜果和小草们的阳光，它们做到了。

太阳底下,倭瓜秧的最上边几片叶子在鼓掌,掌声里充满了对别人的嘲笑,还有胜利后的得意忘形感。并不是所有的叶子都鼓掌,也并不是所有的心都高兴。果然,几片当中的一片突然朝下边看了看,一惊,它看见了倭瓜秧子最初的两片叶子,还是那般大小,微微有一点枯黄,甚至是枯萎。它们俩,为什么这么苍老呢?那可是我们的老大哥啊!有一天,它们俩会离开我们……死吗?

这个小精灵呀,仿佛看见了那两片叶子出生前的一幕:

一个下午,南风寒,零下二度的天气,一个人在北京某小区的一小块空地里,慌里慌张地,种下了20多粒种子。

(原载《人民日报》2017年5月6日)

私人理发史

◎陈峻峰

一

多久理一次发,是一个定数,就像是把人生分成了许多个段落,或者等分,一截一截地交理发师剪去,剪碎。这等分并不匀称和等量,就像头发,长短不齐;加之年龄、身份、职业、性格和修养亦大不同,每个人理发的时间间隔是不一样的。而那"间隔",一定意义上,就是人生的等分。

我这样说,你也别在意,你也别笑话,人老了,才这样想。而年轻时,雄狮一般,张牙舞爪,在苍茫大野,昂着不屈的头颅,抖动炽热杂乱的鬃毛,旗帜般在血腥的风中猎猎作响。不定什么时候,停下来,才想着该去理一次发了,就像奔跑中的狮子,来梳理舔舐自己的伤口和皮毛;这个时候,有些人即使有所考虑与头发相关的时尚选择和个性审美,但决然不会过多思考理发的意义,更不会将其与漫漫人生联系在一起。

青春少年样样红,你是主人翁,要雨得雨,要风得风,因此年轻,怎么剪,剪不剪,多久剪一回,剪成哪种"样儿",它都好看,都有型,都潮,都敢;一如年轻的生命本身,狂野、自由而张扬,不受约束,咄咄逼人,不在乎,无所畏惧。

老了,就想得多了,想得复杂了,瞥一眼镜子里的"我",面目可憎,精神猥琐,头发日渐稀少;"资源"不足,捉襟见肘,掩耳盗铃,欲盖弥彰,重要的是人生没招呼住,就叫理发师一截一截都给剪去了,碎成一地头毛,估摸一下,也剩下没多少"等分"了,你还不让他想多一点吗?

就事实而言,说到理发,也没那么真的"等分"清晰,残酷到生来就宿命般划定了生死刻度,不过日常生活着。就像这个深秋的午后,阳光浓郁而慵懒,几片红叶招摇着,周遭安静,人们刚刚结束了午餐,锅碗瓢勺、杯盘碗盏，以及手指、嘴巴、牙齿、喉咙，都一点点停下来，连同时间，也静止在那里懒得动了的；困顿袭来，睡意朦胧，我却突然想着，趁这个暖和的午后，去理发。

不知咋了，人老了，妖怪，作精，头发本来稀少，已将山穷水尽，稍显参差，有些起色，萌发复兴的希望，它又捂燥、难受、八下不舒坦。

妻子说，去吧去吧，别搁这叨叨了，要是舒坦，就剃个葫芦瓢。"葫芦瓢"就是光头的意思。我说那不行，我就是老到不能见人了，都不剃葫芦瓢。妻子嗤之以鼻，说知道你的，人长得死丑，还死要面子。我说我巍然立于此世，高山仰止，从没妄图"颜值"担当，主要是以"气质"感人，而头发是我"气质"感人的重要部分。妻子说，只是可惜喽，你那头发给了我们女人，这辈子要省多少钱啊！

这是调侃，未必全是。我的头发，是油脂性头发，密实、茂盛、乌黑发亮，自来卷儿，波浪起伏。直到现在。不同的是，这些年，发根都白了，似乎着意将老去的岁月，埋于尚且发黑的头发下，只有撩起来，你才能看到，就像藏在密密林子间的雪。

二

叔，您又去南京了？

嗯。

有一个多月吧？

二十天，整整的。

叔真幸福，退休在家，读书，写写文章；急了吧，去去南京孩子那，享受天伦之乐。

倒是。

看您微信了，您小孙子可帅气了。

捣蛋。

那说明他聪明。

还聪明，笨死了，每天作业都哭。

啊？您小孙子上学了？

一年级。

好快哦！

是啊，人生如梦，转眼就是百年！

叔，您不老啊，我从见着您，您就这样。

小帅哥，嘴甜，多吃二两盐。

我说真的，您看您的这一头头发！

……

三

  好的理发师，应该是一位善谈者。当然，最好是理发者，也能是一位善谈者。

  于此发现，诸多为人共享的空间，并非都是让人有心情的宏大、诗意和敞亮，就像大剧院、音乐厅、图书馆、博物馆、艺术展厅、读书会等，有些则恰恰相反，却是无端生出逼仄、尴尬和紧张，如理发店。理发者进门后，便被挟持，有如绑架，系上围裙，扎紧脖子，固定在座椅上，不能动弹，然后把自己的头交出，任由理发师"摆弄"，生杀予夺，显示他的"顶上功夫"；至于理发者，难受或者舒坦，预期或者意外，那整个"事件"只能你自己亲身经历，包括洗、剪、推、刮、吹、烫、染、拉诸多程序和细节，以及它持续的时间；可以简化，不能替代。理论上，理发者和理发师应该是天然相互认同、依存、契约、和合的关系，但事实上这种关系常常是紧张的，剑拔弩张的，我们不知道去理发的那天会碰上哪位理发师，这是一个未知的邂逅，一次陌生的邂逅，也是一回尴尬的际会和交锋，因此双方也都是怀疑的、试探性的、防范的、揣摩的、不确定的。当然作为理发师，他首先想要知道理发者的"要求"，更是想要了解理发者的"脾性"；而理发者，面对陌生的理发师，弄不好就抱了"重生"或"毁灭"的极端心理悖论，尝试和体验，甚或大义凛然，视死如归，拿"头"来赌上一把，然后再决定未来的理发人生走向，是"重新再来""期许终身"，还是"忍无可忍""永不回头"。

即使如此，理发者总还是希望能是一次美好的邂逅，获得"人生第一次"初恋样的"享受"和"体验"，像理发店门头的楹联自诩：烫就乌云追月，吹出满面春风；旧貌一剃了之，新颜从头开始；洗心革面、从头开始，凤凰涅槃、浴火重生。再则，顾客永远是上帝，我付了钱，就应该享有对等的权利。

舒缓以致解除这种尴尬和紧张关系，谈话，无疑是一种方式，而且在理发店这种空间，包括理发师与理发者二者的位置、局限、角度、关系、相互间的能指、目的以及询问、交代、隐喻、暗示、感触、反应、语感、情绪、心态、映照在镜子里的表情，等等。已经让"谈话"成为可能，成为破解尴尬的方式，如果二者都是"善谈者"，那么双方都已准备好，呼之欲出，既做好了语言的出发，也做好了语言的迎接。

"交谈"开始了。

没有诗情画意，更无须咬文嚼字，一次次的，最后发现，久而久之，亲切的谈话，是最家常的谈话。倘有一些虚饰之词，不过是理发师略略多了些恭维和奉迎，而那既是职业的，有功利在，但必是善意的。不必信以为真，高兴就好。高兴了，理发，那一人生时段的紧张和孤独就没有了，尴尬就解除了。然大千世界，各色人等，恰恰就有人不爱说话，不愿说话，不想说话，只喜欢沉静和遐思，正好趁理发躲避喧嚣，那就不说话，也挺好的。这让原本澄明的公共空间，由于理发师和理发者的不同，有了独立对话的相隔，座椅与座椅之间，成为各自遮蔽的隐秘性存在。

四

相对具体的理发师和理发者，相互构成认同、依存、契约、和合的关系，我觉得，首先还是取决于理发者的"选择"。

我的"选择"简单，有二：距离和交谈。

距离的原则，就我而言，就是就近、方便、快捷，三下五除二，快刀斩乱麻，解了围裙，立即走人。年轻时这样，现在还这样。并非性格急，更非天降大任于是人废寝忘食忙于国家大事，我是觉得无论理发之于许多人是如何的一次美好"享受"和"再生"，但我一直认为这世界上时间之宝贵，它可以浪费在任何事情上，唯理发不能。因此理发店的"距离"成为我之首选。而当我来认真"回想"我"选择"的理发店时，我发现，一个人一生理发无数，而你理发的店却是屈指可数。你回想回想，就知道了。譬如我，二十来岁前东西南北的到处流浪闯荡不算，就我相对稳定居住在这座淮上小城来说，近四十年，我先后"选择"的只有三家理发店。这个极少的"选择"似乎需要说明一下，因为我对"理发"私人化的认识偏见，让我从来都不进那些稍大规模的店面，看见那"豪华""明亮""新潮"的气势，我就怕了，以致终于成为心理的拒绝和排斥。这似乎仍需要说明一下，我的排斥，不完全是距离，或者时间，而是自身"脑袋"的问题。首先我不能想象每次去那些豪华的理发店，都不能知道会赶上哪一个新的理发师，把头交给他，来给你一番"摆弄"和"造化"；其次是我的"头"特别难"理"，脸大，肉多，一头波浪起伏的自来卷，不知情的理发师，你反复交代和提醒，让他慎之又慎，手下留情，结果还是剪刀飞舞，给你砍伐殆尽，就剩下"脸"和"肉"了，让你许多天都抬不起头来，躲在家里，伤心欲绝，等待春风一度，新叶茂发；另外我的后脑勺突出，剪短了，头皮就裸露出来，就像一头青山绿水，突然于山后大片森林被人偷伐，裸露出斑癣一样的黄土；留长了，从后面看去，又像是一个女人。如何交代和提醒，他们都难以"恰到好处"。因此我选择的三家理发店，都是小店，就一个理发师，最多两个。他知道我之所需，知晓我每一寸头皮，稔熟我每一根头发，就像有经验的农人，侍弄着他的土地和庄稼；双方有一种关系，不出意外，不言而喻。久而久之，我甚至认为，他就是我所属的私人理发师。

更美好的，是无须铺垫和过渡，交代和提醒，熟人熟事，随遇而安，我们可以谈话，也可以不谈话。

五

1980年代初我来到这座淮上小城居住，开始的时候住在老城解放路，不远处就有一家理发店，叫"晓红理发店"，理发师是一位青年女子，叫晓红，有十七八岁吧，微胖，爱笑，性格挺好的，爽快、麻利，还有一点豪气。我去理了一次发，就熟悉了，就认定了，从此把"头"交给她，无条件的信任。那时我不到三十岁，理发显然不是我人生最值得重视的事情，脸还没那么大，肉也没那么多，也没那么多讲究和要求，因此一早一晚，想起来了，就去她那里理发，说说话，有新话，有老话，还有好多都是过去已经说过好多回的话：今儿立春，花都开了；明日冬至，吃饺子哦；农村的田地又分到户哩；啥叫特区；你认得人能开后门给买个彩电呗；昨天枪毙人了布告你看没，有两个强奸犯；喇叭裤、飞机头好看吗；《射雕英雄传》放二十六集了吧；俺们地委书记升到省里了；《春天的故事》你会唱吗；樱桃园扒了，鲍氏街也扒了，东方红大道要拓宽哩；听说香港要收回了哎；《泰坦尼克号》票好贵；张伯，就那个乐呵呵的一头白发的胖老头儿，前个夜里死了，他还说再来时就染一头黑发年轻年轻哩……就这样，不经意地，说着说着，就理完了，理完了事，平淡无奇。而每一次我好像都很满意，也很享受和愉快，因为那之后的许多年里，我一直都在她那个理发店理发，从没换过，以至眼见着她长大、成熟、恋爱、结婚、生子，当然她也眼见着我变胖、变老、臃肿、迟缓、长出皱纹和白发。这是时间的递进和变换，也是时代的递进和变换，构成一个人的私人理发史。我们理发时"即时""即兴"的"谈话"，也随之递进和变换，只是没人记录下来。想来，不是我的"谈话"没有"意义"和"价值"，而是估摸着这个貌不惊人的男人，基本没可能成为"功标青史""永载史册"的人。事实证明，他们估摸得没错。

"谈话"时她最早叫我哥，谈着谈着就叫我叔了，再后来，某一天，她抱着孩子，见我来，说，宝宝，看谁来了，快，叫爷爷！叫爷爷！之后的许多天里，我内心都持续着不绝如缕的"幸福"忧伤。

未知是哪一年哪一天，我去她那里理发，似乎还哼着一首抒情歌曲，以配合理发的心情，不是邓丽君的《甜蜜蜜》，就是电视剧《渴望》的主题曲：悠悠岁月，欲说当年好困惑，亦真，亦幻，难取舍……没唱完呢，我卡在那里了，我发现，"晓红理发店"消失不见了，店门紧闭，门上贴着一个广告：房屋出租。后面是一个联系电话号码。我站在门外，顿觉有被人抛弃之感，内心惶惑而失落，并非单纯为着理发，而是我已失去未来。于是开始寻找，打听，终于，在胜利街找到了，还是叫"晓红理发店"，只是店面更大了，灯火通明，设有吧台，一拉溜崭新的理发座椅，以及各式各样的妆台、镜子、工具、器械、瓶瓶罐罐，还有一拉溜我不认识的理发师，新鲜的面孔和形体，年轻而新潮；晓红做了老板，有了第二个孩子，一般不再亲自给人理发了。

晓红见了我，让出一个座位，给我理发。她一直在说话，我在听，一直在听，我则一句话也没有说。

自此，我再没去过。

后来，在解放路的那个门面重新开张了，还是一家理发店，换了招牌，我就继续在那里理发，不是怀旧，大约是"距离"就近的选择。但这个时候我知道，那其实已经不再是一个"选择"了。

六

与那个"善谈"的理发师小伙子"谈话"，是在我搬到羊山新区之后了，那家理发店，算是我说的一生中的第三家理发店。如果之前的那个理发店算不得是一个"选择"的话，那它该是我的第二家理发店，二者居其一，是我的半部人生。

新区尚新，人烟稀少，服务设施还不配套，理发是一个问题。距离已不能"选择"，"谈话"兴许就是奢望。研究了一下，离我最近的是新十六大街，也有好几公里。所谓新十六大街，并不新，它是延续楚王城老街改造的新街，有众多的原住民，过京广铁路桥涵洞，便是老城。我骑着电动车，沿街打望、探寻，令我惊讶的是这里并不缺少理发店，单面街上，就有大的、小的，豪华的、简朴的，铺张的、殷实的，好多家呢，甚至在闹市口，还有当街给人理发的，用的还是旧时的理发"推子"，剃刀明晃晃，临时的盆架上是脏兮兮的洗脸盆。继续寻找，到头了，拐回来，在街的另一面寻找，这时店面招牌上的一个字诱惑感染了我，一家临街不大的理发店，转动炫目色彩的店名上面有一个"漾"字。全名叫"花漾"，猜想取了"花样"的谐音。我脑子里立即就联翩浮现出几个颇为感性的词语：花样年华，摇漾，澹漾，荡漾，洋溢……

我决定，就这家了。

小店很小，就一间门面，合我心意，经营者是两个年轻人，一位是秀气白净小伙子，显然是首席理发师；还有一位是高挑个儿的少妇，是他的小爱人，姣好、淑静，做他的助手。第一次理发，我自然还是顽固地给予"交代"和"提醒"，小伙子深明大义，心领神会，剪刀在他手上，娴熟而轻盈，开始如翻飞的小鸟，在我头顶上飞舞，轻盈得我几乎感觉不到，甚至看不到被剪掉的头发。我觉得我的头上已经不是焦躁不堪的头发，而是迷人的树冠、花园、草地和绿洲。我开始主动和他"谈话"，就像是我要向他急于表示我因为店名荡漾着的愉悦心情。结果，我发现我不仅喜欢这个店名，也找对了地方。我觉得我的余生最后的生命"等分"，大可托付给他了。自此，我大约是二十天左右去那里理一次发，形成了规律，这是小伙子发现的。这是他在"谈话"时无意说出来的，我没回应，内心惊异，我知道，并非刻意而形成及至日常理发的时间和规律，包括不变的"发型"审美，固执的"选择"坚持，我可能，真的老了。

　　而就在那一天，灵光一现，就想到了一句话：好的理发师应该是一位好的园艺师。如此比喻，那么人便可能就是一棵会行走的树了，男人的头发是树冠，女人的头发是花园，再经园艺师的手，展现出这个美丽新世界的繁华和风貌。但它毕竟不是树冠和花园，随意生长，是自然之美，人工修剪，是园艺之美。即使是真的树冠和花园，成为景观，也需园艺师的打理，当然，我说的是好的优秀的园艺师。继续比喻，头发，一定程度上，是否就是人的精神景观，除特殊人群外，没人容忍自己常年满头杂草丛生，面目皆非，即使老了，我们也不能就那样让它荒芜。头发荒芜了，人就颓废了。就像生活的信心，哪怕包含了虚荣和妄想，以及现代的隆鼻、隆胸、瘦脸、瘦身、漂洗、磨皮、美白，以及一切的肢体的、皮肤的、面容的修整，手术、替换、装饰、假借、更新、造型，以及古典主义、浪漫主义、嬉皮士、野兽派、印象派、荒诞派、立体主义、表现主义、抽象主义、存在主义、达达、波普、意识流、黑色幽默、超现实主义、魔幻现实主义、现代主义、后现代、朦胧诗、非非、撒娇派、下半身、神性、莽汉、新乡土，以及开启、创世、解构、命名，都有着非凡的意义；若果你是传统一派，又是环保主义者，喜欢原生态，从根本上排斥改天换地，重整河山，再简单，也要理发，来保持体面和尊容。

　　这是一个人的生活态度，也代表了生存的质量。

　　只要你还没有对这个并不完美的世界彻底绝望。

七

　　理发让人精神焕发，让世界光彩夺目，我们为什么不称它为一门艺术呢？当然，传统还是时尚，继承还是创新，最后"艺术"地呈现在我们头上惊世或糟糕的"作品"，都是理发者与理发师共同完成，理发者不仅给予选择上的信任，也把自己的头颅当作创作实践的载体和素材，理发者是理发师的艺术同盟，也是理发店的商业同谋，理发者不仅为之付出时间和金钱，还是它们的模特儿。

　　珍惜我们的头发吧，包括理发师，尽管它无尽地生长，成为区别人与动物在进化上的显著标志，而最好的珍惜，就是不断地去修剪、清洁和整理，就像作家整理他的手稿，雕塑家打磨他的石头，园艺师删削枝叶的芜杂，老者轻拭抚摸他一生挚爱的时光中的旧物，只有经过整理的物质，才能注入生命，绽放光芒。至于我，可没这么复杂，不过是在这个深秋慵懒的午后，趁空闲和暖和去理发，一个简单的日常生活行为，构不成事件和意义。

　　剪刀在我头顶上，娴熟而轻盈地飞舞，一如鸟雀的尖喙，依照细密的心思、经验和技艺，取舍、想象、模拟、出脱、成型、无微不至。突然停止了，停在了那里，我感觉到了，屋子里静寂无声，我微微侧脸，等待着。

　　小伙子说，叔，斑秃。

　　我一惊问，啥子？斑秃？

　　小伙子说，你没发现吗？

　　我说，是我头上？

　　小伙子说，好几处呢，不大。

　　我说，不大，好几处呢？

　　小伙子说，鬓角也有。

　　我说，上次，我去南京前，我来理发，那时没有吗？

　　小伙子说，没有。

　　……

　　我无法看到他说的我头顶上的斑秃，不知有多么严重，但我有了深深的恐惧。以致在我悻悻然回家的路上，我下意识地躲避着路人，生怕碰见熟人，让他们看到，对我显示出刹那间的惊恐和惊愕。你听听"斑秃"这两个字，以及类似的"皮癣""疤癞""溃疡""糜烂""脓疮""疱疹"，便觉丑陋、恶心、触目惊心！

这再次证明，我外表强大，有莽汉的剽悍，而内心敏感，是书生的软弱。

回家后，我没和妻子说，鬼鬼祟祟的，我钻进书房，极快地打开电脑，在网上搜寻"斑秃"词条：斑秃，俗称"鬼剃头"，是一种骤然发生的局限性斑片状的脱发性毛发病。病因不明。或遗传因素，或自身免疫疾病因素，或精神因素。而精神因素是斑秃的关键性诱因。常见的斑秃大部分是因为精神原因引起的。长期处于孤独、焦虑、紧张状态下的人，很容易出现斑秃现象……

我舒了一口气，手松开紧握着的鼠标，来托着下颚，身体朝后，靠在椅背上，盯着电脑屏幕上"斑秃"两个字，做"沉思"状，倏然笑了：孤独、焦虑、紧张……

我笑得谐谑。

是的，孤独、焦虑、紧张，这些皆被我称之为人寄生的精神病原体，我们每个人自出生就是它的携带者，此消彼长，恃强凌弱，之于青壮年者，喧嚣而强大，所向披靡，这些病原体自知不是对手，纷纷溃散和逃离，不知踪影，而待那身体停顿下来，如我日渐变得衰老、滞缓而羸弱，它们就都出来了，惹是生非，如影随形。

而它们是看不见的，深藏在精神深处，仿佛温柔的杀手；或潜伏在身体的周围，伺机暴动，而一有机会，它们就乘虚而入，内外夹击，倏然向你袭来。轻者，你会感觉身体的不适，譬如胸闷、气短、眩晕、焦躁、茫然、莫名其妙、坐卧不安，并留下病灶和症状，就像斑秃，不知什么时候贴给我的告示；重者，无端的，人一下就被击倒了。

是的，孤独、焦虑、紧张，这精神的病原体，不速之客，它们现在朝向我，一起来了。

细想一下，抑或说客观地想一下，我不得不承认，其实它们早就来了。

我一直以为我这向来欢乐的粗放型的性格，且纵横天下曾经沧海的人，挫败、失落、升迁、退位、贫富、贵贱、得失、简奢、欢苦、悲欣，我都能拿得起，放得下，睡得稳，沉得住。事实证明，我太自信了，也太轻率了。就像此时，我甚至不能合理解释我头上突然出现的斑秃的诱因。而除了孤独、焦虑、紧张，它还会是什么呢？问题是斑秃在我的头顶，知道它在，我却无法看到它，就像我无法看到我周遭的那些被称之为孤独、焦虑、紧张的不明物。

而它们是存在的，无处不在的，是应该可以看到的。

八

是因为我退休了吗？是因为变化了的生活规律带来了生物钟和内分泌失调吗？是我几年前怀着老来的梦想和冲动把家搬到了新区尚未安稳吗？是去南京暂居水土不服吗？是世界上那么多好书顿感这一生都读不完吗？是体力智力精力的衰减总也完不成我计划中的写作吗？是对尚且不知的衰老、病魔和死亡预期的哀伤和恐惧吗？

我不知道，而我只能说是了。

想起几年前我一时冲动把家从我居住了数十年的老城搬到了新区，以为老了，人老了，房子也老了，家具也老了，岁月也老了，换一个新的地方，就换了一种新的生活，掀开一页新的历史。着实，我看到新居的簇新，也看到了妻子的不安。我知道了，人就是一棵会行走的树，在一个地方生存久了，扎下了深深的根须，与周边的环境和人群，盘根错节，血脉攀连，是不能轻易动它的，况且是一棵老树，动了，一时半会儿的不能成活，不见返青，不知何年何月才能修复生态，形成环境和人际的植被……

想起几年前有人指导一棵巨大桂花树的移栽，在吊车把巨大的桂花树轻轻落向树坑的时候，他大声嚷着，让人转动树身，左转，右转，调度，校正，终于落下来。我这才看到在桂花树蓬勃的树冠上有一个红绸做的标记，在桂花树左左右右最后落下来时，那个标记朝向南方。事后我问他何以如此，他就笑了，说很简单，红绸标记的树冠朝向南方，是因为它原来就朝南，向阳；反之，树冠的另一面则朝北，喜阴，这本来生存的习性，已是它一生不变的生命信仰……

想起我在南京居住时写的一首诗：那个人坐在对面阳台上／苍老／昏庸／天

气阴沉／雾霾深重／那个人坐在阳台上／一动不动／我朝对面阳台上看着／一动不动／整整／一个上午／巨大的城市／空无一人……诗中的阳台是虚构的，坐在阳台上的那个苍老昏庸的人是虚构的，我也是虚构的，而现在都变得真实。就像那些看不见的仿佛虚构的孤独、焦虑、紧张，现在都看得见了。

诗歌结尾处我标注的写作日期，就是在南京期间，我生了斑秃。这让我，终于看到了，那个潜伏的杀手，在月黑风高夜，他用飞镖向我射来一纸警告。细想，有那么怕人吗？无论孤独、焦虑、紧张，还是不安，日常里，我可能只需要有人碰面了，随口问上一句，吃了吗？或在深秋慵懒的午后，趁暖和去我熟悉的理发店理发。而怕人的是，巨大的城市，空无一人……

九

我一直好奇：我们的头发都是理发师给理的，理发师的头发是谁给理的呢？简单的事实是，理发师也总是要理发，也总是要如我把人生分成很多个段落，或者等分，交与他的理发师给剪去，剪碎，就像理发师也会变老。

因为我们都是自然人，更是普通人，不是英雄，也非伟人、名人、大师和精英，那般的高山仰止，风华绝代，不仅创造了人类杰出的思想和言说，也留下不朽的光辉形象。但这毕竟是少数，而更多的普通众生，他们也是有着自己的欢乐、忧伤、悲悯、情怀、爱和梦想，以及更加艰辛的奋争，也许渺小，也许卑微，也许低贱，但一代代的、一茬茬的，头发一样长了理，理了长，秋去万物萧索，春来草木争荣，如此轮回往复，蜿蜒不息，仿如日子的流水，记下一部属于自己的私人生活史。老来寂寞，一定要找人抖搂抖搂，细数人生，不过一地头毛，一地鸡毛，一地碎屑，那或者就是时间的锋刃下，我们生命的吉光片羽。

至于理发师理发的疑惑，我几次说问问，每次都忘了问。而奇迹发生了——

就在最近的一次我去"花漾"理发，小伙子如鸟雀翻飞的剪刀再一次突然停止了，停在了那里，我感觉到了，屋子里静寂无声，我微微侧脸，等待着。

小伙子带着巨大惊喜和慌张，失声叫嚷，叔、叔、叔，一把把我的手拉到头顶上去，继续叫嚷着，这、这、这，摸到了吗？转过脸对着他的小爱人，欢呼雀跃，说你看你看，叔的头发，都长出来了哎！

  那天理过发，我就回去了，一路上昂首阔步，满面春风，气宇轩昂，心里美滋滋的，好像是时光倒流，返老还童，我开始倒着往回长了。我想给母亲打个电话，问问我出生后第一次理发是多大点儿，只记得她曾说过我小时候头比较难理，尤其理到后面，哇哇大叫，乱踢乱蹬，打死不低头，久了，母亲生了疑惑，就去摸我的后脑勺，惊叫起来，天哪，这孩子长有反骨哩……

（原载《天涯》2017年第5期）

敬 告

由于编选时间仓促、工作量大，未及与所选作者一一取得联系，请见谅。

现仍有部分作者地址不详，为及时奉上稿酬和样书，请有关作者与责任编辑赵维宁联系。

地址：沈阳市和平区十一纬路25号
邮编：110003
电话：024—23284306
E-mail：249972579@qq.com
微信号：zhaoweining10

辽宁人民出版社
2018年1月